공녀, 난아

유시연 장편소설

공녀, 난아

공녀, 난아

작가의 말

백담사 만해마을에 깃을 접었던 시간이 아련하다. 노트북을 싸들고 찾아간 용대리 마을과의 조우 이후 일곱 번의 계절이 지나갔다. 겨울과 봄의 경계 구역에 갇힌 나날, 햇살 따라 멀리 나왔다가 바람과 눈발을 만나 서둘러 숙소로 돌아간 일들이 겹쳐진다. 그곳에 온 K 작가를 따라 다래순을 따고 냉이를 캐던 일이, 봄볕에 피부를 그을리던 일이 작품에 몰두했던 틈새를 비집고 다가온다. 백담사 골짜기를 걸어가며 바위 암반에 갇힌 초록 물빛의 흔들림을, 고요한 파동을 응시하던 일들이 새삼스럽게 나를 흔든다.

미지의 세계에 던져놓고 행로를 예측할 수 없는 소설 속 등장 인물로 인해 함께 힘겨워 할 때 누군가 자작나무 숲으로 가자고 말했고 그날 우리는 우중충한 하늘을 이고 비탈에 서 있는 나무들을 만났다. 잔설이 희끗거리는 자작나무 숲에 봄기운이 떠돌았다. 눈 녹은 길, 물기 품은 흙바닥이 발걸음을 더디게 잡아 두었고 바람소리가 산등성이 가득 들어차 있었다. 이제 이 이야기의 당찬 주인공 난아의 운명을 먼 대양을 향하는 선체 속으로 밀어넣는다. 그의 운명이 있듯이 소설의 운명을 돛에 맡긴다.

명 · 청 교체기. 고려말기에도 그랬고 조선중기 이 땅의 백성들은 강대국에 노예로 끌려가 이름없는 민초로 스러져갔다.

난아의 일생은 한 나라의 운명과 맞물려 있다. 또한 한 가문의 운명과도 날실 씨실로 얽혀 있다. 어느 시대 어느 사회나 한 개인의 삶은 안팎으로 나라, 민족, 사회…… 공동체라는 운명과 유기적으로 맞물려 있음을 이 글은 보여준다.

난아. 어린 나이에 공녀로 명나라에 갔다가 청나라 시대를 살게 된 그녀와 그녀를 둘러싼 주변 인물들의 이야기는 몇 세 기 전 우리 조상이 겪어야 했고 어쩔 수 없이 감내해야 했던 고통스러운 흔적이다.

때때로 내 안에 깊숙이 웅크린 상처나 외로움이 속삭이는 소리를 듣는다. 그럴 때면 내 유전인자 속에 전해지는 먼 조상의 외침이 후대를 거쳐 면면히 이어지는 게 아닌가 하는 의문이 든다.

어떤 민족은 조상의 가르침을 대대로 기록하여 후대에 전하며 경전으로 굳어져 신앙의 대상이 되기도 한다. 우리 조상이 겪었던 고통스러운 역사를 다시 되돌아보며 잊지 말아야겠다는 의무감 같은 게 생긴다.

그때 그 현장을 살려내어 그들의 고초를 세상에 드러내는 일을 시도하였지만 미진함이 남는다. 좀 더 따뜻한 손길로 보듬어줬어야 했는데 아쉬움이 크다. 이 소설이 나오기까지 인문학, 역사학자의 논문이 도움이 되었고 길잡이 역할을 해주었다. 참고 자료는 따로 명시하였다.

번역에 도움을 준 원희에게 고맙다는 말을 전한다. 백담사 만해마을에 면회 와서 맛있는 밥을 사준 아오스딩에게도 감사하다.

2014년 첫달 유시연

　겨울 한기寒氣가 문풍지를 떨게 하며 무섭게 파고든다. 진흙벽과 흑갈색 나무 기둥에도 엄한 추위가 스며들어 온 집안을 거대한 얼음덩어리로 만들어버리겠다는 듯 차고 날카로운 기세로 엄습한다. 추녀 끝에는 손가락이 닿으면 깨질 듯한 고드름이 달려 더욱 살벌한 풍경을 자아낸다. 들판과 하늘이 닿아 있는 지평선에서 먼지가 일어나고 말발굽소리 요란하다. 군불을 때고 아랫목에 둘러앉아 화롯불에 고구마를 구워 먹던 사람들의 귀에 지축을 뒤흔들며 달려오는 우레와 같은 소리가 가깝게 다가왔다. 이마를 맞대고 뜨거운 고구마 속살을 후후 불며 먹던 가족들이 무슨 일인가 하고 내다보았을 때는 이미 마을 한복판으로 기마병 복장을 입은 군사들이 휩쓸고 지나간 뒤였다. 무쇠솥단지가 마당에 나뒹굴고 외양간에서 콧김을 쐬며 여물을 먹던 소들의 검고 큰 눈동자가 겁을 먹고 흔들렸다. 고삐를 긴 장도로 끊어놓으며 괴상한 고함을 질러대는 병사들의 눈은 살기로 가득하다. 군사 무리와 먼지가 지나간 자리에는 연기가 치솟고 오래된 나무기둥과 서까래와 지붕은 금세 화염에 휩싸여버렸다. 병사들의 살기 오른 눈동자에 마루밑 강아지마저 오들오들 떨며 꼬리를 내렸고 바람도 잠시 피해가려는 듯 대기의 차가운 기운에 멈춰 섰다. 소들이 놀라 외양간을 뛰쳐나오자마자 병사들이 휘두른 칼과 화살촉에 맞아 앞발을 하늘로 쳐들고 쓰러져 있는 광경이 사방 곳곳에 보였다. 함지박에 담겨 있던 옥수수가 흙모래에 처박혀 흩어진 자리에 온전한 몸을 보전하지 못하고 여기저기 처박힌 사람들이 피를 흘리며 신음을 했다.

하늘은 우중충했고, 앙상하게 마른 겨울 나뭇가지들은 추위에 움츠러들며 몸을 떨어댔고 까마귀와 독수리 떼가 눈이라도 올 듯 흐린 하늘을 긴 날개로 덮으며 느리게 날아다녔다. 마을은 삽시간에 아비규환이 되어버렸다. 그 일은 순식간에, 너무나 빨리 일어난 일이라서 모두들 영문을 모른 채 무간지옥을 경험해야했다. 마을은 비극을 간직한 채 통째로 사라졌다.

시간은 흐르고, 계절이 바뀌는 동안 사람들은 그 일을 까마득하게 잊었고, 평화가 찾아왔다. 그 평화는 긴긴 세월이 흐르고 흘러 다시 찾아온 평화였다. 고통은 잊혀진 게 아니라 사람들의 유전인자 속에 그대로 살아 있었다.

땅과 땅이, 바다와 바다가 잇대어 있는 나라의 백성은 고달팠고 권력의 중심부에서 벗어난 먼 변방의 백성은 언제나 부박한 현실에 내몰렸다. 적은 내부에 있었다. 국경 너머 세력이 힘을 기르고 군사를 조련할 때 한 영토 안에 살던 사람들은 서로 미워하고 상대방을 헐뜯느라 외부의 적을 막아내지 못했다. 방비는 허술했고 왕은 도망치기 급급했으며 피난 행렬은 고위관료의 일가와 금은보화를 태운 수레로 길을 가득 메 웠다.

백성의 울부짖음이 왕과 대신들에게 들렸으나 그 울음은 공허한 울 림에 지나지 않았다. 힘을 가진 세력 앞에 백성의 목숨은 가벼웠고, 홍 수에 휩쓸려가는 나뭇잎에 매달린 개미 떼였으며 바람 앞의 등불이었다. 무수한 백성이 굴비 두름 엮이듯 힘 센 무리에게 끌려 가 먼 타국에서 떠 돌아다니는동안 다시 이 땅에는 억지로 평화의 기운이 싹트는 듯했다.

협상이 진행되는 동안에도 적은 농가의 소를 끌어다가 도축해서 숯을 피워 고기를 구워 먹었고, 옥수수자루를 끄집어내어 아낙에게 반죽을 시 켜 화덕에 빵을 구웠으며 밤이면 어린 계집애나 허리가 날렵한 젊은 여 인들을 천막 숙소로 끌고 갔다. 백성의 울부짖음이 대숲을 흔들었고, 호 수 물결이 파문을 일으키며 번져갔고, 먼 곳에 강물이 웅웅거리며 대양 을 향해 소리쳤다.

협상이 진행되면서 살찐 암소와 털빛깔에 윤기 흐르는 말과 더불어 어린 계집애들이 목록에 적혀 적의 우두머리에게 전달되었다. 어린 계집 애들과 젊은 여자와 힘 센 장정의 명단이 양과 말과 소 떼와 같이 작성 되어 끝없이 적의 진지로 보내졌고, 백성의 고통은 깊었다.

지평선 끝에 먼지바람이 불고 말발굽소리 요란하게 지축을 뒤흔들었 다. 기약없는 평화였다. 언제 또 다시 비바람이 불어닥치고 폭풍우가 몰아칠 지 알 수 없는 나날이었다. 불안정한 질서였고 불투명한 미래였다.

가족과 헤어진 어린 계집아이들은 먼 이국에서 노비가 되거나 누군가의 첩이 되거나 일꾼이 되어 목숨이 붙어있을 때까지 일하다가 병들거나 고향과 가족을 그리워하다가 늙거나 죽어갔다.

그리고 잊혀졌다.

전쟁은 그쳤으나 힘 센 자와 힘이 약한 자 간에는 끝없는 줄다리기가 계속되었다. 전국에서 차출된 기운 센 장정들과 고운 처녀들이 한바탕 가족과 이별하며 울부짖던 자리에는 꽃이 피었다 지고 다시 열매가 들어 찼으나 시름은 계속되었다. 본격적인 노동력이 한꺼번에 국경을 넘어 대이동하는 일이 몇 차례 지나가고 나자 그 뒤에도 작고 소소한 이동이 알게 모르게 이어졌다.

국경 너머 원에서 명, 명에서 다시 청으로 건너간 이 땅의 아버지들과 아들들, 젊은 여인과 어린 딸들의 발자국이 길 위에 남겨질 동안 그 일은 잊혀진 듯했다. 그러나 때때로 사적인 인연을 내세운 국경 너머 사신단의 요구로 영문을 모른 채 가족에게서 격리당해 먼 나라를 가야하는 계집의 운명도 있었다.

난아.

어린 계집아이는 안방마님의 명으로 목욕을 시켜주는 찬모, 덕순을 물끄러미 쳐다보았으나 찬모는 슬그머니 눈길을 돌려버렸다. 안방마님

곁에서 말동무도 하고 바느질을 같이 하며 식솔의 먹거리를 책임지는 찬모 덕순은 오래 한 집안 식구로 지내온 강 대감댁 뒷마당에서 시집 보내는 친정어미의 마음으로 난아와 이별의식을 치루고 있다. 덕순은 난아를 목욕시키고 비단 옷으로 갈아입히고 머리카락에 동백기름을 발라주고 참빗으로 빗겨주면서 조곤조곤 속삭인다.

"아가, 너는 이제부터 내 말을 잘 듣거라. 앞으로 정신 바짝 차리고 앞을 똑바로 쳐다보고 살아라."

"……."

"내 말 명심해라. 너는 별당아씨를 모시는 몸종이 아니라 고귀한 신분이 되는 거란다."

"별당의 난향아씨처럼 말인가요?"

"그렇단다. 난향아씨처럼."

"어떻게 그럴 수 있죠?"

어린 계집애의 당돌한 물음에 덕순은 말문이 막히는지 담장 밖 대추나무 가지를 무연히 내다본다. 열 살이 될까말까한 어린 난아는 집안에 감도는 무겁고 가라앉은 분위기를 감지해내고 더 이상 질문을 하지 않았지만 심상치 않은 기운을 느끼는 터였다. 머리를 빗겨주고 댕기를 매어준 다음 찬모 덕순은 가죽을 덧댄 꽃신을 신겨준다. 난아는 가슴 속 꽃망울이 터지는 듯한 기쁨을 애써 감추며 덕순을 빤히 쳐다본다. 어린 나이였음에도 자신이 어떤 처지에 있다는 것을 본능적으로 알아챈다. 다소 겁을 먹은 표정으로 난아는 멀뚱멀뚱 덕순을 쳐다본다. 덕순의 손이 난아 머릿결을 쓰다듬더니 마지막으로 댕기를 한 번 잡아당겨준다. 아릿한 아픔이 뒷머리를 타고 번져가며 난아는 낯을 찌푸린다.

눈보라
속으로

11월 초순.

때이른 눈보라가 휘몰아친다. 한양 안국동 부승지댁 안마당에
는 막 단장을 마친 어린 난아蘭雅가 양입술을 꼭 다물고 가마 앞
에 서 있다.

"가지마!"

이때 뒤채 별당에서 노랑저고리, 분홍 비단치마를 입은 난향
이 치마말기를 양손으로 붙잡고 뛰어오며 울음을 터뜨렸다. 안방
마님 신씨申氏가 툇마루에 서서 내다보다가 표정을 일그러뜨리며
눈살을 찌푸린다. 모여 서 있던 노비들이며 마당쇠, 하인 권속들
이 볼을 실룩대며 눈물을 참고 있다. 가마에 오르려던 난아가 돌
아보자 난향이 뛰어와 손을 맞잡았다.

"난아, 안 가면 안 되겠니?"

"아씨."

난향이 울먹이며 품에서 비단주머니를 꺼내어 난아 손에 들려준다.

"꼭 살아 있어야 돼."

"아씨……."

그 모습을 지켜보며 안방마님이 고개를 돌리며 헛기침을 하더니 조용히 타이른다.

"우리 집안과 나라를 위해 먼길을 가는 아이에게 눈물을 보이다니 쯧쯧."

"어머니, 도림이 가엽지 않으셔요?"

"거 무슨 망발이냐. 저 애의 영특함과 지혜로움이 스스로를 영광되게 할 것인즉."

뒷짐을 지고 서서 이별을 지켜보던 부승지 강석기가 한 마디 하자 난향과 안방마님이 한 발 물러선다.

"이제부터 도림이는 잊고 난아로 살아가도록 하거라. 그게 너를 위하는 길이고 우리 집안을 위하는 길이니."

"대감마님, 거두어 주신 은혜 결코 잊지 않을 것입니다. 마님, 아씨, 소녀 절 받으셔요."

난아가 그 자리에 주저앉아 허리를 숙여 큰절을 올리고 가마에 올라탄다. 대문 밖에는 명나라 사신과 호위병이 기다리고 있다. 부승지가 손짓을 하자 가마꾼들이 어깨에 가마를 올려 맨다. 말을 탄 사신과 역관, 호위병사가 앞장서고 가마가 뒤를 따른다. 난아 외에도 대문 밖에는 처녀들이 다섯 명 더 기다리고 있다. 그들 중에는 가난한 선비의 딸로 솔이라는 아이가 있는데 난아와 동갑 내기쯤으로 보였다. 난아는 흔들리는 가마 안에서 빠끔히 들창을 열고 내다보다가 솔이와 눈이 마주친다. 솔이의 눈빛은 겁에 질려 있고 두려움에 떨고 있다.

첫 번째 주막에서 쉬어갈 무렵 난아는 역관을 통해 중국 사신에게 솔이와 같이 가마를 타고 가겠다고 말했다. 역관이 명나라 사신에게 난아 뜻을 전하니 알아서 하라는 대답이 떨어졌고 둘은 가마에 같이 타고 간다. 고갯길을 넘을 때는 가마가 기우뚱 휘청거렸고, 균형을 유지하려 힘쓰는 가마꾼의 불규칙한 숨소리와 거친 말투에 불안과 두려움이 밀려왔으며 내리막길을 내달릴 때는 막막함이 몰려왔으나 난아와 솔이는 서로를 붙잡고 의지한다. 길은 멀고 험했다. 보름쯤 지나자 한밤중 가마꾼들이 모두 도망쳐 버렸다.

난아와 솔이는 다른 처녀들과 같이 걸었다. 한두 시간은 참을 만했으나 하루종일 걷기에는 무리가 따랐다. 발바닥이 부르트고 다리가 무거워 걸을 수 없는 지경이 되었는데도 명 사신 일행은 눈을 부라리며 윽박질렀다. 겁을 집어먹은 솔이가 울음을 터트리자 호위병사가 죽일듯이 노려본다.

"너만 힘든 게 아니다. 보아라 상국에서 온 병사들도 다른 사람들도 모두 걷지 않느냐."

"……."

역관이 명 사신의 눈치를 보며 부드러운 목소리로 타이르자 솔이가 울음을 그친다.

"다음 마을이 얼마나 남았느냐."

"이십 리는 될 듯합니다."

"그래 그럼 다음 객주에서 쉬어가자."

"그렇게 하십시오."

명 사신이 묻고 역관이 대답하고 명 사신이 묻고 역관이 대답하고를 반복하며 걷다보니 마을이 보였다. 일행은 지칠대로 지쳐서 신발 끄는 소리가 날 지경이다. 낮은 초가지붕이 다닥다닥 이마를 맞대고 서 있는 풍경은 아담해보였다. 굴뚝에서 밥 짓는 연기가 피어오르고 개들이 짖어대고 긴 장대 위에 빨래가 나부끼는 풍경은 어디에서나 볼 수 있는 고만고만한 삶의 모습들이다. 마을이 보이자 난아와 솔이 일행의 눈빛이 조금 살아난다. 조선말을 쓰는 사람들이 여기저기 왔다갔다 하는 주막에는 걸판진 주모의 목소리에 활기가 묻어난다. 난아는 비로소 안도의 숨을 몰아쉰다.

난아는 입술을 다부지게 다물고는 마음속에 기둥 하나를 세운다. 잃을 게 많은 사람이 불안한 법, 난아는 일찍이 부모를 잃고 사대부가에 맡겨진 몸이었다. 한 살 위인 주인집 딸을 상전으로 모시며 느는 게 눈치였기에 살아남는 법을 일찍 터득해서 조숙했다. 비록 낯설고 물 선 외국을 간다고 하나 부모없이 남의 눈치만 보며 살기에는 어디나 마찬가지임을 알았다. 그러기에 난아는 당차게 길을 걸었고 당차게 행동했다. 가난한 선비의 집 여식인 솔이가 약한 성정을 보일 때마다 난아는 더욱 자신을 담금질했다. 가난해도 선비의 여식은 양반의 핏줄인지라 어딘지 모르게 약한 면모를 지니고 금방이라도 쓰러질 것처럼 허약했다. 난아는 호위병사나 명 사신이 농을 던지거나 희롱해도 잘 받아쳤다. 솔이는 어쩔 줄 몰라 하며 파랗게 질려 허둥댔는데 그 모습을 볼 때마다 난아는 더욱 더 단단해졌다.

객주에 처녀 넷과 난아 솔 여섯 명이 한 방에 머물렀다. 옆방에서는 거나하게 취한 명 사신들이 술을 더 달라고 소리치고 조선 담배를 찾았다. 난아는 황토벽에 기대어 초겨울 바람이 들이치는 창호지문을 바라본다. 문풍지가 푸르르 떨고 찬바람이 틈새를 비집고 들어온다. 난향과의 시간이 스쳐지나간다.

어린 난아에게 난향은 다다를 수 없는 고귀한 신분이었다. 어린 나이이지만 알만한 것은 이미 태어나면서부터 알 수 있었다. 태생적 뿌리는 누가 가르쳐주지 않아도, 어린 아기라 할 지라도 자신의 신분을 본능적으로 체득했다. 난향에게서 풍겨오는 은은한 향수와 빛깔, 고운 비단 옷과 고아한 품격은 양반 사대부 집안에서 남부러울 것 없이 자란 처녀가 당연히 몸에 밸 수밖에 없는 필연적인 것인지도 모른다. 큰 아씨인 난엽이 때때로 심통을 부리고 난아에게 힘든 심부름을 시켜도 난향은 동무처럼 감싸주고 언니처럼 위로해주며 신분을 초월하여 보살펴주었다. 어쩌면 신분제에 대해 절절하게 체험할 필요가 없었기 때문일까. 난향은 바느질이나 후원 별당에서 공기놀이를 할 때에도 난아와 함께 즐거워하고 웃고 떠들고 했다. 몸종이라기보다는 자매였고 동무였고 지기였다. 아직 어린 난향에게 난아는 소꿉동무이자 세상 사물을 같은 눈높이에서 바라봐 줄 수 있는 존재였다.

주모가 소반에 국밥을 한 그릇씩 담아내왔으나 처녀들은 모두 뜨는둥 마는둥 수저를 들다가 놓고 만다. 난아가 뚝배기 한 그릇을 다비우고는 숟가락을 들고 하염없이 눈물을 흘리는 솔이를 보고 귓속말을 한다.

"잘 먹어야 건강하고, 건강해져야 부모를 만날 수 있지 않겠어?"

난아의 말에 솔이가 그렁그렁한 눈물을 보이며 말을 한다.

"아무도 찾지 않을 거야. 아버지는 나를 잊을 거야."

"그럴 리가 있니."

"그렇지만 상관없어."

솔이는 소매끝으로 눈물을 문질러 닦고는 국밥을 입에 떠넣는다. 그 모습을 네 명의 처녀가 물끄러미 바라다본다. 기생 딸인 향이, 관노비의 여식인 장미, 반촌 출신 삼월이, 양민의 딸인 막달…… 장미와 향이는 관아에서 강제로 데려왔으나 삼월이와 막달은 양식을 받고 부모가 딸을 내어주었다. 사대부가의 양녀가 된 난아와 선비 집안의 솔이와는 신분이 엄연히 달랐다. 하여 이들은 스스로 난아와 솔이와는 말을 섞지 않았다. 난아와 솔이가 서로 이불을 여며주며 의지하고 기대는 동안, 처녀들은 각자 말을 잃고 두려운 얼굴로 눈치를 볼 뿐이었다.

"시끄러워! 부모가 죽었나 울기는 지랄! 지 딸년 팔아먹은 부모가 어디 부모여, 어떻게든 살아남아 다시 돌아와야 할 것 아녀?"

지금까지 조용히 있던 향이 입에서 거친 말이 속사포처럼 쏟아지자 모두들 놀라 입을 다물지 못한다. 수육을 한 접시 들여보내던 주모가 흘끔 분위기를 살피더니 혀를 차며 급하게 문을 닫아버린다. 삼월이와 막달은 체념한 눈빛으로 국밥을 뜬다. 그들은 초췌한 모습이기는 하나 조금씩 적응해가고 있다. 얼굴이 해쓱한 장미가 돌연 미친듯이 웃어댄다.

"돌쇠야, 기다려. 가지마."

장미는 알지 못할 소리를 중얼거리다가 미친듯이 웃어댄다. 향이가 밖으로 새어나갈까봐 급하게 이불자락으로 장미 입을 틀어막는다. 며칠 째 그런 일들이 벌어지고 있다.

밤이 깊어 주막의 관솔불이 모두 꺼졌다. 사위는 캄캄했다. 부엉이 소리 더욱 적막한 밤을 울어대고, 달빛이 창호지문으로 한 자락 빛을 비춰준다. 누군가 잠을 못이루고 뒤척이며 흐느끼자 여기저기서 울음소리가 커져간다. 밤마다 들려오는 흐느낌소리. 처녀들은 떠나온 가족과 집을 그리워하며, 자신들의 처지가 서러워 흐느꼈다. 낮에는 걷고 또 걷는 고행의 연속이다.

한양, 개성, 평양, 안주를 거쳐 의주에서 압록강에 다다랐을 때는 동짓날이다. 압록강은 푸른얼음으로 덮여 있다. 물 흐르는 소리가 저 깊은 지하에서 웅웅거리며 울려나왔다. 큰 바윗덩이를 들어다가 세게 내리치는데도 꿈쩍 않는 강은 거대한 얼음호수 같다. 말들이 뒷걸음치며 울음소리를 낸다. 말지기가 조선의 민가에서 구한 마른 콩깍지를 가져다준 후 잠시 강 건너 고을을 건너다본다.

"앗, 저, 저게."

그때 장미가 소리치며 언 겨울강으로 내달렸다. 미끄러지며 미친듯이 내달렸다.

"서라! 서!"

소리치는 호위병사의 고함에도 장미는 내달렸다. 호위병사가 활시위를 겨눴다. 장미가 쓰러지자 모두 숨을 멈추고 놀라 쳐다만 볼 뿐이다. 삼월이가 통곡을 하고 막달이 장미에게 달려가려 하자 향이가 양팔을 잡고 말린다.

"산 사람은 살아야 할 것 아니여, 제 목숨 귀한 줄 모르는 년은 죽어도 싸."

향이가 쓰러진 장미를 노려보며 험한 말을 쏟아내는데 볼에서는 두 줄기 눈물이 흘러내린다. 난아는 향이에게 눈길이 자주 갔다. 향이의 대찬 성격과 거친 행동에는 저항과 분노가 서려있음을 난아는 알아차렸다. 화가 치민 사신이 험상궂은 얼굴로 소리치지만 세찬 바람소리에 섞여 흩어져버렸다.

난아는 멀리 웅크린 장미 시신을 애써 외면하며 일행을 따라 조심스럽게 강을 건넌다. 압록강을 건너 구련성, 책문, 봉황성, 진동보, 진이보, 연산관, 청수참, 요동에 도착했을 때는 섣달초순이다. 섣달의 요동 벌판은 추위가 살을 베어내는 듯했다. 가도가도 끝없는 벌판이 이어졌다. 언덕을 찾아볼 수 없는 광활한 만주 벌판에는 북풍이 휘몰아치고 간간이 말울음소리만이 허공을 갈랐다. 가죽신은 닳았지만 짚신을 신은 동기들보다는 나았다. 난아의 눈앞에 펼쳐지는 광막한 풍경은 위압감을 주기에 충분하다. 지나온 고을마다 밤색 기와가 그 짙은 색감을 드러내며 시선을 사로잡는다. 난아는 단단해보이는 벽돌과 밤색 기와가 주는 이국적인 풍경을 가슴에 깊이 새겼다. 고국과는 분명 다른 분위기였다. 냄새와 말투와 풍습과 건물의 모양까지도 낯 선 이민족의 나라에 와있음을 실감한다. 난아는 심호흡을 깊게 했다. 그것이 살아야겠다는 무의식중의 태도인지 두려움인지 모르는 채로.

요동에서 북경으로의 긴 여정.

난아는 압록강에 뛰어든 장미를 떠올리며 우울해졌다. 간간이 사신과 역관이 주고받는 말 속에 심각한 내용이 숨겨져 있음을 알 수 있다. 후금이라는 나라에 대해 난아는 난향에게 들은 적이 있다. 오랑캐나라. 명나라를 위협하며 명의 먼 지방 성곽을 무너뜨리며 커가고 있는 나라. 여자들도 남자를 따라 사냥터를 쫓아다닌다는, 같은 하늘아래 숨을 쉬고 살 수 없는 짐승 같은 자들이라는.

난아는 오랑캐의 여인들을 생각한다. 남자들을 따라 남자들과 견주며 말을 타고 사냥터를 누빈다는 여자들을. 아주 잠깐 날래고 변화무쌍한 그 여자들에 대해 호기심을 가져본다. 오랑캐의 여인들도 아이를 낳고 어머니가 되어 살 테지. 오랑캐 여인과 어머니의 모습이 잘 그려지지 않아 난아는 곰곰 생각에 잠기며 걷는다. 싸울 때는 승냥이처럼 발톱을 세우고 남자와 대적할까. 오랑캐의 여인들도 여자일 테지.

난아의 발은 부어 있다. 다리도 아프고 뻐근한 허벅지와 딴딴해진 종아리와 물집 잡힌 발가락이 걸을 때마다 스치며 콕콕 쑤셔온다. 난아보다 서너 살 더 먹은 막달이 실과 바늘을 이용하여 물집을 빼내주기를 몇 차례 했다. 끝이 보이지 않는 길. 명나라의 산천은 조선과는 확연히 다르다는 것을 느낀다.

안산, 해성, 무가장, 반산, 광녕, 십삼산역, 영원, 산해관…….

북경을 얼마 앞두고 산해관까지 꼬박 두 달이 걸렸다. 산해관에 도착하자 환관이 보낸 대신이 마중을 나왔는데 난아의 물집 잡힌 상태를 보고는 사신일행을 호되게 야단쳤다. 그곳에서 명의사가 처녀들 발을 살펴보고 연고와 깨끗한 천으로 싸매어주었다. 산해관에서 하룻밤을 묵고 다음날이 되자 호위병사가 문을 두드린다. 호위병사를 따라 일행은 성루로 나간다. 성루에서 내다본 전경에 일행의 입이 다물어지지 않는다. 해가 바닷속에서 천천히 나오고 있다. 거대한 바다가 밤새 해를 품고 있다가 이른 새벽 붉은 해를 낳았다. 난아는 머릿속이 환해지는 느낌이었다. 출렁이는 푸른 바다. 바다를 처음 본 난아는 얼얼한 표정이다. 바

다로부터 시작되는 성곽은 산으로 길게 이어져 있다. 성안 사신
관과 객사, 마을 중앙에 길게 늘어선 건물들은 주로 붉은 색으로
도배되어 있다. 어디를 가나 건물 기둥과 장식품이 붉은빛을 띠
고 있다.

다시 길을 재촉했다. 난아는 조랑말을 탔다. 솔이도 함께 올라
탔다. 둘은 오래전부터 친한 동무인양 발을 까닥거리며 사신 일
행을 따라간다. 영평, 옥전현, 통주, 북경까지 꼬박 두 달 보름이
걸린 여정이다. 북경 중심부 객주에서 일행은 누군가를 기다리
고 있다. 지붕이 하늘을 치솟을 듯 날렵하고 용마루에는 기괴한
동물형상의 문양이 위엄을 보이는 건물이다. 벽에도 처마 위에도
지붕에도 바닷게와 문어와 물고기 형상이 장식되어 있다. 건물을
보고 음식점이라는 것을 알 수 있게 해놓았다. 여러 개의 방으로
나뉘어진 건물 별채에서 일행은 하룻밤을 묵으며 목욕을 하고 옷
을 갈아입고 누군가를 기다렸다.

막달과 향이와 삼월이 그리고 난아와 솔. 그들은 이 분위기가
무엇을 의미하는지 안다. 실내에는 긴장감이 감돌았다. 곧 각자
뿔뿔이 흩어질 운명에 처한 이들이다. 누구 하나 입을 떼지 않고
침묵한 채 앉아 있다. 온돌방에서만 생활하다가 침상에 기대어
앉아 있는 이들에게 몸과 마음은 쑤시고 아프다. 이들에게 이민
족의 풍습은 낯설고 두렵다 못해 생경하다.

끼니때가 되면 식탁에 나오는 음식은 빛깔이 화려하지만 향이
진해 속이 울렁거려 제대로 먹지 못했다. 산해관에서 푸짐한 해

산물을 그나마 좀 먹었을 뿐이다. 대하찜과 꽃게찜, 죽순볶음과
닭볶음, 가늘게 채 썬 채소를 기름에 볶아 노란 간장에 찍어 싸먹
는 만두가 식욕을 자극하다가도 야릇한 향이 속을 자극하면 목구
멍으로 넘어가지 않았다. 그 중에서 설설 끓는 물에 얇게 썬 소고
기와 양파와 양배추와 버섯류를 넣고 건져먹는 방법이 조금 담백
하다. 음식은 푸짐하게 나왔으나 그대로 남기기가 예사여서 조선
처녀들은 모두 마르고 초췌하다.

　사흘이 지나도록 소식이 없자 무슨 일인가 싶어 모두들 두려
움 가득한 낯빛으로 인솔자를 쳐다보거나 서로 눈치를 보며 침묵
에 잠겨 있다. 어떤 경로이건 간에 결론이 나기를 심정적으로 기
대하고 있는지도 모른다. 사흘이 지난 저녁 무렵 누군가 찾아왔
는데 역관이 의사라고 한다. 역관이 일행에게 모두 옷을 벗으라
고 말하자 주위가 소란스럽다. 모두들 얼어붙은 채 미동을 안하
자 호위병사가 칼을 빼든다.

　"설마 죽이기야 할라구, 빨리들 벗어."

　제일 먼저 향이가 옷고름을 푼다. 의사가 눈을 번득이고 호위
병사와 역관과 환관이 보낸 사람들이 두 눈을 똑바로 뜨고 조선
에서 온 처녀들을 뚫어져라 쳐다본다. 향이가 옷을 벗자 난아가
주섬주섬 따라 옷을 벗는다. 솔이는 난아 눈치를 보며 저고리를
벗고 치마를 내리는데 울듯한 표정이다. 호위병사 얼굴에 웃음기
가 살아나고 역관과 사신과 환관이 보낸 사람 몇이 매서운 매의
눈으로 난아 일행을 훑어본다. 뭔가 결점을 찾으려는 듯이.

"난 못해! 이 나쁜 놈들 버러지만도 못한 오랑캐놈들!"

돌연 막달이 호위병사의 칼을 빼앗아 자기 목을 찌른다. 조금 후 막달이 풀썩 고꾸라지고 목에서는 붉은 피가 흘러내리며 옷을 적신다. 당황한 역관과 호위병이 놀라 허둥댄다. 사신과 환관이 보낸 사람들은 침착하고 낮은 목소리로 지시를 한다.

"끌어내다 묻어버려."

아직 숨이 붙어 있는지 막달이 호흡을 거칠게 내뱉는다. 호위 병이 막달을 개처럼 끌고 어디인가로 데려간다. 솔이가 울음을 터트리고 향이가 사신 일행을 노려본다. 의사는 개의치 않고 능숙하게 가슴을 눌러보거나 음모를 살피거나 볼 살을 꼬집어보고는 고개를 끄덕인다. 솔이는 혼이 반쯤 나간 채로 오들오들 떨고 있다. 난아는 향이를 보며 더욱 입을 꼭 다물고 다리를 오무린 채서 있다.

"옷을 다시 입어라."

의사가 뭐라고 하자 환관이 보낸 사람이 고개를 끄덕이고 역관이 명령한다. 난아는 침착하게 속옷부터 하나씩 꿰어 입었다. 솔이가 손을 덜덜 떨며 옷을 입는데 속바지가 잘 꿰어지지 않아 바닥에 주저앉았다. 향이가 제일 먼저 옷고름을 여미고 솔이를 도와준다. 옷을 다 입자 한 명씩 이름이 호명된 후 명나라 사람을 따라간다. 미처 이별할 시간도 없고 인사를 나눌 시간도 없이 삼월이가 먼저 나간다.

"언니이."

삼월이가 뒤돌아보며 향이에게 소리쳤다. 겁에 질린 삼월이 목소리가 긴 복도를 따라 멀어졌다. 솔이가 다리를 후들거리며 뒤따라가고 그 다음 난아가 따라 나간다. 난아가 뒤돌아보자 향이가 웃으며 고개를 끄덕이는데 눈물자국이 보였다.

"언니이, 꼭 살아 있어요!"

난아는 향이에게 소리치며 환관이 보낸 사람을 따라 간다. 이미 체념한 상태라서 누구인지도 어디인지도 모를 곳으로 발길이 저절로 움직였다. 뜰에 나오자 가마가 대기하고 있다. 난아는 가마에 오르며 불안한 심경으로 어둠 속에서 들려오는 낯 선 말소리와 바람결에 묻어오는 이국의 냄새를 흡입한다. 어둠이 깔린 북경의 밤은 음식냄새와 말똥 냄새와 상인들의 고함소리로 넘쳐난다. 가마에 탄 채로 난아는 밖을 내다본다. 번화가를 지나갈 때 처마 끝에 매달린 홍등과 붉은 기둥의 집들, 도시는 온통 붉은 색으로 도배되어 있다.

환관

　가마를 탄 난아는 어둔 밤길을 묵묵히 응시한다. 이것이 나의 운명이라면 받아들이리라. 어린 나이이지만 조숙한 난아가 제 삶을 영위해가는 비결을 어렴풋이 터득해가는 것 같다. 철이 일찍 들었고 일찍 세상의 비밀을 알아버렸다. 난향을 만나면서 난아는 자신의 처지와 위치를 깨달았고 주인마님과 대감마님을 섬기며 사는 게 자신의 존재라고 알았다. 그런데 대감마님의 양녀가 되고 다시 먼 이국의 땅 낯선 사람의 양딸이 된다니 신분이 달라진다는 건 알고 있지만 슬퍼해야할 일인지 기뻐해야할 일인지 모르는 채로 난아는 묵묵히 어둠에 싸인 가마 밖을 내다본다. 드물게 불빛이 깜박이는 거리, 알 수 없는 남자들의 말소리, 난아는 어지러운 말발굽소리와 낯선 말소리를 들으며 어렴풋이 잠이 든다.

엉덩이가 바닥에 부딪히는 느낌에 난아는 눈을 뜬다. 누군가 가마 문을 올려주고 나오라고 손짓을 하고 있다. 주위가 환하다. 난아는 가마 안에 올라탈 때 미리 넣어준 비단 가죽신을 신고 가마 밖으로 나와 주위를 두리번거린다. 눈앞에 커다란 건물이 버티고 있다. 정문에는 솟을 대문이 높이 솟아 하늘을 찌를 듯이 위용을 드러내고 있는데 짐승의 모형을 얹어놓아 더욱 기괴한 건물로 보인다. 열려 있는 대문에는 붉은 바탕에 노란색 글씨로 복福 자가 크게 씌어져 있다. 대문 안으로 들어서자 나무 대문 두 짝이 막아선다. 난아가 두 번째 나무 대문을 열고 들어서자 넓은 마당에 이십여 명의 하인들이 부복해 있고 그 중앙에 관복을 입은 남자가 뒷짐을 지고 인자한 미소를 띠고 있다. 아주 짧은 순간이지만 난아는 살림의 규모를 짐작한다. 사방 동서남북으로 건물이 들어차 있고 중앙 건물 담장 옆으로 길게 기와 건물이 촘촘하게 서 있다. 빗질이 잘 된 마당과 반질거리는 마루, 처마를 떠받친 몇 아름이나 되는 나무기둥, 건물 수십 채가 잇대어 있는 규모는 생각보다 크다. 기둥에는 커다란 호박덩이 같은 붉은 등이 매달려 있다. 어느 곳에는 등 세 개가 나란히 세로로 이어져 있는 곳도 있다. 안으로 들어가는 문 옆으로 글자를 새긴 듯한 네모진 문양의 나무판이 붙여져 있어서 안과 밖의 경계를 구분지어 준다.

짧은 기간이지만 난아는 인사말 정도는 역관에게 익혔고 대충 돌아가는 분위기를 파악한다. 난아가 두 손을 앞으로 모아잡고 공손하게 허리 숙여 절하자 관복을 입은 남자가 허허 웃으며 앞으로 다가와 난아 손을 잡았다.

양대감.

남자는 양대감이라 불렸다. 역관에게 들은 말로는 환관 서열 중 두 번째라나. 세 번째라나. 그 위세를 미루어 짐작해본다. 부복한 하인들이 일제히 난아 앞에 허리를 깊이 숙여 절을 하고는 고개를 숙이고 있다. 난아 옆에 갈래머리를 땋아서 토끼 모양으로 올린 계집아이가 서더니 살짝 미소 짓고 인사를 한다. 난아는 직감으로 앞으로 자신과 인연을 맺게 될 아이란 걸 안다.

"동동."

"동동?"

"네 이름이 동동이라고?"

계집아이가 고개를 끄덕끄덕 한다. 신기하게도 난아는 조선말을, 계집애는 명나라 말을 하는데 둘은 각자 알아듣는다. 하인들이 흩어지고 난아는 동동이 안내하는 대로 별채로 따라간다. 중앙 건물 뒤로 돌아가니 정원이 있고 한가운데에는 연못이 있다. 연못을 가로질러 나무다리가 아치형으로 세워져 있고 못 바닥에는 얼음이 깔려 있다. 나뭇잎 몇 장이 얼음 속에 미이라가 되어 갇혀 있다. 물 흐르는 소리가 낮게 들려오고 어디인가에서 끊임없이 지하수가 솟아나는지 한쪽 귀퉁이에는 깨진 얼음 틈새로 물고기가 언뜻언뜻 지나다니는 게 보인다. 난아는 연못 아래를 한참이나 내려다보다가 물고기가 겨울을 잘 이겨낼까 걱정을 한다. 칼바람이 목덜미를 파고들고 손가락 끝이 시려왔다. 동동은 난아를 기다려준다.

별채 안으로 들어가자 대리석 바닥이 깔려 있고 마루와 현관을 경계로 붉은 공단커튼이 두껍게 쳐져 있다. 커튼을 젖히자 둥근 다탁이 놓여 있고 다탁위에는 풍성한 수를 놓은 꽃무늬 보가 씌어져 있다. 화려한 문양의 도자기에는 종이꽃이 담겨 있다. 다탁을 지나 두 개의 방이 있고 침상이 있으며 흰색과 황금색 커튼이 내려져 있어서 실내 풍경이 희미한 실루엣으로 드러난다. 기다란 베개가 두어 개, 공단 이불이 침상을 덮고 있다. 난아는 침상에 걸터앉아 물을 찾는다. 동동이 마실 물을 따라주더니 호리병처럼 생긴 도자기에 따뜻한 물을 담아와 둥근 도자기그릇에 채워놓는다. 난아는 겉옷을 벗어 동동에게 들려주고 세수를 하고 발을 한쪽씩 담가 적신 후 명주수건을 받아들고 닦는다. 얇은 커튼이 흔들린다. 커튼은 흰색과 황금색이 뒤섞여 흔들릴 때마다 금가루를 뿌려놓은 듯 반짝거린다. 침상에 벌렁 드러누우니 비로소 안도의 숨이 쉬어진다.

이곳이 앞으로 내가 살 곳이란 말인가.

난아는 기대와 두려움으로 가슴이 벌렁거렸다. 동동이 밖에 부복하고 서서 난아를 살피더니 밖으로 나간다. 가물가물 잠이 쏟아졌다. 꿈속에서 난아는 안국동 본가에 있다. 별당에는 난향이 나비를 쫓아가고 난아도 난향 뒤를 쫓는다. 난향이 뛰어가다가 돌연 멈추더니 숨을 몰아쉬며 말한다.

"너 어디서 왔니?"

"아씨."

"난 네가 바다 건너 먼 나라에서 왔으면 좋겠어. 다음에는 그렇다고 말해. 알았지?"

"아씨는 항상 엉뚱하다니까요."

"난 이곳이 답답해. 멀리 훨훨 날아갔음 좋겠어."

"오랑캐 땅이라고요?"

"오랑캐 땅이라도 상관없어. 그냥 조선을 떠나 멀리 가보고 싶다."

"아씨, 대감마님이 알면 경을 치겠어요."

"너도 나를 따라 갈 거지?"

"아무것도 부러울 게 없는 아씨가 왜 굳이 오랑캐 나라예요."

"바다 건너 먼 나라에는 뭔가 우리에게 없는 것이 있을 것만 같아. 너 상국에서 건너오는 물품 본 적 있니? 아버님이 사신단으로부터 받은 물품 중에는 옥이라든가 비취라는가 색감이 뛰어나고 하늘빛을 닮고 바다물빛을 닮은 것도 있더라."

"아씨, 위험한 발상은 그만하세요."

"내가 사내라면, 내가 대장부라면 세상을 주유했을 텐데."

"내가 아씨라면 명문 집안의 도령을 만나 알콩달콩 재미나게 살 꿈을 꾸겠어요."

"그것도 괜찮겠지. 그렇지만 그 일 말고 뭔가 더 흥미 있고 가슴이 뻥 뚫리는 그런 일이 있을 것만 같아."

"아씨는 남자로 태어났어야 해요."

"나도 그랬으면 좋겠다."

"우리 시장 구경 갈까?"

난향이 말을 마치자 뒷문을 열고 밖으로 나간다. 난아는 아씨를 부르며 뒤쫓는다.

"난얼아씨, 난얼아씨."

누군가 난아를 흔들어깨운다. 눈을 뜨니 동동이 옆에 서 있다. 난아는 주위를 두리번거리며 난향을 찾았다. 꿈이었구나. 동동이 수건을 가져다준다. 난아는 수건으로 이마에 솟은 땀방울을 닦아 내고는 일어나 앉아 원탁을 바라본다. 앵두 같이 붉은 열매와 노란 열매, 푸른 물고기와 노란 달, 국화, 나뭇잎이 그려진 화병이 눈에 들어온다. 윗부분에는 작은 글씨로 '오채용문산두병'이라 표기되어 있다. 주로 노랗고 붉고 초록빛과 검푸른색으로 그린 병 표면은 온갖 장식의 도안으로 가득 차서 집안을 밝고 건강하게 비춰준다.

뱃속이 허전하다. 꼬로록 소리가 나자 난아 얼굴이 빨개진다. 동동이 법랑에 과자를 담아 식탁에 올려놓고 손으로 가리컸다. 화병 못지않게 아름답고 정교한 그림이 그려진 법랑이다. 파란 바탕에 장식 도안을 곁들였는데 모란이나 다알리아 문양의 흰색, 노랑, 빨강, 짙은 파랑색으로 그려진 그림이다. 난아는 침상에서 내려와 쟁반위에 올려놓은 화과자를 하나 집어든다. 기름종이로 싼 과자다. 속봉지마다 미인도가 그려져 있다. 풍만한 가슴과 떡

벌어진 어깨의 당나라 여인이 부채를 들고 서 있는 그림이다. 팥
앙금이 들어간 과자는 달콤해서 우울한 기분을 싹 가시게 해준
다. 난아는 화 과자를 먹으면서도 안국동 본가의 인절미가 간절
하게 먹고 싶어진다. 부엌 어멈이 찹쌀을 빻아오면 바깥 일꾼들
이 돌아가며 널빤지에 떡반죽을 올려놓고 떡메로 내리친 뒤 볶은
콩가루로 만든 떡은 난향이 좋아한 요깃거리였다. 난아는 난향이
내미는 인절미를 받아먹으며 상전이면서도 언니 같고 동무 같이
대해주는 난향에게 무한한 애정을 느꼈다. 다른 사대부가는 주로
떡집에 주문을 하거나 떡을 팔러 다니는 아낙을 통해 구매하는데
성정이 깔끔한 안국동 본가 안방마님 신씨申氏는 집에서 직접 떡
을 해서 먹었다. 특히 겨울에는 광속에 찐 떡을 얼려두고 조금씩
꺼내어 화롯불에 숯을 피워 석쇠에 구워 먹었다. 동치미와 함께
먹는 인절미를 생각하다가 난아는 목이 메인다. 물을 한 모금 마
시고 나니 입맛이 달아나버렸다.

"대감마님."

동동이 호들갑스럽게 떠들며 옆으로 비켜서고 양아버지, 양대
감이 들어선다. 난아는 벌떡 일어나 고개를 살짝 숙이고 두 손을
모아잡고 서 있다. 양대감이 난아를 그윽하게 바라보더니 의자에
앉으라고 말한다. 난아가 의자 끝에 엉덩이를 살짝 걸터앉는다.

"불편한 건 없고?"

"……."

"발은 다 나았느냐?"

"……."

"앞으로 여기가 네가 거처할 곳이다."

"……."

"편히 쉬어라."

"……."

양대감이 헛기침을 하고 일어서자 난아는 따라 일어나며 고맙습니다, 하고 고개를 숙인다. 양대감이 나가고, 동동이 오일을 가져와 발에 발라주고 마사지를 해준다. 물집 생긴 자국이 아직 낫지 않았지만 손이 닿자 시원해진다.

"그만해."

난아는 동작을 중지시키고 천천히 실내를 돌아다닌다. 한쪽 벽에는 4폭 병풍이 세워져 있고 붉은 모란이 탐스럽게 피어 있는 그림이 수놓아져 있다. 모란꽃은 금방이라도 환하게 방안을 덮을 듯이 비단바탕에 가득하다. 난아는 무엇보다도 책상위에 놓인 서책과 문방사우에 관심이 간다. 비취빛 연적과 용머리문양의 벼루와 붓걸이에 걸린 모가 촘촘한, 작거나 큰 붓들, 반듯하게 펴진 화선지 뭉치는 난향아씨의 별채를 떠오르게 한다. 마음놓고 붓을 휘두르고 싶은 마음을 꾹꾹 누르며 주인아씨를 부러워만 했던 자신이 아닌가. 난아는 회심의 미소를 지으며 작은 병에 든 먹물을 부어 붓을 길들인 후 화선지에 자신의 이름을 써 본다.

난아蘭雅.

난아는 비로소 신분이 달라졌음을 실감한다. 네댓 살부터 눈

칫밥으로 세월을 보낸 난아는 열 살 나이라 하더라도 또래보다는 성숙했다. 병풍 뒤에는 난아의 옷방이 있다. 비단에 수를 놓은 바지와 저고리와 버선과 가죽신이 빼곡하게 차있다. 거울이 걸린 벽장에는 장신구가 들어 차있다. 나비문양의 머리핀에서부터 챙이 달린 모자와 팔찌와 발찌에 이르기까지 안국동 본가에서 본 적 없는 물건들이다. 난아는 하나하나 어루만지며 난향을 생각한다. 동동은 뒤를 졸졸 따라다니며 난아의 행동을 호기심어린 눈으로 쳐다본다. 동동이 계속 무언가 종알대는데 알아들을 수가 없다. 난아는 잠자코 실내 장식품을 만지거나 쓰다듬거나 들여다본다.

"이 안에 있는 것은 모두 내 것이란 말이지."

난아는 한 번도 자신의 소유로 뭔가를 가져본 기억이 없다. 좋은 것은 먼저 주인아씨의 것이었고 남은 거라도 허락을 받아야 했다. 자신의 것을 갖는다는 느낌은 뭐랄까, 꽉 찬 느낌이 들어 난아는 이것을 다시 놓치지 말아야겠다고 속으로 다짐한다. 뒤를 돌아보니 동동이 입을 비쭉거리는 것 같아 매서운 눈으로 노려보자 움찔 수그러드는 기색이다. 너도 나를 무시하니. 조선 계집아이라고? 난아는 두 주먹을 불끈 쥐고 문방사보가 있는 자리로 돌아가 의자에 주저앉는다.

며칠이 지나자 난아는 어느 정도 집안 분위기에 익숙해졌다. 황궁으로 출퇴근하는 양대감은 가끔 난아를 불러 말을 시켰다.

"네가 살던 고향 얘기 좀 해다오."

난아는 무슨 말인지도 모른 채 생각나는 대로 종알거렸다.

"제 고향에서 여기까지 무척 멀었어요. 다리가 아프고 발이 아파 울 것 같았고, 같이 온 동무들이 없었다면 더 힘들었겠죠. 그런데 그 동무들은 어디로 갔는지 궁금해요. 혹시 알 수 있을까요? 어렵겠죠? 삼월이와 향이와 솔이……. 그 아이들도 나처럼 큰집으로 갔을까요? 죽은 막달과 장미가 생각나요. 죽지 않을 수도 있었는데. 죽은 그 아이들의 영혼은 어디로 갔을까요? 가끔 죽음을 생각하면 슬퍼져요. 저에게도 그런 날이 오겠죠? 그런데 이 집은 정말 커요. 이게 다 대감님 것인가요? 안국동 본가는 이것에 비하면 정말 작아요. 저는 안국동 본가가 큰집이라고 생각했거든요. 궁금한 것은요. 대문과 기둥에 왜 붉은색을 입히죠? 지붕 기와도 붉고 옷도 붉고 모두모두 붉어요. 귀신을 쫓기 위함인가요? 우리나라에서는 붉은색이 귀신을 쫓는다고 했거든요……."

난아는 쉴새없이 종알거렸다. 말상대도 없고 말을 할 수도 없는 상황에서 누군가에게 조선말을 하고 싶었다. 양대감은 그런 난아를 멀거니 바라보며 고개를 끄덕이더니 머리를 쓰다듬어주고는 일어선다. 난아는 문밖까지 배웅하고 들어와 동동을 내보내고 침상에 누워 두 다리를 뻗으며 가만히 천장을 쳐다본다. 천장에 수놓아진 화려한 꽃무늬를 한참 올려다본다.

저녁이 오고 밤이 온다.

아침이 오고 한낮이 온다.

다시 저녁과 밤.

난아는 되풀이 되는 일상에서 한 가지 이상한 점을 발견한다. 가끔 수레에 물건을 가득 싣고 오는 사람들 때문이다. 한두 사람이 오기도 하고 여러 명이 한꺼번에 오기도 하는데 무엇을 내리는지 알 수가 없다. 하루는 난아가 멀리서 지켜보는데 희고 기다란 뿔이 보여 동동에게 물어보니 난아 소매를 잡아당기며 끌고 간다. 동동은 심각한 얼굴로 그걸 보면 안 된다는 투로 말을 한다. 상아. 난아는 그게 상아라는 것을 알아듣는다. 수레는 가끔 들어오고 늘어나는 물품을 저장하기 위해 창고를 새로 짓고 다시 물품이 들어오고 창고를 다시 짓고 하는 일이 반복된다. 양대감은 가끔 난아를 불러 과자를 집어주거나 장신구를 선물한다. 그러고는 말을 시켰다. 난아는 아무런 말이나 하고 싶은 말을 주절거렸다.

"제 고향에서 여기까지 무척 멀었어요. 다리가 아프고 발이 아파 울 것 같았고, 같이 온 동무들이 없었다면 더 힘들었겠죠. 그런데 그 동무들은 어디로 갔는지 궁금해요. 혹시 알 수 있을까요? 어렵겠죠? 삼월이와 향이와 솔이……. 그 아이들도 나처럼 큰집으로 갔을까요? 죽은 막달과 장미가 생각나요. 죽지 않을 수도 있었는데. 죽은 그 아이들의 영혼은 어디로 갔을까요? 가끔 죽음을 생각하면 슬퍼져요. 저에게도 그런 날이 오겠죠? 그런데 이 집은 정말 커요. 이게 다 대감님 것인가요? 안국동 본가는 이것에 비하면 정말 작아요. 저는 안국동 본가가 큰집이라고 생각했거든요. 궁금한 것은요. 대문과 기둥에 왜 붉은색을 입히죠? 지붕 기와도 붉고 옷도 붉고 모두모두 붉어요. 귀신을 쫓기 위함인가요? 우리나라에서는 붉은색이 귀신을 쫓는다고 했거든요…….”

난아는 지난번과 똑같은 말을 다시 늘어놓는다. 잠시 침묵한 뒤 난아가 뜬금없이 뿔 이야기를 늘어놓는다.

“흰 뿔을 보았어요. 커다란 짐승 머리에 기다란 뿔이 자라고 있었어요. 그 뿔은 계속계속 자랄 거예요. 긴 뿔이 자꾸 자라서 하늘에 닿을 수 있겠지요?”

기다란 뿔 이야기를 쉬지 않고 하는 난아를 양대감은 멀거니 바라다본다. 그러더니 머리를 쓰다듬어주고는 가버린다. 동동이 이상하다는 듯 고개를 갸웃거린다.

어느 날은 양대감이 이야기를 하고 난아가 듣고 있다. 양대감은 난아를 한 번 바라다보다가 한숨을 내쉬고는 조곤조곤 이야기를 한다.

“얘야, 황궁을 본 적이 없지? 황궁에는 수만 명의 사람들이 사는데 모두 황제를 위해 일하는 사람들이야. 황상의 근심이 깊어지고 있단다. 북방 오랑캐가 날뛰거든. 변방의 인심이 뒤숭숭하단다. 지방의 성이 함락되고 있다는 보고가 계속 들어오고 있단다. 아무래도 어려움이 닥칠 것 같구나. 그렇지만 걱정 말아라. 넌 참 참새처럼 말을 잘하는구나. 너 같은 자식을 두었다면 내 인생은 괜찮았을 텐데 말이다. 내 집 창고와 지하실에는 지상의 귀한 물건이 쌓여 있지만 그게 다 무슨 소용이 있겠니? 내 뒤를 이을 아들이 없는데…….”

난아는 양대감을 올려다보며 고개를 끄덕인다. 무슨 뜻인지 알 수 없지만 인생은 쓸쓸하단다, 라고 말하는 듯하다. 한동안 양대감은 난아에게 뜻모를 이야기를 하고는 조용히 일어선다. 일어서며 머리를 쓰다듬어주는 동작은 변함이 없다. 문앞까지 배웅을 하고 돌아서며 난아는 가슴 속이 허전해진다. 난아는 이 순간 안국동 본가의 청국장이 먹고 싶어진다. 돼지고기를 싸 먹는 겨울 김장김치 맛도 그립다. 난아가 몇 달 내내 그리워하는 건 고국의 산천도 사람도 아닌 청국장과 김장김치일 뿐이다.

양대감이 그렇게 난아에게 뜻모를 이야기를 해주는 동안 계절이 바뀐다. 어느 날 양대감이 황궁에서 퇴궐하는 길에 난아 방에 들러 지난 번 이야기와 비슷한 얘기를 하고는 본채로 가버렸다. 그날 양대감의 태도는 뭔가 불안정하고 서두르는 느낌이 들었다. 난아는 시간이 흐를수록 바닷물에 조금씩 몸체를 잠식당하는 모래밭처럼 점점 아득해지는 느낌이다. 난아는 어쩐지 옛 이야기를 하고 있다는 느낌에 슬퍼졌다. 허구를 짜깁기해서 이야기한다는 느낌이 강할수록 난아의 가슴 안에 커다란 구멍이 뚫리고 슬픔의 크기가 자라는 것 같았다. 난아는 이제 굳이 동동이 쓰는 말을 배우려 애쓰지 않았다. 굳이 배울 필요를 못 느낀다. 양대감의 말을 못 알아 들어도 시간은 가고 계절은 어김없이 찾아온다. 어쩐 일인지 양대감은 다른 것은 모두 배려해주는데 말을 가르치는 스승은 들이질 않았다.

　추위가 점점 심해지자 양대감은 난아에게 북쪽 나라에서 운송된 사슴가죽 모자와 표범가죽 코트를 갖다 준다. 봄햇살 받는 고양이의 등허리만큼이나 따뜻하고 부드러운 모자와 털외투였다. 난아는 외출할 때 표범외투를 걸치고 사슴가죽 모자를 쓰고 시내 거리를 쏘다니거나 시장거리에서 진귀한 물품을 구경하느라 저녁이 저물어가는 줄도 모른다. 밤이 깊어 우울한 얼굴로 어쩌다 얼굴을 비추고는 머리를 쓰다듬어주고 사라지는 양대감의 등을 빤히 바라다보는 난아 가슴에 슬픔이 들어찬다. 돌아서는 등을 보는 일은 쓸쓸한 기억을 떠올리게 한다. 난아의 나날은 단조롭고 지루하다. 난아는 때때로 동동에게 쉬라고 이르고는 스스로 걸레질을 하거나 정원에 풀을 뽑거나 일을 만들어하지만 노동력의 결실이 없는 일은 무의미할 뿐이다.

　양대감이 부쩍 황궁에 자주 부름을 받아 나가는 날은 집안이 어수선하다. 밤이 깊어 돌아온 양대감의 얼굴이 부쩍 어두워졌다. 난아는 다시금 예전처럼 고국 이야기, 헤어진 동무들 이야기, 고향의 김치맛과 청국장이 먹고 싶어 울고 싶다는 이야기를 종알댄다. 묵묵히 듣고 있던 양대감이 그만 됐다며 일어나 가버린 후 난아는 더욱 우울해진다. 난아는 가죽 신발을 집어 던진다. 동동이 놀라 달려와 가죽신을 제자리에 갖다놓는다.

　그 무렵 난아는 이상한 사람을 만난다. 마구간에서 말똥을 치우며 말을 돌보는 남자였다. 그의 첫 인상은 기억나지 않고 눈빛만이 기억에 남아 있다. 큰 눈 가득 슬픔을 담고 있는 남자는 난아가 가까이 가자 움찔 뒤로 물러났다. 난아보다 열 살은 더 들어 보이는 청년이다. 덥수룩한 머리에 다갈색 피부가 드러나는 가슴팍, 힘줄이 돋보이는 팔뚝이 힘이 센 장사 같았다.

"이 집에 사는 분인가요?"

"……."

"뭐라고 불러야 하나요?"

"리빈李彬"

"리빈?"

난아는 리빈, 하고 소리를 내어본다. 리빈의 얼굴이 빨개져서 웃는다.

"뭐하는 거야?"

동동이 소리치며 난아 옷소매를 잡아끈다. 동동이 리빈에게 뭐라고 소리치며 화를 내고 리빈은 아뭇소리 못하고 고개를 숙이고 있다. 난아가 어리둥절해서 두 사람을 쳐다보자 리빈이 마구간 안으로 들어가 말궁둥이를 철썩 때린다. 짙은 밤색과 검은 색이 뒤섞인 말꼬리가 휘익 허공을 가르며 한 바퀴 돌았다. 말이 울음소리를 내더니 마구간을 빠르게 돌아다녔다. 말고삐를 쥔 리빈이 말 잔등을 어루만지며 달래는 게 보이고, 영문을 모른 채 동동에게 붙들려 온 난아가 왜 그러느냐고 눈빛으로 묻는다. 동동이 아무튼 그를 만나면 안된다고, 양대감이 알면 큰일난다고 다소 겁먹은 표정을 보여서 난아는 아리송한 표정을 짓는다.

며칠동안 양대감의 발걸음이 뜸해졌다. 난아는 동동에게 심부름을 보내고 혼자 방을 빠져나와 마구간으로 간다. 마구간은 뒤채 담을 따라 오백 보 거리에 있다. 장화를 신은 리빈이 가죽 허리띠를 풀어 벌거벗은 상체를 내리친다. 난아는 조금 떨어진 거리에서 리빈을 보며 뭐하냐고 소리친다. 리빈이 난아를 보더니 동작을 멈추고는 이마에 땀을 닦으며 다시 마구간으로 들어가버린다. 짚과 말똥이 뒤섞인 마구간 안에는 갓 태어난 망아지가 어미 말 뒤에 바짝 붙어 서서 겁먹은 눈망울을 굴리고 있다. 난아는 망아지 눈빛이 리빈을 닮았다고 생각한다. 이상하게도 이 집안 남자들의 눈빛은 모두 크고 슬픔이 가득하다. 리빈의 검은 눈동자가 난아를 쳐다본다. 난아는 똑바로 리빈을 바라보며 무슨 문제가 있느냐고 묻지만 리빈은 가만히 응시할 뿐이다.

　"난얼아씨!"

　난아는 동동이 부르는 소리를 듣고서야 마구간을 벗어나 연못 주위를 걷는 척 한다. 동동이 의심하는 듯한 눈초리로 냄새라도 맡아볼 요량인지 큼큼대며 코를 싸쥔다. 옷에서 말똥냄새가 나는 모양이다. 난아는 연못가에 주저앉아 귀를 기울인다. 낮게 흐르는 물소리가 귓가에 감미롭게 감겨든다. 차고 두꺼운 얼음층 저 깊은 곳에서 들려오는 물소리는 난아의 심장을 뛰게 만든다. 난아는 물고기 떼가 궁금해졌다. 물고기는 얼음장 같은 물속에서 어떻게 견디고 있을까. 봄햇살을 볼 수 있을까. 그즈음 난아 걱정은 한 가지, 물고기의 안위였다.

하인들이 창고에서 장작개비를 안고 마당을 가로지르는 게 보였다. 난아는 시린 손을 비비며 방으로 돌아와 동동이 가져다 놓은 난로에 손을 쬔다. 동동이 심통스러운 낯빛으로 난아의 시선을 외면한다. 차고 건조한 바람이 하루종일 불어댄다. 창문을 흔드는 바람소리는 난아의 잊혀진 기억을 끄집어내어 까닭모르게 슬픔에 젖게 만든다.

바람 찬 겨울, 친척 손에 이끌려 안국동 강 대감 댁을 찾았을 때는 해가 질 무렵이었다. 저녁밥을 짓는 연기가 골목에 가득차서 나그네 발걸음을 멈추게 하던 시각이다. 친척이 고모였는지 작은 할머니였는지는 기억나지 않았다. 난아가 제일 먼저 만난 사람은 마당쇠영감이었고 그 다음에 부엌을 담당한 찬모 덕순이다. 친척이 부엌에서 누룽지 국물 한 사발을 얻어마시고는 언 손을 아궁이 앞에 쬐고는 사라졌고, 난아는 찬모 덕순을 따라 안방마님 신씨申氏를 뵈러 갔다. 마당에 서서 난아는 두 손을 호호 불며 서 있고 덕순이 절을 시키는 장면이 느리게 지나간다. 안방마님은 대충 눈으로 훑어보고는 덕순이더러 데려가 알아서 일을 시키라고 하더니 돌아서는 난아를 불러세웠다.

"몇 살인고?"

"다섯 살이라 하옵니다."

난아 대신 얼른 덕순이 친척에게 들은 대로 대답한다.

"별당에 데려가거라."

안방마님은 한 마디 던지고는 문을 닫고 들어가버렸다. 덕순은 난아를 부엌으로 데려가 아궁이 앞에 앉혔다. 난아는 아궁이 앞에 앉아 꾸벅꾸벅 졸았다. 덕순이 깨우는 바람에 눈을 뜨고는 저녁밥을 먹고 그날 밤 찬모 방에서 같이 잤다. 잠결에 이불깃을 잡아당겨 덮어주는 덕순의 손길이 느껴졌다. 까슬까슬한 살갗의 감촉은 따듯했다. 노동으로 단련된 손이었다.

다음날 난향을 만난다. 또래로 보이는 난향은 밝고 활달한 성격이라 스스럼없이 대해주었지만 난아는 어색해서 낯가림을 했다. 죽은 부모의 기억이 희미하게 사라져가는 것 같아 난아는 기를 쓰고 떠나온 집을 기억해내려 애썼다. 시간은 지나가고 기억도 추억도 모두 희미한 그림자로 남아 있지만 유난히 추웠던 겨울의 삭막한 풍경만은 또렷하게 남아 있다. 손발이 얼고 코가 얼고 홑바지 속으로 파고들던 추위에 울음이 터질 것 같던 겨울저녁, 난아는 부모의 기억과 추위의 기억이 교차되며 서러웠던 나날들이 새삼스럽게 겹쳐졌다.

정원의 나무들이 휘청거렸다. 식물이 말라붙은 화단에는 얼어붙은 흙덩이들이 봄을 기다리고 있다. 언제 올 지 모를 봄을 기다리는 생명체들이 서로 몸을 비비며 기대어 있다. 저녁식탁에 나온 시엔로우 빠오즈(신선한 돼지고기 만두) 다섯 개를 순식간에 먹어치운 난아는 두터운 겉옷을 입고 목도리를 두르고 사슴가죽 모자를 눌러쓰고 밖으로 나온다. 달빛이 정원에 교교하다. 달빛 그림자에 검은 나뭇가지가 흔들렸다. 겨울밤이면 신선이야기를 들려주던 찬모 덕순이 생각이 간절하다. 효도한 호랑이이야기며 바다

건너에서 시집 온 인도 공주 이야기, 신선이 호랑이를 데리고 금
강산이며 백두산을 다닌 이야기를 들으며 잠이 들곤 했는데 잠결
에 등을 따뜻하게 덥혀주는 온돌방의 느낌은 낯 선 나라에 온 후
로 더욱 간절해진다. 목화솜 이불이 가볍게 몸을 감싸주지만 따
뜻한 방바닥의 기억은 새록새록 되살아난다.

추위가 깊어질수록 북풍이 몰아칠수록 따뜻한 아랫목 생각이
더욱 간절한 밤이다. 난아는 살며시 일어나 소리 나지 않게 문을
닫고 밖으로 나온다. 달빛이 연못위에 내려앉는다. 얼음이 하얗
게 빛나며 나무그림자가 얼음위에서 미끄럼을 탄다. 바람이 불면
부는 대로 나무 그림자는 흔들린다. 난아는 아치형 나무 다리 위
에서 연못을 내려다본다. 인기척이 나서 돌아보자 담 옆에 검은
그림자가 서 있다가 어둠 속으로 후다닥 숨어버린다. 긴장한 난
아가 소리를 낮춰 누구냐고 묻자 그림자는 달아나버린다.

난아는 매일 밤 나무다리를 서성이며 도망치는 그림자를 만난
다. 어느 밤, 난아는 일찍 저녁을 먹고 동동을 떼어버린 후 담장
밑 나무 뒤에 숨어 그림자를 기다린다. 초저녁달이 떠오를 무렵
검은 그림자가 나타난다. 난아는 어둠 속에서 그를 뚫어지게 살
펴본다. 달빛이 환하게 쏟아지자 그림자의 모습이 드러난다.

"리빈."

난아가 부르자 리빈이 놀라 뒤로 몇 발짝 물러나더니 도망치려
한다.

"가지마!"

난아가 소리치자 리빈이 발걸음을 멈춘다.

"여기 왜 숨어 있었어요?"

"……."

"누구를 기다려요?"

"아무도 안 기다렸어."

"……."

"내일 말 태워줄게."

그 말을 하고 리빈은 후다닥 사라져버린다. 난아는 말은 서툴지만 이제 어느 정도는 말귀를 알아듣는다. 말귀가 열리기 전에 눈치가 더 발달했다. 난아는 방으로 돌아와 리빈의 검은 눈동자를 잠시 떠올렸다.

지루하던 겨울 추위가 물러가고 봄볕이 정원에 가득 쏟아졌다. 연못의 얼음은 풀려 물고기 떼가 한꺼번에 몰려다녔다. 난아의 말 타는 실력은 꽤 늘었다. 난아가 양대감 댁에 온 지 세 번째의 봄이다. 말 타는 실력은 부쩍 늘어서 혼자서도 조랑말을 타고 시장거리를 돌아다닐 정도다. 리빈은 난아가 말을 타고 말고삐를 당기며 말을 다룰 때마다 즐거워한다. 잠깐 그의 검은 눈빛에 담겨 있던 투명한 액체가 사라지는 순간이기도 하다.

점심으로 국수를 먹고 침상에 누워 있던 난아 귀에 울음소리가 들려온다. 난아는 귀를 기울여 듣다가 이불을 젖히고 일어나 울음소리가 나는 곳을 따라 방을 나온다. 정원을 지나 안마당으로 나오자 낯 선 여자가 맨바닥에 털퍼덕 주저앉아 울부짖고 있다. 여자는 흑단 같은 머리를 틀어 올렸는데 옥으로 된 머리빗을 꽂았고 나이는 분간하기 어려웠으나 뒷목덜미의 곡선이 아름다웠다. 전체적으로 아름답지만 차가운 인상을 풍기는 여자였다. 난아를 발견한 여자가 울음을 그친다. 그러고는 매서운 눈빛으로 노려보더니 다시 울음을 토해낸다.

"영감, 오죽하면 다시 찾아왔겠어요. 영감과 헤어지고 나서 후회하고 또 후회했어요. 삼 년 전 당신이 저를 친정으로 보낸 후 그날부터 제 목숨은 죽은 목숨이었어요. 영감, 지난 일은 다 잊고, 오해를 푸세요. 그리고 이 집에 그냥 살게 해주세요. 죽은 듯이 조용히 살아갈게요. 멀리서 영감 그림자를 보며 살아갈게요. 처녀로 영감에게 시집와서 오직 영감만 바라보고 십 년을 살았는데 어떻게 그런 계집의 허무맹랑한 말만 믿고 내칠 수 있어요? 친정어머니는 저 때문에 병이 나서 드러누웠어요. 병수발만 삼 년 하다가 어머니를 땅에 묻고 나니 막막했어요. 이제 나에게 가족이라고는 없는데 영감 생각이 간절하게 났어요. 죽이든 살리든 맘대로 해요. 이제 나한테 가족이라고는 영감밖에 없다구요."

여자는 치마끝으로 코를 풀고는 다시 울부짖는다. 한참만에야 양대감이 방문을 열고 나와 여자를 물끄러미 바라다본다. 양대감의 표정이 복잡하다. 그 눈빛에는 고통이 서려 있다. 난아는 양대감의 눈빛을 어디에선가 본 듯하다. 그래, 리빈에게서도 똑같은 눈빛을 보았었지. 양대감은 말없이 여자를 지켜보다가 하인을 불러 여자를 옆 건물 방으로 모셔가라고 말한다. 여자는 몇 번이나 머리를 땅에 박고는 고맙다고 절을 하더니 일어나 손을 탈탈 턴다. 하인을 따라 가던 여자가 난아를 힐끔 뒤돌아보더니 매서운 눈빛으로 쏘아본다. 난아는 슬그머니 여자의 눈빛을 피해 고개를 돌려버린다. 건드리면 승냥이처럼 물어뜯을 기세다.

난아는 눈빛으로 쏘아보던 여자가 목에 걸린 가시처럼 자꾸 걸린다. 난아는 여자의 눈빛이 떠오르자 낮의 일도 다시 생각나고 해서 동동을 불러 물어본다.

"낮에 본 여자가 안방마님이었어? 안방마님이 왜 무릎 꿇고 빌었는지 넌 알지?"

"아이구, 그런 말 하지도 마세요."

동동은 큰일이라도 난다는 듯 펄쩍 뛰며 아무것도 모른다고 시치미부터 뗀다. 동동이 강하게 부정을 하는 모양새가 오히려 의심을 갖게 하는데도 그녀는 모른다고 잡아뗀다. 난아는 마구간으로 달려간다. 리빈은 긴 나무의자에 기대어 앉아 달을 쳐다보고 있다가 난아를 보고 의외라는 표정이다. 난아는 낮의 일을 말해 준다.

"리빈, 뭐 알고 있는 일 있어?"

"……"

"응, 뭔가 알고 있지?"

"난아, 도대체 내가 뭘 안다고 그래?"

난아가 재촉하자 리빈이 화를 내며 모르는 일이라고 말하고는 일어선다. 같은 집에 살면서 그런 것도 모른다고 난아가 힐난하자 리빈의 낯빛이 순간 어두워진다. 리빈이 두 손으로 머리를 감싸쥐고는 피곤하다고 말한다. 난아는 리빈을 쳐다보며 미안하다고 말하려는데 리빈의 얼굴이 일그러지며 고통스러운 낯빛으로 변한다.

"리빈, 어디 아파요? 의사를 부를까?"

리빈이 고개를 가로젓는다. 난아가 당황스러워 어쩔 줄 몰라하는데 리빈이 고개를 쳐들고 난아를 똑바로 바라본다.

"누군가를 사랑해봤니?"

"……."

리빈이 간절하게 묻고 있다. 난아는 말없이 리빈을 바라보다가 고개를 가로젓는다. 리빈은 누군가의 이름을 부르며 가슴을 쥐어뜯는다. 난아는 후들거리는 다리로 겨우 방으로 돌아와 문을 잠근다. 동동이 쫓아와 어딜 갔었느냐고 대감마님이 왔다갔다고 전한다. 난아는 동동의 말이 귀에 들어오지 않는다.

"동동, 이 집에는 이상한 일들이 많아, 그렇지?"

"무슨 소릴 하는 거예요."

"분명 뭔가가 있어."

"있긴 뭐가 있어요?"

"낮에 마당에서 울던 여자는 누구니?"

"아하, 안방마님이에요."

"양대감님께 부인이 있었다고?"

"친정에 쫓겨 갔다가 다시 왔는데 무서운 분이에요."

"왜 쫓겨 갔는데?"

"그건……말 할 수 없어요."

난아는 뭔가 이 집안에 숨어 있는 비밀의 열쇠를 맞춰보고 싶은 충동이 일어난다. 동동이 주위를 살피며 발뒤꿈치를 들고 걸어 나가더니 현관문 단속을 하고 다시 온다. 난아가 울던 여자에 대해 물을 때마다 동동은 난처한 표정을 짓는다. 그러면서 귓속말로 소곤거리는데 남자가 있었다고, 남자와 만나는 걸 양대감께 들켰고 여자가 아니라고 잡아뗐지만 남자가 고백하는 바람에 친정으로 쫓겨났다고, 쫓겨난 지 삼 년이 되는데 다시 돌아왔다고, 아마도 재산이 탐이 나서 돌아온 것 같다고 말하고는 다시 한 번 주위를 휘둘러본다.

"양대감님은 부인을, 안방마님을 사랑했니?"

"물론이지요."

"그런데 왜."

"그야……. 저도 모르지요."

그러면서 동동이 의미심장한 웃음을 짓는다. 난아는 그 웃음의 의미를 짚어보며 동동에게 꿀밤을 준다.

"이상한 건 안방 마님이 떠난 후로 아무도 그 방을 들어가 본 사람이 없다는 거예요."

"안방은 비어 있니?"

"마님이 쓰던 그대로 손가락 하나 대지 못하게 했어요."

"그으래?"

"그래서 아랫것들도 모두 이상하다고 그래요."

난아는 안방마님의 매서운 눈빛을 떠올리고는 오싹해지는 느낌에 사로잡힌다. 이상하게도 그 눈빛에서 어두운 그림자를 발견했다. 동동은 혹여 자신이 한 말이 누군가가 들었을까봐 겁을 내며 밤 인사를 하고 처소로 돌아간다.

낮의 일 때문인지 밤이 깊도록 잠을 못이루고 뒤척이던 난아는 새벽녘에야 겨우 눈을 부치고 다음날은 해가 중천에 떴을 때야 일어난다. 원탁에는 주전자와 찻물이 준비되어 있고 만두접시가 놓여 있다. 고양이 세수를 하고 옷을 챙겨 입고 대문 밖으로 나가니 동동이 안방마님에게 꾸지람을 듣고 있다. 난아의 눈과 안방마님의 눈이 마주친다.

"팔자가 늘어졌구나, 조선 계집 주제에."

"……."

"양녀라고? 내 조카도 있는데 하필이면 조선 계집이야, 영감이 정신이 나갔지."

난아는 어찌해야 할지 몰라 가만히 서 있고, 동동이 안절부절 못한다.

"영감은 무얼 보고 이런 계집을 데려왔나 몰라."

안방마님은 눈꼬리를 치뜨고 입술을 비쭉이며 침을 바닥에 퉤 뱉고는 일하던 하인들에게 소리를 냅다 지르고는 자리를 떴다. 이후 난아는 툭 하면 안방마님에게 불려가 방을 청소한다거나 잡다한 일을 하거나 하며 긴장감을 조성하는 분위기에 조금은 위축되어 지냈다. 안방마님은 집을 비운 사이에 아랫것들이 혹여 자기를 무시한다고 여기는지 하는 말마다 시빗조로 나온다.

"이것들이! 나를 뭘로 보고."

안방마님이 내뱉는 말은 대체로 정해져 있다. 집안 구석구석을 돌아다니며 잔소리를 하고 감시를 하는 통에 하인들은 긴장을 늦추지 못하고 눈치를 본다. 안방마님이 돌아오고 나서 난아는 양대감을 통 보기 어렵다. 난아에게 향하던 발걸음도 끊어진 지 오래다. 무슨 일일까. 난아는 동동과 함께 시장거리를 구경하는 일에 흥미를 갖고 자주 외출을 한다. 만두를 파는 가게를 지나 커다란 찐빵을 파는 곳, 닭발과 양꼬치구이와 개고기와 전갈튀김과 지렁이 튀김, 거미튀김과 불가사리 튀김과 메뚜기볶음 가게 앞에 사람들이 모여 서서 튀김을 먹고 있다. 안으로 더 깊이 들어가면 뱀을 파는 곳이 있는데 머리에 두건을 쓴 사람이 입에 침을 튀겨가며 몸에 좋은 강장제라고 소리친다. 누런 황금색깔을 가진 뱀은 몸통이 얼마나 굵은지 성인 팔뚝 세 개를 합쳐놓은 것 같다. 긴 몸뚱어리를 저 스스로도 주체 못해 자기 몸을 둥글게 말고 대가리를 쳐들고 있다. 코브라와 독사와 풀뱀과 크고 작은 뱀 가게에 사람들이 줄을 서서 구경을 하거나 흥정을 한다. 엿콩을 사서 동동과 나누어 먹으며 집으로 돌아오면서도 난아는 자꾸 트집을 잡는 안방마님 때문에 걱정이 앞선다. 집안 분위기는 예전과 달라졌다. 단조롭고 평화롭던 분위기에 균열이 가고 있다.

"대감마님은 안방마님을 아직도 잊지 못하나봐요."

난아가 한숨을 폭 내쉬자 동동이 위로랍시고 한 마디 거든다는 게 더 우울한 기분에 빠지게 한다.

"완전 남남인 줄 알았는데 이번에 보니 그게 아닌 것 같아요."

"사랑했나봐."

"대감마님이 끔찍이 위해줬어요."

"그런데 뭐가 문제야?"

"그야 뭐, 낸들 아나요."

"둘 사이를 갈라놓은 게 남자문제야?"

"말했다는 게 발각되면 난 죽은 목숨인데……."

"괜찮아, 말해봐."

"마구간지기 리빈 말이에요."

"리빈이 왜?"

"대감마님 조카예요."

"그런데?"

"어느 날 밤 둘이 같이 있는 것을 들통 났지 뭐예요. 분노한 대감마님이 어떻게 된 일이냐고 캐어 묻자 리빈이 혼자 자는 마님 방에 뛰어들었다고 하고, 리빈은 안방마님이 불렀다고 하고, 서로 말이 어긋나자 리빈은 후계자에서 제외되고 안방마님은 친정으로 쫓겨간 거죠."

"그런 일이 있었구나."

난아는 리빈의 눈에 비친 슬픔과 양대감의 눈에 보이던 고통이 비슷한 종류인 것 같다고 느꼈다. 리빈은 마님을 사랑한 걸까. 세 사람 모두 진실하지 못한 비밀을 안고 서로를 속이고 있는 게 아닐까. 세 사람은 모두 가슴 속에 불꽃을 간직하고 있는 셈이다. 난아는 양대감의 근황이 궁금해졌다. 삼 년여의 시간동안 양대감은 자신의 말을, 난아는 난아대로 조선의 말을 하며 각자 어디인가 먼 곳을 향해 끊임없이 독백하며 보냈다. 그 시간은 자신에게 향한 분노이며 슬픔이며 허망함을 이겨내려 몸부림 친 흔적이다. 또한 각자 스스로에게 독백을 하며 자신을 위무한 시간이기도 하다. 배신에 따른 고통이나 고아신분으로 고국을 떠난 외로움이나 다른 종류의 아픔이라 하더라도 결국은 같은 것이다. 인간의 슬픔과 고통은 자신의 몫이다. 하지만 같은 아픔을 안고 산다는 깊은 동류의식은 힘이 되는 법이다.

어디선가 말발굽소리가 들려온다. 난아는 한동안 말을 타지 못했다. 분위기도 어수선했고 마구간에 가면 리빈이 안보여서 그냥 돌아오곤 했다. 말을 끌고 가는 총각의 뒷모습이 리빈과 닮아 있다. 난아는 리빈을 부르며 쫓아간다.

"리빈."

난아가 큰소리로 부르자 총각이 뒤돌아본다. 낯선 얼굴이다. 난아는 난감한 표정으로 인사를 하고 돌아서는데 가슴이 허전해진다. 봄볕이 질척거리던 시장거리의 바닥을 바짝 말리고 있다. 버석거리는 흙에서 먼지가 일어난다.

황궁

움츠렸던 나뭇가지에 봄물이 돌아 윤기가 흐른다. 대지는 온
통 연둣빛 물결이다. 큰 가지 작은 가지 할 것 없이 몸체에서는
생명이 움트는 소리가 들리는 듯하다. 가지마다 새순이 삐죽삐죽
비집고 나오려 기를 쓴다. 방안에만 갇혀 있기에는 봄볕이 너무
환해서 난아는 동동이 손질해준 토끼머리를 하고 상아빛깔 머리
핀을 골라 꽂고는 연못으로 달려간다. 연못가에 버들개지가 피어
바람에 흔들린다. 물속에 손을 집어넣자 송사리 떼가 우르르 흩
어지고 붉은 잉어와 황금빛을 띠는 잉어가 유유히 꼬리를 흔들며
헤엄친다. 암컷 등에 업힌 수컷 두꺼비가 푸른 이끼 사이로 느리
게 움직이고 올챙이 알이 이끼 사이로 오글오글 숨어 있다. 난아
는 물속을 휘휘 저어가며 노느라 동동이 부르는 소리를 듣지 못

한다.

"그리 재미있느냐?"

난아 뒤에서 양대감이 뒷짐을 지고 연못 속을 들여다본다. 바람이 스치고 지나가며 물결을 흔들어놓아 출렁거린다. 난아가 일어나 반갑게 인사를 한다.

"걱정했어요."

"걱정했다고? 허허 황궁에 함께 가야겠다."

"황궁에요?"

"채비하거라."

"제, 제가 황궁에 간다는 말씀인가요?"

"그렇단다."

난아는 어리둥절해서 할 말을 못찾고, 허둥대며 달려온 동동이 놀라 눈을 동그랗게 뜬다. 난아는 영문을 모르는 채 집안으로 들어가 머리손질이며 옷을 침상에 즐비하게 꺼내어 놓고 이것저것 입어보거나 거울 앞에서 몸에 대어본다. 덩달아 동동이 신이 나서 쉴새없이 종알거린다.

"아씨, 대감마님이 높은 분이라서 필시 황후님을 뵈러 가나 봐요."

"황후를?"

"어쩌면 황제를 뵈러갈 수도 있겠지요."

"무슨 말이 그리 어정쩡하니."

"기뻐서 그러지요."

"그리 좋으냐."

"아씨 모습이 선녀 같아서 보는 사람마다 눈을 빼앗길 걸요. 말이 나왔으니 말이지 오래 전 아씨를 처음 만났을 때는 촌닭 같았다구요."

"내가 그렇게 형편없었니."

"뭐 그렇다는 거지요. 지금 아씨 모습은 그에 비하면 땅과 하늘이에요. 거울 한 번 보세요."

난아는 흡족한 듯 거울을 본다. 동동이 골라주는 머리핀을 세 개나 머리에 더 얹고 다시 빗질한 머리를 풀었다가 머리 위에 묶어 리본으로 꾸며놓으니 다른 사람 같다. 흰색 바탕 옷을 벗어던지고 비취빛 바탕에 붉은 꽃무늬 공단저고리와 바지를 입으니 화려함이 돋보인다. 난아는 약간의 긴장과 기대로 볼이 발그레 물들었다. 양대감이 높은 분이라는 게 실감나는 순간이다. 그래도 황궁 구경을 한다는 것은 꿈에라도 생각지 못한 광영이다. 난아는 거울 앞에서 두 팔을 벌려 한 바퀴 돌아보고 만족한다.

밖에 나오니 가마가 대기하고 있다. 양대감은 말을 타고 앞장을 선다. 구불구불한 골목을 몇 개인가 지나쳐 대로에 나오니 말과 수레가 느리게 가고 있다. 말과 수레가 지나간 자리마다 모래 먼지가 일어난다. 화려한 집들과, 담과 담이 잇대어 있는 거리를 지나 한참을 달려서 내리자 황궁 정문이다. 난아는 넓은 광장처럼 규모가 큰 정문에 들어서면서부터 긴장감을 늦추지 못하고 양대감이 가는 대로 부지런히 걸음을 쫓아간다. 사면이 모두 성벽으로 둘러싸인 정방형 궁은 장기판과 같이 반듯하고 금빛이 나는 성벽은 아름다운 무늬가 새겨져 있다. 붉은 기둥이 받치고 선 궁전 지붕은 황黃, 적赤, 청靑, 록綠, 흑黑 색깔로 덮여 있어서 햇빛에 반사되자 무지개 빛이 난다. 성벽을 따라 가지런히 지어진 궁전에는 황실 가족과 비빈들, 나인, 객방이 있으며 헤매다가 길을 잃어버릴 수 있을 만큼 미로처럼 얽혀 있다. 여러 채의 기와건물 사이로 똑같은 복장을 입은 사람들이 부지런히 돌아다니는 궁은 상상했던 것보다 길이 많아서 난아는 양대감 뒤를 바짝 따라붙는다.

난아가 도착한 곳은 측문을 지나 다시 외딴 곳에 위치한 비빈들 처소다. 여러 채의 궁실이 있고 다리 난간이 있으며 그 난간을 밟고 올라서자 궁인들이 허리를 숙이고 맞아준다. 난아가 안내된 곳은 몇 개의 문과 문, 방과 방을 지나 위치한 궁실의 한 군데다. 막 조반을 마친 황궁의 아침은 고요를 깨우는 새들처럼 분주함이 시작된다. 궁인들이 양대감을 보자 고개를 숙이고 길을 비켜섰으나 그는 곧바로 후궁 처소로 향한다.

"어서 오십시오, 양대감님."

문앞에 서 있던 궁인이 그를 맞이한다.

"숙원마마는 안에 계시는가?"

"기다리고 계십니다."

궁인이 양대감이 왔음을 안에 고하며 안내한다.

"고맙네."

엄격하기로 소문난 평소와 다르게 양대감은 아랫사람에게 응대를 해준 뒤 안으로 들어가고 난아가 뒤따른다.

"어서 오세요, 양대감."

"숙원마마, 강녕하신지요."

원탁이 있고 4폭 병풍이 있으며 향통과 장신구함이 장식된 작지만 품격이 내재된 방이다. 난아가 여기저기 시선을 빼앗긴 채 내부를 살펴보는 중에 두터운 공단과 아사로 만든 이중 커튼 뒤에서부터 향긋한 백합향이 배어나오더니 신발 끄는 소리가 자박자박 나고 양대감이 허리를 숙인다. 난아도 따라서 허리를 숙인다.

"여식을 데려왔나이다."

"기다렸어요. 자세를 바로 하시지요."

"황공합니다, 마마."

"이 아이가 조선에서 온 처녀라고요?"

"얘야, 숙원마마시다. 인사드려라."

난아가 허리를 깊게 숙여 절을 하니 숙원이 다가와 두 손을 마주 잡으며 들뜬 목소리로 말을 하는데 울음이 잠겨 있다.

"얼굴을 들거라, 나를 알아보겠니, 내 너를 잊지 못하고 있었다."

난아는 어딘가 그 목소리가 귀에 익다고 생각한다. 고개를 들고 마주 선 숙원을 바라보다가 난아가 헉, 하고 놀라며 입을 다물지 못한다.

"너, 넌 솔이······."

"무엄하다, 숙원마마께 예를 표해라."

양대감의 차고 날카로운 음성이 난아 귀에 대꼬챙이처럼 와박힌다.

"이 안에서는 그럴 필요가 없어요."

숙원이 양대감을 돌아보며 미소를 짓는데 웃는 모습이 백목련 같다. 숙원의 얼굴에 핀 미소는 양대감의 긴장과 불안을 일시에 잠재우는데 그는 아뭇소리 못하고 한 발 뒤로 물러선다. 후궁에 내정되었으나 잊혀진 여인, 숙원. 양대감은 황궁의 내밀한 사정을 알기에 그녀의 미소가 더욱 아려온다. 까맣고 검은 머리는 백옥같이 흰 그녀의 피부와 대비되어 타고난 아름다움을 가진 그녀와 잘 어울렸다. 겉으로 보면 여리고 결이 고운 처녀로 보이지만 어느새 황실의 구성원답게 신분에 어울리는 기품 있고 단단해진 자태는 그녀의 미모를 한층 더 돋보이게 했다. 고귀한 여인이었다. 양대감은 아찔한 현기증을 느꼈다. 난아가 야생마처럼 건강한 아름다움을 지녔다면 숙원은 구중궁궐 황실 정원에 핀 옥잠화였다.

"난아."

"솔아."

서로를 확인한 두 여인의 입에서 동시에 울음이 터져나온다. 솔이와 난아는 시녀와 양대감이 있거나 말거나 껴안았다가 다시 볼을 맞대고 비비며 기뻐한다. 양대감은 슬며시 자리를 피하고 시녀들도 물러간 시간, 솔이는 침상에 난아를 앉게 하고 하염없이 들여다본다.

"양대감댁 여식이 바로 너였구나. 궁인을 통해 양대감댁 안주인이 돌아왔다는 소식을 들으며 조선처녀가 양녀라고 해서 내 일전에 양대감을 불러 물어보았지. 잘 되었구나."

"황제의 비가 되었으니 어떻게든 아들을 낳아. 그래야 근심걱정이 사라지지."

"그랬으면 오죽이야 좋겠니."

"이것저것 궁리해봐. 황제의 마음을 붙잡아봐."

"숙원이 되고 나서 그분은 한번도 오지 않았어. 내 존재가 있는지도 모를 걸."

"그랬구나."

"수많은 비빈 중에 한 명일 뿐인 숙원은 가장 낮은 품계야. 나는 노예로 팔려가지 않은 것만으로도 다행이라고 생각해."

"……."

난아는 솔이의 얼굴에 그늘이 살짝 스쳐가는 것을 목도하며 그래, 다행이지, 라고 속으로 응수한다. 삼월이와 향이의 얼굴이 스치는데 가물가물하다. 난아는 솔이를 만나면서 새삼스럽게 삼월이와 향이 소식이 간절하다. 어디로 갔을까. 신분에 따라 차별대우를 받기도 하는데 농민의 딸과 기생의 딸인 그들이 제대로 대우나 받을라나. 난아는 화려한 의복과 장신구로 치장한 솔이의 화사한 얼굴을 보며 더욱 그들이 그리워진다.

수많은 궁의 여인들이 부러워하는 후궁.

한 번도 찾아주지 않는 황제를 기다리며 솔이는 얼마나 외로울까. 난아는 솔이의 어깨를 가만히 끌어안는다. 한평생 궁안에 갇혀서 바깥세상도 모른 채 남은 인생을 살아가야할 솔이의 처지가 못내 안타까움을 더해서 꼭 껴안아준다. 솔이의 가슴이 떨리며 두 눈 가득 눈물이 맺힌다. 솔이는 얼른 손수건으로 눈밑을 훔치고는 시녀를 불러 다과를 내오라고 시킨다. 시녀가 가져온 과자를 솔이는 포장지를 벗기고 알맹이를 꺼내 난아에게 준다. 호두와 땅콩과 잣이 들어가서 고소하면서도 바삭거리는 과자다. 쌀을 반죽해서 기름에 튀긴 후 달콤한 엿가루에 묻힌 과자는 네모 모양으로 한 입에 쏙 들어온다. 시장거리에서 본 많은 종류의 과자와는 다른 황궁 안의 요깃거리는 뭔가 달라보인다. 솔이는 오후에 보내주겠다고 말하고는 궁 안 여기저기를 안내해준다. 궁인들이 돌아다니다가 솔이가 나타나면 일제히 허리를 숙이고 절을 할 때 비로소 황제의 여자라는 게 실감이 난다.

홍매화 가지에 꽃이 지고 있다. 동글동글한 홍매화 꽃잎이 툭툭 떨어져 나뒹구는 정원에는 온갖 기화요초가 곳곳에 숨어 있다. 아름드리나무가 우거진 궁 안에는 살아있는 모든 생명들이 제 짝을 찾아 노래한다. 꾀꼬리가 서로 부리를 맞대고 끊임없이 지저귀는가 하면 암수 나비 한 쌍이 꽃을 찾아 날아다닌다. 수많은 궁인들처럼 만 가지 꽃과 나무가 우거져서 천상의 화원, 무릉도원이 따로 없는 듯하다. 모처럼 솔이는 봄볕아래 정원을 거닐며 오랜만에 행복한 시간을 보낸다. 먼길을 걸어 오던 추운 여정에서 가마와 당나귀를 함께 타고 온 동무를 다시 만난 기쁨은 친동기간을 만난 것보다 더 만감이 교차한다. 나란히 황궁 후원을 거닐며 솔이는 환한 봄볕에 마음이 따뜻해져서 언제까지나 이 시간이 이어지기를 부처님께 빌어본다. 이제 막 물이 들기 시작하는 연녹빛 잎사귀는 봄볕을 받아 더욱 윤기를 더했다.

"황실이 어마어마하구나. 도대체 방이 몇 개야?"

"아마도 일만여 개는 된다고 봐."

"굉장하다. 규모가 큰 도시 몇 개를 갖다놓은 것 같아."

"그럼 뭘 하니. 여기에 사는 사람들은 오직 황제 한 분만을 위해 존재해. 황실 가족과, 황후마마 가족을 둘러싼 일원, 환관, 비빈들, 나인들……자신이 어떤 존재인지도 모르는 채 거대한 구조 안에 끼여 있는 걸."

솔이는 난아 손을 꼭 움켜쥔 채 다시 못 볼 연인처럼 애틋해한다. 정원에서 산책을 마치고 돌아오자 저녁 만찬이 기다리고 있다. 난아는 둥근 식탁에 차려진 황궁 음식의 화려함에 놀라 입이 다물어지지 않는다.

솔이가 작은 접시에 새콤한 맛이 나는 청경채를 담아 난아 앞에 놓아준다. 유자 맛이 나서 달콤하면서도 밑간이 톡 쏘는 듯해 입맛을 돋운다. 솔이가 이번에는 다른 접시에 진한 갈색 껍질의 통오리구이 다리 한 짝을 담아주며 설명한다.

"기름기가 쫙 빠져서 연해. 볏짚을 태워 구울 때 꿀물과 기름을 발라서 고소한 향미가 우러나. 많이 먹어. 살찐 오리나 새끼오리로 요리하는 건데 황실에 전해내려오는 만 가지 요리 중 하나야."

"만 가지?"

난아는 솔이 설명에 놀란다. 식탁에 차려진 음식 종류만 해도 다양하다. 석이, 목이, 송이버섯과 야채를 이용한 요리에 깔끔한 탕에는 파가 띄워져 있고 해삼, 새우, 상어지느러미 요리가 화려한 색상과 담백한 맛을 보여준다. 솔이는 난아가 먹는 모습을 빤히 바라보며 자꾸 음식을 권한다.

저녁 해가 떨어지고 산봉우리에 달이 떠올랐을 때에야 솔이는 난아를 보내준다. 난아가 타고 오는 가마 외에 솔이가 보내는 선물이 바리바리 나귀 등에 실려 왔다. 비단 옷감, 부채, 머리 장식품, 안방마님의 옷감에 이르기까지 그 마음 씀씀이 섬세했다. 난아는 솔이가 보내준 선물 중에서 상아빗을 가까이에 두고 아침저녁으로 머리카락을 손질한다.

황실에 다녀온 후부터 안방마님의 태도가 누그러졌다. 양대감은 여전히 발길이 뜸했다. 난아는 솔이를 만나고 온 후부터 삼월이와 향이도 어딘가 살아있을 거란 믿음이 더해져서 기회가 있을 때마다 달님에게 부처님에게 아름드리나무에게도 그들의 안위를 빌었다. 양대감과 안방마님의 거처는 각각 달랐다. 그의 발길이 안방으로 향하지 않음은 아랫것들 입을 통해 들었으나 난아는 부인을 향한 양대감의 마음을 읽을 수 있었다. 다시 돌아온 집안은 안방마님의 목소리로 채워졌고 하인들은 숨죽이며 눈치를 보았으며 그녀의 심한 닦달에도 양대감이 나서는 일은 없었다. 더구나 놀라운 사건은 안방마님과 리빈의 관계에 결정적인 제보를 한 계집종이 아무도 모르게 사라졌다는 사실이다. 동동이 누가 들을새라 귓속말로 그 소식을 전할 때는 동동이 심장 뛰는 소리가 들리는 듯했다.

그 아이는 어디로 갔을까.

난아는 마치 자신이 사라진 것처럼 가슴이 심하게 뛰고 불안이 안개처럼 피어오른다. 사라진 계집종 이야기는 한동안 집안팎에서 사그라질 줄 모르고 피어올랐다.

　　— 발목을 분질러서 내다버렸다더라.

　　— 독약을 먹여 죽였다더라.

　　— 리빈을 시켜 말먹이로 주었다더라.

　　— 우물에 밀어넣었다더라.

　　— 애 다섯 딸린 친정집 홀아비 오빠에게 팔았다더라.

　　— 먼 친척 꼽추에게 시집보냈다더라.

한동안 소문이 꼬리에 꼬리를 물고 다녔다. 양대감이 소문을 아는지는 알 수 없으나 분명 모른 척 넘어가는 것은 사실로 보였다. 양대감은 다시 돌아온 부인과 한 방을 쓰지는 않지만 보름달이 뜬 밤 안방에서 나오는 양대감을 보았다는 말이 떠돌았다.

"아씨, 대감마님이 안방에서 나오는 걸 봤다네요."

"그야, 그럴 수 있지."

"그럴 수 있다니요."

"부부가 같은 방을 쓰는 건데 뭐가 문제야?"

"아무튼 이상하긴 해요, 그렇다면 한밤중에 도둑고양이처럼 몰래 드나드느냐고요."

"아랫것들 눈도 있고 또⋯⋯."

"에이, 아씨도 다 알면서 모른 척 하기는⋯⋯."

동동은 이제 좀 가까워졌다고 생각하는지 은근히 골려먹는 태도다. 난아는 환관인 양아버지와 마님의 관계가 희극의 주인공 같다는 생각이 들었다. 분명 양대감은 부인을 마음에 깊이 두고 있음이 틀림없었다. 다시 돌아온 부인이 집안을 틀어쥐고 아랫사람들에게 대하는 태도에는 양대감에 대한 무언의 후원이 가능한 탓이리라.

봄밤의 공기는 부드럽게 달빛을 타고 떠돌았다. 바람결에 달콤한 향기가 떠다녔다. 새들이 짝을 찾아 우는 밤이면 작은 바람에도 우수수 꽃잎이 떨어져내렸다. 난아는 달빛이 하도 고와 정원을 거닐었다. 어디선가 날아오는 꽃향기는 아찔한 어지러움을 동반했다. 난아는 꽃향기에 취하고 달빛에 취해 자기도 모르게 큰 마당으로 향했다. 바람은 부드럽게 머리카락을 어루만지고 달빛은 보라색 꽃창포와 선홍색 꽃무릇이며 겹복사꽃에 가득 쏟아져서 하마터면 탄성을 지를 뻔했다. 그때 안마당을 가로지르는 검은 그림자가 난아 시야에 포착된다. 난아는 본능적으로 위험을 직감하며 나무 뒤에 숨는다. 그림자는 한 명이 아니었다. 또 하나의 그림자가 안마당에 서성이다가 처마 밑으로 숨어드는 게 보인다. 난아는 가만히 두 그림자를 살핀다. 안방 문이 열리며 마님의 목소리가 들리고 이어 양대감이 마님을 따라 안방으로 들어간다. 조금 후 안방에 불이 꺼지고 그것을 지켜보던 그림자는 천천히 돌아선다. 난아는 그가 리빈임을 알아본다. 돌아서던 리빈이 다시 안마당에 가만히 서서 안방을 노려보다가 지붕 너머 어딘가를 바라보다가 어깨를 축 늘어뜨린 채 마구간을 향해 걸어간다. 난아는 가슴이 뛰고 숨이 가빠왔으나 그 자리에 꼼짝하지 않고 서 있다.

난아는 매일 밤 아름드리나무 뒤에 서서 검은 두 그림자를 숨어서 본다. 마치 주술에 걸린 듯 그 시간이 되면 침상에 누워 있다가도 일어나 후원을 가로질러 안마당을 향해 발걸음을 옮겨놓았다.

'리빈을 말려야 해.'

난아는 자신도 모르게 속으로 부르짖었다. 달빛이 점점 희미한 어둠을 뿌리는 밤이다. 난아는 아무도 몰래 리빈의 뒤를 밟는다. 리빈은 고개를 숙인 채 아주 천천히 돌멩이를 걸어차거나 달빛을 걸어차며 마구간을 지나 골목을 지나 주막을 향해 간다. 난아는 계속 리빈을 쫓아간다. 리빈이 주막에 들어가 탁자에 앉아 술을 청하는 모습을 지켜보다가 난아가 돌아서려는데 차가운 목소리가 들려온다.

"훔쳐보는 게 취미니?"

"리빈."

"언제부터야."

"처음부터 쭈욱."

"왜 말 안했어."

"리빈이 혹시, 다칠까봐."

"흠, 겁 없는 아가씨군."

"……."

"한 잔 하고 가. 술 안 마셔봤지?"

리빈은 주모가 가져온 술잔 두 개에 술을 가득 채워 하나는 자신 앞에 하나는 난아 앞에 밀어놓았다. 리빈이 연거푸 두 잔을 비우고는 난아를 빤히 쳐다본다.

"알고 있었단 말이지."

리빈은 가소롭다는 표정으로 난아 턱을 들어올리며 비웃는다.

"그래, 내가 미친 놈으로 보이지? 이상한 놈으로 보이지? 내가 무섭지 않아?"

난아는 둘레둘레 고개를 가로젓는다.

"도망쳐요. 마님과 둘이."

리빈이 빤히 난아를 쳐다보더니 고개를 저으며 어림없다는 듯이 술잔을 탁 내려놓는다.

"양대감, 무서운 분이야. 마님과 내가 도망치면 황실의 군대를 동원해서라도 끝까지 쫓아올 걸. 아니 내 가족과 친척을 몰살시킬 거야."

"설마?"

"너 사라진 계집종 이야기 들었지? 그거 양대감 짓이야. 무서운 사람이지."

"……."

"이 집안에는 비밀이 많아. 지하에도, 창고에도, 다락에도, 우물에도 굴뚝에도 온갖 비밀이 널려 있지, 난 두려워, 언젠가 그 비밀이 스스로 어둠을 뚫고 솟아오를까봐."

"그만 돌아가요. 많이 마셨어요."

"겉만 봐서는 안돼, 세상이란 이면에 추악한 면을 숨기고 사는 거니까."

리빈은 세 병째 술을 청해서 혼자 따라 마시며 알 수 없는 말을 중얼거렸다. 난아는 알듯 모를 듯한 말을 들으며 두려움이 엄습해온다. 멀리 농가에서 기르는 닭울음소리가 들리고 시간은 자정을 넘어 새벽을 향해 움직였다. 난아는 어쩔 줄 몰라 하며 일어서기도 앉아 있기도 어정쩡한 상태로 있었다. 주모가 문을 닫는다고 쫓아내고서야 겨우 일어서는데 리빈이 심하게 비틀거렸다. 난아는 리빈에게 어깨를 내어주고 팔을 걸치게 한 다음 천천히 집을 향해 걷는다. 리빈이 노래를 부른다. 검푸른 하늘에 별이 돋아 있다. 별들은 무리를 지어 모여 있기도 하고 혼자 따로 노는 별도 있다. 난아는 혼자 노는 별이 자신과 닮았다고 생각한다. 술

냄새를 심하게 풍기며 리빈은 난아에게 기대어 휘청거린다. 그의 숨이 거칠고 가파르다. 마구간에 딸린 숙소까지 리빈을 안내해주고 난아는 가슴을 쓸어내리며 안마당을 가로질러 후원을 지나 부지런히 걸음을 재촉한다.

"어딜 갔다 오는 게냐?"

"대감마님."

양대감이 뒷짐을 지고 서 있다가 노기 띤 음성으로 물어본다. 난아는 너무 놀라 숨이 턱 막히며 말이 나오지 않는다.

"술 냄새가 심하게 나는구나. 술을 마시다니……."

"저, 저, 그게……죄송합니다."

"바른대로 고하거라. 거짓을 말하면 용서하지 않겠다."

"리빈이랑…주막에서……."

"리빈?"

"잘못했습니다. 한번만 용서해주세요."

"흠, 알았으니 들어가 자거라."

양대감은 더 이상 묻지 않고 성큼성큼 걸어간다. 양대감의 발자국 소리가 난아 가슴에 하나씩 찍히며 울림을 준다. 난아는 불안한 마음으로 하루하루를 보내지만 며칠 째 양대감에게서는 아무런 움직임이 없다. 솔이에게서도 더 이상 부름이 없다. 달이 뜬 밤이면 난아는 뜰에 나가 서성이며 연못에 비치는 달그림자를 내려다본다. 여기저기 꽃잎이 떨어져 바람에 나뒹군다. 연못에도 꽃잎이 동동 떠다니고 마당에도 지붕에도 꽃잎이 흩어져 있다.

개구리 울음소리 요란하다. 알에서 깨어난 올챙이 떼가 연못을 휘젓고 다니던 때가 이른 봄 같았는데 어느 사이 꽃이 지고 초여름에 접어들었다.

초여름 밤의 달콤한 공기가 고요한 밤을 더욱 적요하게 만든다. 하녀들이 머무르는 방에는 바느질을 하거나 옷을 깁거나 다림질을 하느라 불이 켜져 있고 웃음소리마저 들려온다. 한층 물이 오른 연녹빛 수목에서는 나무냄새가 짙어져온다. 시간의 흐름에도 변함없이 오래 서서 인간의 내밀한 역사를 지켜본다 생각하니 난아는 나무 보다 못한 자신의 처지에 가만히 한숨을 내쉰다.

리빈을 못 본 지 오래되었다. 난아는 마구간에도 몇 번 찾아가 보았으나 리빈은 없었다. 누구에게도 물어볼 엄두가 나지 않았다.

"이 집안에는 비밀이 많아. 지하에도, 창고에도, 다락에도, 우물에도 굴뚝에도 온갖 비밀이 널려 있지. 난 두려워, 언젠가 그 비밀이 스스로 어둠을 뚫고 솟아오를까봐."

리빈이 하던 말이 귓전을 맴돌았다. 리빈은 어디로 갔을까. 동동에게 물어보아도 신통한 대답을 못한다. 양대감은 봄날 밤의 일 이후 볼 수가 없다. 다만 황궁에 입실할 때 먼 발치에서 마님의 배웅을 받는 그의 모습을 지켜보았을 뿐이다. 한여름밤 개구리 울음소리가 더욱 요란하게 들려오고 나뭇잎을 때리는 빗소리마저 리듬을 타며 밤의 시간을 노래한다. 난아는 처마 끝에 떨어지는 빗물을 보며 오랜만에 안국동 본가를 떠올려본다. 난향아씨

는 잘 지내는지, 부엌 찬모 덕순은 또 얼마나 늙었는지, 살아 있
는지 죽었는지 조차 모르는 채로 이역만리 타국에서 혼자 빗줄기
를 바라보는 자신의 처지를 돌아본다. 처연해지려는 심경을 누르
며 난아는 솔이와의 만남을 떠올려본다. 황궁 깊숙한 곳에서 홀
로 지내는 솔이의 운명은 어떻게 되는 걸까.

덥고 습기 많은 여름이 담벼락에 곰팡이와 이끼식물을 남기며
깊어가는 동안 난아에게도 변화가 찾아온다. 불안정하고 불안한
심리상태에서 난아는 초경을 치른다. 초경을 치른 얼마 후 난아
는 안방마님의 부름을 받는다. 무슨 일일까. 난아는 불안한 심경
으로 긴장을 늦추지 않은 채 후원 연못을 지나 안마당을 가로질
러 마님의 처소로 간다. 양대감이 안방에 와있는 것을 보고 난아
는 조금 놀라지만 아무렇지 않은 내색을 하며 의자에 다소곳하게
앉는다.

긴
여
정

"네? 혼인이라구요?"

난아는 혼인할 대상이 정해졌다는 말에 놀라 양대감과 마님을 번갈아 쳐다본다. 난아의 당황한 표정을 무표정하게 바라보던 양대감이 헛기침을 큼큼 하고 마님이 좋은 혼처라는 둥, 지금은 변방을 지키는 수비대장이지만 곧 불러올릴 거라는 둥 그만한 곳도 없다는 둥, 인물 훤하고 사내대장부답고 아녀자를 너끈히 돌보아줄 인물이라며 설명을 하는데 하나도 귀에 들어오지 않는다. 난아는 안방을 나오면서 자신이 선택할 수 있는 거라고는 아무것도 없다는 것을 알았다.

휘청거리는 다리를 끌며 겨우 방으로 돌아와 침대에 드러눕는다. 열 살에 안국동 본가를 떠나 다섯 번의 여름을 맞았으니 난아

나이 십육 세. 조금 이른 감이 있지만 조선에서는 어린 나이도 아니었다. 다음 달 준비가 되는 대로 길을 떠날 채비를 해야 할 터였다. 난아는 막연히 먼 훗날의 낭군을 그려보기는 하였지만 막연했고 구체적으로 다가오지 않았다. 사내대장부라고는 주위에 리빈이 가깝게 있었을 뿐 내왕하는 사람이 없어서 이상형이니 뭐니 하는 것도 없었다. 솔이가 보고 싶어 양대감에게 말했으나 어렵다는 대답이 돌아왔다. 동동은 괜히 신이 나서 방정맞게 떠들어대거나 혼수품으로 준비된 포목을 들춰보거나 진주목걸이나 금반지와 은비녀 및 상아와 옥으로 만든 비녀를 만지작거렸다.

들판에 메뚜기 떼 날아다니고 천둥 번개가 몰아치는 날이 잦아졌다. 담장 기왓장에는 이끼가 자라고 연못에는 어린 치어 떼가 몰려다녔다. 오동나무에 보라색 꽃이 활짝 피어 늘어졌으며 푸른 사과와 자두가 영글고 있는 후원 뜰에는 여름 숲에서 나는 비린내가 진동했다. 나무는 나무들의 질서가 있어서 어느 것은 죽고 어느 것은 살아나며 자연의 순환을 되풀이 하고 있었다.

난아는 난아대로 정들었던 방이며 장신구를 정리하고 옷을 정리해서 보따리를 싸느라 분주하다. 이것저것 물건을 싸면서 난아는 솔이가 준 상아빗을 먼저 품속에 챙겼다. 안방마님이 찾아와 동동을 내보내고는 난아를 물끄러미 쏘아본다.

"행실 똑바로 하거라. 맹랑한 계집이 꼬리를 쳐서 멀쩡한 사내 병신 만들지 말고."

"무슨 말씀이신지……."

"네가 리빈을 망치지 않았느냐?"

"네, 리빈 오라버니가 어떻게 되었나요? 리빈은 어디 있어요?"

"여우같은 계집, 너만 아니었으면 그는 잘 지낼 수 있었는데, 다 너 때문이야."

"제가 뭘 잘못했는데요."

"그래도 자신의 잘못을 깨닫지 못하다니! 흥, 어디 고생 좀 실컷 해봐라."

안방마님이 화가 난 목소리로 벌떡 일어서더니 쌩하고 나가버린다. 난아는 어리둥절해서 영문을 모른 채 허공에 시선을 둔다. 동동이 들어오더니 무슨 일이냐고 묻는다.

"아씨, 마님이 화가 많이 났는데 무슨 일이에요?"

"동동아, 리빈이 어디로 갔는지 아니? 리빈은 어떻게 되었지?"

"리빈이 왜요, 무슨 일이 있지요? 그렇지요?"

"나도 모르겠다. 뭐가 어떻게 돌아가는지."

난아는 이번 혼인을 마님이 개입한 게 아닐까 하는 의심이 들지만 그렇다 하더라도 되돌릴 명분이 없고 뾰족한 대책이 없었다. 먼길을 가야한다고 했다. 수레를 타고 들판을 지나고 개울을 건너고 언덕을 넘어 가야한다고 했다. 도적 떼가 출몰하는 곳이라고 했다. 변방이라고 했다. 난아는 이 집에서의 추억, 시간, 외로움의 흔적들을 천천히 둘러보며 지난 육 년의 세월을 가슴에 담았다. 연못 위 다리에 서서, 수도 없이 서성거렸던 그 자리, 난간을 어루만진다. 마구간의 말들에게도 작별을 고하고 오동나무에게도 아쉬움을 드러낸다.

길 떠날 준비는 끝났다. 난아는 늙은 하인 탁씨가 모는 짐수레를 쳐다본다. 늙은 하인이 짐보따리를 마차에 옮겨 싣는다. 비단과 도자기 제품, 화병과 금, 은, 몇 가지 귀금속과 옷가지들을 싼 보따리가 수레에 올려진다. 난아가 양대감께 작별인사를 고해야 한다고 기다리자 입궐해서 밤늦게야 오므로 빨리 떠나라고 안방마님이 재촉한다. 난아는 소맷부리로 눈물을 닦으며 양대감 거처를 향해 큰절을 올리고 동동이와 같이 수레에 올라탄다. 몇몇 하인이 나와 잘가라고 말하며 손을 흔들고 있지만 집안팎의 풍경은 평소와 다름없이 적조하다. 양대감이 보낸 호위무사 두 명이 늙은 하인 탁 영감이 모는 수레 옆에 천천히 따라온다. 탁 영감과 늙은 말은 서두르는 기색없이 아주 느긋하게 길을 나선다.

운남.

도대체 얼마나 가야할까. 난아는 수레에 흔들리며 먼지 일어나는 길을 바라본다. 시장을 지나고 주택가를 지나 붉은 천을 길게 몇 겹이나 늘어뜨린 객잔을 지나는 데 기름 냄새가 진동한다. 늙은 하인은 서두르는 기색도 없이 길을 따라 말이 끄는 때로 콧노래를 흥얼거리며 비스듬히 등을 기대고 앉아 있다. 사람들이 지나가는 길 한복판에 흰 소 떼가 지나간다. 소의 느린 걸음에 맞춰 수레가 뒤를 따른다. 이러다가는 해가 지기 전에 목적한 다음 고을로는 어림도 없을 것 같아 난아는 조바심이 일어난다. 소들이 점령한 길 한복판에 짐을 실은 말이 꼼짝 않고 서 있다. 꼬리를 흔들며 걷는 흰 어미 소가 바닥에 똥을 싸며 천천히 걷자 사람들이 소똥을 피해 길 양켠으로 조심스럽게 다닌다. 동동이 코를 싸쥐고 소에게 손가락질을 하며 뭐라고 한 마디 한다.

도심을 벗어나 성곽 외곽으로 나온 시각이 정오를 한참이나 지나서다. 들판에는 붉은 수수밭이 끝없이 이어지고 수수밭이 끝나는 곳에는 콩밭과 팥밭이 넓은 면적을 차지하고 있었다. 작물이 더위에 이파리를 축 떨어뜨리고 있는 풍경은 농촌 지역 어디에서나 볼 수 있는 흔한 풍경이라서 난아는 약간의 지루함을 느끼며 하품을 한다.

"어쓰러."

(배고파 죽겠다)

"워 뚜즈 어러."

(나 배가 고프다)

호위무사 둘이 난아가 들으라는 듯 큰소리로 떠들어댄다. 난아가 다음 객잔에서 요기를 하고 가자고 말하자 투덜거리던 호위병들이 잠자코 있다. 끝없는 벌판이 이어진다. 옥수수밭과 감자밭이 끝나자 여름배추밭이 싱싱한 윤기를 자아내며 펼쳐져 있는데 푸득이는 날개처럼 살아 있다. 끝없는 배추밭을 보노라니 세상이 온통 녹색 천지인 듯하다.

해가 질 무렵 겨우 다음 고을에 도착하여 성문 앞에 길게 줄을 선 인파를 따라 난아 일행도 줄을 선다. 호위무사가 품 속에서 신분패를 보이자 경비병들이 통과시킨다. 성 안에 접어들면서 일행은 지친 표정으로 객잔을 찾아 두리번거린다. 골목에 접어들자 음식 냄새가 짙어져 오고 배고픈 일행의 후각을 자극한다. 붉은 등이 기둥마다 내걸린 객잔에 접어들자 늙은 하인은 수레에 실린 짐보따리를 내려서 방에 옮겨다놓고 마구간에다 고삐를 고정시키고 식탁에서 기다리는 일행에게 합류한다.

각자 알아서 주문한다. 호위 무사 두 사람은 닭고기를 깍두기만한 크기로 잘라서 땅콩, 오이, 홍당무, 마, 마른고추와 같이 볶은 꿍빠오지딩이라는 음식을 시켜 먹고 탁 노인은 돼지고기 삼겹살과 피망을 볶은 회이구어로우라는 음식을 시켜 먹는다. 동동은 뜨거운 닭고기 국물에 칼로 깎아서 던져 넣는 칼국수를, 난아는 속이 없는 만두를 시킨 후 호위 무사 앞에 요리 한 가지를 추가로 주문해준다. 버섯과 죽순을 매콤하게 볶은 음식으로 맵고 강한 향료가 들어간 게 특징이다. 난아는 매운 맛을 뺀 배추 쌀국수를 추가로 주문해서 먹는다. 우묵한 사발에 나온 국물을 마시고 나무젓가락으로 국수면발을 감아 먹는데 쫄깃한 맛이 혀에 감긴다. 해가 진 성 안은 눅눅한 바람이 습기를 몰고 다닌다. 호위무사들은 백주를 한 병 시켜 나누어 마시고는 기분 좋은 소리로 콧노래를 부르더니 방으로 가서 골아떨어진다. 난아도 침상에 눕자마자 잠이 든다.

늙은 말은 걸음이 더디다. 더디 걷다가도 툭 하면 서서 꼼짝하지 않았다. 탁 영감이 풀을 뜯어다준다, 수레에 싣고 온 콩을 갖다 준다, 하여 겨우 달래면 마지못해 앞발을 떼어놓는다. 지루한 풍경이 이어진다. 끝없는 벌판, 황무지, 긴 언덕은 지상에 순례하기 위해 태어난 사람이 평생을 떠돌아다니다 목적을 잃어버린 느낌을 준다. 일주일이 지나고 열흘이 넘어가자 호위무사의 태도에도 흐트러진 자세가 보인다. 겉옷을 벗어 등에 걸친다거나 허리에 찼던 칼집을 짐보따리 위에 던져둔다거나 작은 개울이 보이면 뛰어들어 발을 담그거나 목욕을 한다. 옷을 벗어제치고 목욕을 하는 호위병에게 탁 영감도 동동이도 말을 못하고 구경만 한다.

"쩐 야오밍."

(죽을 지경이다)

탁 영감이 혼잣소리로 한 마디 할뿐이다. 호위병들은 이 길고 지루한 여정에 서서히 지쳐가는 듯하다. 난아 역시 그들을 나무랄 수가 없어 내버려둔다. 벗은 몸을 가릴 생각도 안하고 호위병이 아랫도리를 드러낸 채 옷을 입자 동동이 소리를 지르며 낄낄대고 웃는다. 호위병들은 거리낌이 없다. 난아에게 공손하던 그들의 태도가 점점 느슨해지며 긴장이 풀리고 있다.

"쩌 다오메이더 밍."

(이 빌어먹을 팔자)

말에 올라 탄 호위병이 침을 바닥에 퉤 뱉으며 떠든다. 난아는 불안한 심경을 억누르며 탁 영감을 독촉한다. 그래도 한 지붕 밑에서 몇 년간 보낸 낯익은 얼굴이라고 독려하다가 부탁하기도 하고 사정을 한다. 사람은 말을 알아듣지만 짐승은 알아듣지 못한다더니 늙은 말이 꿈쩍 않는다. 해는 지고 고을까지는 한참 멀다. 늙은 말의 커다란 눈에 고름이 나오고 파리 떼가 들러붙어 있다. 말은 오래 전부터 앓아왔는지 숨소리가 거칠고 호흡이 급박하다. 병이 난 게 틀림없다. 난아는 수레에서 내려 어찌 할 줄 모르고 발을 구르는데 탁 영감이 말고삐를 풀어준다. 말은 몇 발자국 걷다가 풀썩 그 자리에 쓰러진다. 옆으로 드러누워 앞발을 버둥거리던 말은 거친 호흡을 쌕쌕거리며 다시 일어날 줄 모른다. 난아는 늙고 비루한 말을 보낸 안방 마님을 원망하다가 이내 정신을 차리고 일행에게 어찌했으면 좋겠냐고 묻는다. 호위무사 한 명이 당나귀나 말을 사올 테니 기다리라고 말하고는 난아를 쳐다본다. 난아는 보따리에서 금비녀 하나를 꺼내어 준다. 호위병이 떠나고 조금 후 들판에는 어둠이 깃들고 멀리서 여우 울음소리 들려온다. 스산한 저녁이다.

마을로 간 호위무사는 돌아오지 않는다. 남아 있는 호위병이 자신이 가보겠다고 하더니 어두워지는 벌판 끝자락을 향해 말을 몬다. 어두워지는 벌판에 늙은 하인 탁 씨와 동동이와 난아 세 사람 뿐이다. 불빛 하나 없고 인적이 없는 한적한 야생의 밤. 외딴 벌판에 달이 뜨고 별들이 돋아난다. 난아는 남빛 하늘을 쳐다보며 자신의 신세를 돌아본다. 끝없는 여정. 어린 나이에 먼길을 걸어 낯선 나라에 도착한 이래 춥고 배고프고 다리 아프던 기억은 머릿속에 깊게 남아 있다. 힘들었던 기억이 다시 재현되는 시점에 난아는 쓸쓸해지는 심경을 간신히 억누르고 동동에게 간식을 꺼내 준다. 집에서부터 싸온 엿콩이다. 동동이 탁 영감에게 나누어준다.

달이 지고 별빛이 더욱 또렷하게 피어나는 밤이다. 마을로 간 호위병들은 돌아오지 않았다. 수레에 실린 짐만 아니라면……. 난아는 처음으로 짐보따리가 인생의 무게로 내리누를 수 있다는 것을 깨닫는다. 짐이 무겁다는 의미가 이중의 의미로 다가옴을 알게 된다. 동동과 수레 위에서 서로 기대어 밤을 꼬박 샜다. 탁 영감은 수레바퀴 아래서 등을 기대고 밤을 보내고 나서 허리가 아프다고 계속 하소연이다.

"저게 뭐지?"

멀리서 깃발을 단 사람들이 말을 타고 달려온다. 그들이 가까이에 오더니 말을 세우고 무슨 일인지 물어본다. 바닥에 드러누운 말시체를 내려다본 그들이 알 것 같다는 표정으로 다음 고을로 가서 수레를 운반할 사람들을 보내겠다는 말을 하고는 사라진다. 먼 성의 표식이 새겨진 깃발로 보아 급박한 소식을 전하려는 것 같다. 한낮이 되어서야 당나귀를 끌고 오는 상인 두 명이 난아에게 다가와 값을 요구하는데 터무니 없이 비싸다. 난아는 흥정을 할 엄무도 못낸 채 보따리에서 옥비녀와 금반지, 은덩이를 꺼내 상인에게 주고 당나귀 값을 치른다. 당나귀가 끌고 가는 수레에 동동과 난아가 타고 탁 영감은 걷는다. 난아가 함께 타자고 하여도 늙은 하인은 고개를 가로저으며 거부한다.

당나귀는 힘이 센 젊은 수컷이다. 이동 속도가 조금 빨라져서 난아는 한시름 놓는다.

"신랑은 어떤 사람일까. 다정할까. 잘 생겼을까."

난아는 마음의 여유가 생기자 비로소 혼례를 치를 남자에 대해 호기심을 갖는다. 아무것도 모른 채 양대감이 맺어준 남자는 어떤 사람인지 난아는 막연한 불안과 기대감을 안고 당나귀에 실려 간다. 지루하면 걷기도 하고 동동과 말장난을 하면서 간다.

아슬아슬한 절벽을 지나가며 난아는 당나귀로 바꾸기를 잘했다는 생각에 후우 안도의 숨을 쉰다. 깊은 골을 따라 높은 산봉우리를 향해 걷다가 다시 계곡으로 내려오기를 반복하며 한나절을 골짜기에서 보내다가 구층 동탑으로 된 불교 사원을 만난다. 난아는 사원에 들러 부처님 전에 향을 피우고 두 손을 모아 간절히 염원한다. 이 여정이 무사히 마칠 수 있도록 부처님과 관세음보살과 아미타불에 합장을 한다.

태원太原.

바위에 새겨진 전서체 글자를 난아가 또박또박 발음하여 읽는다. 신선이 새겨 넣은 표식처럼 깊이 음각된 검은 글자가 화강암 바위에 또렷하다. 경계 구역의 표식이다. 벌판과 긴 성곽을 따라 걸어온 길은 지루하기만 했다. 지나는 길에 몇 개인가 셀 수도 없이 많은 사원을 만났다. 8층 목탑과 9층 철탑, 도교 사원과 불교 사원. 동동은 가리지 않고 사원이 보이면 뛰어 들어가 향을 사룬다.

사원에서 나와 휴식을 취한다음 당근과 건초를 사서 당나귀 앞에 놓아주자 녀석은 콧김을 불어가며 맛나게 먹는다. 수컷 당나귀는 먹이를 입에 물고서 뒷발질을 하며 자신의 힘을 과시하려는 듯 야성을 뽐낸다. 먹이를 주는 주인에게도 대가리로 치받을 기세다. 탁 영감은 지쳐보였다. 주저앉아 일어설 생각을 않는다. 동동은 보이는 풍경마다 흥미 있게 반응을 나타내며 즐거워하는 기색이다. 동동은 대대로 천민 신분으로 태어나 고을을 떠나 본 적이 없어서 먼 여정에도 고생스럽다는 내색을 안한다. 내색을 안하는 정도가 아니라 고생을 즐기는 눈치다. 난아로서는 동동이 있어서 다행이라는 생각이 든다.

남쪽으로 내려갈수록 활엽수림 지대가 자주 나타나고 기온이 온화하며 들판은 기름지고 농부들은 여유가 있어 보인다. 그러나 겉으로 보이는 것에 마음을 빼앗기지 말라 했던가. 아슬아슬한 절벽을 타고 내려와 평지에 다다를 무렵 나타난 고을에서는 텅 빈 적막이 감돌고 사람의 흔적이 없다. 낯 선 곳에서 맞닥뜨리던 개 짖는 소리도 나른한 소 울음소리도 아이들의 노는 소리도 들리지 않는다. 골목 안길로 걸으며 더러는 대문이 활짝 열려 있거나 더러는 담장이 허물어졌거나 불에 탄 흔적이 남아 있는 집을 발견한다. 마구간도 외양간도 오리와 닭장도 텅 비어 있는 유령의 고을에서 울고 있는 늙은 노파를 만난 난아는 연유를 물어본다. 노파는 낯 선 사람을 경계하며 마른 눈물을 소매로 훔치며 산적 떼가 며느리와 손자를 데려갔다고 운다. 울 기운도 없는 노파는 목소리만 겨우 쥐어짜내듯 힘겹게 토해낸다. 난아는 보따리에서 엿콩과 찰떡을 꺼내 노파에게 주며 성주에게 고발하라고 말한다. 노파는 난아를 빤히 쳐다보며 오랑캐들이 쳐들어와서 성주가 군사들을 이끌고 싸우러 나가서 도와줄 수 없다고 한다.

"전쟁이라구요?"

"벌써 몇 년 째 오랑캐들이 심심하면 쳐들어와서 사람들을 잡아간다오. 애써 농사 지은 곡식단도 모두 싣고 간다오. 먹을 걸다 빼앗겨서 돌아온다 해도 살아갈 길이 막막하다오."

"누가 쳐들어온다는 거예요?"

"오랑캐도 모른단 말이요?"

난아는 노파 말에 막막한 심정이다. 북경에서도 흉흉한 소문이 돌기는 했다. 지방 성주들이 상소를 올리고 군사를 모아달라고 파발이 오고……. 그러나 황제가 있는 도성 안 사람들은 먼 변방의 일로 치부하고 무덤덤하거나 그냥 그러다 말겠지 하고 넘어가는 추세였다. 목적지까지 갈 수 있을라나. 난아는 불안한 마음을 숨기고 동동과 탁 영감에게 어떻게 했으면 좋겠느냐고 묻다가 객잔을 찾아보기로 한다. 객잔에는 전국 각지에서 몰려드는 사람들이 수상한 소문을 물어다 주기도 하고 온갖 정보를 들을 수 있는 곳이다. 고집 센 노파는 난아가 아무리 설득해도 꿈쩍하지 않았다. 할 수 없이 노파를 그냥 두고 일행은 객잔을 찾아 무거운 걸음을 옮겼다. 늙은 하인 탁씨는 무거운 몸을 겨우 일으켜 천천히 비틀거리며 따라온다. 요근래 몇 년 간 홍수와 가뭄이 전국을 덮쳐 백성들의 생활은 더욱 곤고해졌고 지방 관리들은 인정사정 볼 것 없이 쥐어짜듯 세금을 걷어갔다. 젊은이들은 성을 쌓거나 나랏일에 병졸이나 부역으로 차출되고 노인과 부녀자만 남은 농촌에서는 나라에 바치는 식량 할당량에 삶은 팍팍했다. 견디다 못한 백성들은 살던 곳을 떠나 화적 떼가 되거나 유랑걸식하거나 이웃나라로 도망을 갔다. 내란이나 전쟁으로 조선에 귀화한 한족이 늘어나 임금이 그들만을 위한 집성촌을 하사하기도 했다는 이야기가 떠돌았다. 불빛이 보이는 곳을 찾아 터덜터덜 걷는데 성곽 주변 음식점 골목에 허름한 객잔이 눈에 띈다. 난아는 반가워서 객잔으로 들어가 쉴 곳을 마련하는데 별안간 말울음소리가 들려온다. 난아가 문밖으로 나가 보니 아까 텅 빈 고을에서 만난 노파가 험상궂은 사내들을 앞세워 난아 일행을 손가락질한다.

"모조리 끌고 가라!"

허리에 가죽 띠를 두르고 호랑이 무늬 가죽을 걸친 남자가 부리부리한 눈을 휘번득이며 실내를 돌아다닌다. 몇 년 씩 씻지도 않은 듯 지독한 냄새를 풍기며 닥치는 대로 약탈하는 사내들이 난아를 발견하고 뚜벅뚜벅 다가온다.

"조우카이, 조우카이!"

(도망쳐, 도망쳐)

늙은 하인 탁 씨가 사내 다리를 꽉 껴안으며 난아를 향해 소리친다. 난아가 동동의 팔을 붙잡고 어둠 속 골목으로 달아난다.

"타먼 타오조우!"

(도망친다)

멀리 등 뒤로 소리치는 사내의 목소리가 난아 귀에 아련히 들렸다. 난아는 도망치면서 뒤를 돌아본다. 탁 영감이 칼에 맞고 쓰러지면서 도적의 다리를 꽉 붙잡고 늘어지는 게 보였다. 가슴이 떨리고 다리가 후들거렸다. 미로와 같은 골목을 돌고 돌아 어디로 어떻게 도망쳤는지 모른다. 아무런 소리가 들리지 않을 무렵 난아는 걸음을 멈춘다.

"노파가 뒤를 밟은 게 분명해."

"처음부터 수상했어."

난아와 동동이 작은 소리로 주고받으며 불규칙한 호흡을 내뱉는다. 난아와 동동은 서로 손을 꼭 잡고 어둠 속에 오래 웅크려 떨고 있다. 첫 닭이 울고 동편 하늘이 부옇게 밝아온다. 정신을 차리고 객잔으로 찾아갔더니 온통 쑥대밭이다. 물건이라고는 남아 있지 않고 당나귀도 수레도 짐 보따리도 사라지고 없다. 늙은 하인 탁 씨는 숨이 멎은 채 탁자 밑에 쓰러져 있다. 난아가 가까이 가서 탁 씨를 흔들어보지만 이미 온 몸이 싸늘하게 식어 있다. 어디선가 말소리가 두런두런 들려온다. 난아와 동동은 다시 뛰기 시작하여 골목 안으로 도망친다. 담밑에 기대앉아 있으려니 피로가 몰려온다.

"아씨, 어떡해요."

동동이 울 듯한 표정으로 난아를 쳐다본다. 난아는 동동을 마주 바라본다. 뾰족한 수가 없지만 한 가지 확실한 것은 다시 돌아갈 수 없다는 사실이다. 돌아가기엔 너무 멀리 와버렸다. 돌아간다고 해도 안방마님 성정을 보아 내칠 게 뻔하다. 난아는 사람들이 많은 성 안으로 들어가 우선 요기부터 하고 그 다음 일을 생각하기로 한다.

성 안 번화한 거리에 붉은 등을 네 개씩 기둥에 매달아 둔 음식점이 있다. 꽤 큰 규모의 음식점이다. 문을 열고 안으로 들어가자 작은 정원이 있고 정원을 중심으로 난간을 세운 마루가 넓은 원형으로 이어져 있으며 마루 안쪽으로는 식탁이 놓인 실내에 사람들이 들끓는다. 난아는 동동과 같이 쓸 방을 하나 달라고 하고 찐만두를 두 접시 시켜먹은 후 주인을 부른다. 주인은 뚱뚱한 육십 대 남자다. 난아는 이곳이 상인들이 주로 드나드는 객잔이라는 것에 안도한다. 곳곳에서 들려오는 낯 선 말들이 난아 귀에 감미롭게 감겨온다.

"우리 자매는 운남 수비대장을 찾아가는 길이에요. 그곳까지 가는 상인들을 만날 수 있도록 주선해주세요. 사례금은 드리겠어요."

뚱뚱한 남자 주인은 난아와 동동의 행색을 살펴보더니 알았다고 말하고는 힐끔 쳐다보며 부엌 쪽을 향해 소리친다.

"여보, 당신 고향 가는 일행이 있네. 거기까지 가려나봐."

난아는 뚱뚱한 주인의 말에 동동과 마주보며 미소 짓는다. 모리화(쟈스민) 차를 마시며 정원에 늘어진 버드나무에 시선을 준다. 성 안에 들어서면서 길 양 켠으로 버드나무 가로수가 길게 늘어져 있는 게 인상적이었다. 진분홍 겹벚꽃이 정원 한가운데 피어 버드나무 가지가 바람에 흔들릴 때마다 작아졌다 커졌다 한다. 동동은 사방을 두리번거리며 흥미롭다는 표정을 숨기지 않는다. 많은 일을 겪었고 긴 시간의 여정에도 밝고 낙천적인 동행이 있어 난아는 다행이라는 생각이 든다.

사흘을 객잔에서 머물던 난아에게 드디어 운남에서 가까운 이웃 사천을 거쳐 귀주를 가는 상인들이 있다는 전갈이다. 그들은 운남에서 배를 타고 이웃 나라로 장사를 나가는 사람들이다. 일행은 왕 씨를 비롯한 세 명이다. 그들 중 왕 씨가 대표격이라 난아에게 말 이용료와 안내하는 값을 은 열 냥, 식사는 알아서 해결하는 조건으로 계약이 성사된다. 난아는 상인 왕 씨 일행이 내어주는 말에 동동과 올라타고 그들을 따라 길을 나선다. 말 다섯 필과 양 세 마리. 말 한 필에 두 사람씩, 왕 씨 혼자 말에 올라 양 떼를 몰고 두 마리 말에 짐을 실었다. 따각따각 말발굽 소리 한가롭게 들으며 난아는 가슴 속으로 부처님과 천지신명께 감사의 기도를 올린다.

"니더 꾸썅 짜이 날?"

(너의 고향은 어디냐?)

"워스 총 차오시엔 라이더 뉘할."

(저는 조선에서 온 여자애랍니다)

왕 씨가 묻고 난아가 대답한다. 왕 씨가 놀란 눈을 크게 뜨며 어릴 적 장사하는 부친을 따라 조선에 간 적이 있으며 지금은 전쟁이 나서 가고 싶어도 못간다고 말하고는 친근감을 보인다. 난아가 놀라 묻는다.

"전쟁이라니요?"

"여진족이 조선을 침략해서 왕자와 왕자비, 조선 노예들이 잡혀갔다는 소문이 파다해."

"어디서 들었어요?"

"북경에서 아홉 달 머물면서 조선 상인들에게 들었지. 그들이 돌아가야 할 지 북경에 얼마나 더 남아 있어야 하는지 의견이 안 맞아 티격태격 하는 걸 보았어."

"그럼 대군마마와 빈궁마마도 잡혀왔다는 건가요?"

"왕자 형제라니까 그럴 테지. 작년 겨울이었으니까."

난아는 난향 아씨 생각을 잠깐 한다. 안국동 본가는 어찌 되었을까. 대감마님과 안방마님은 얼마나 심려가 크실까. 난향은 조선사신단편에 아주 가끔 편지를 보냈고 양대감은 그 편지를 난아에게 갖다주었다. 세자빈에 간택된 난향의 소식과 왕자 아기씨를 낳았다는 전갈을 받은 시점을 끝으로 더 이상 편지는 없었다. 난아가 아주 어릴 적에도 오랑캐가 쳐들어와 형제관계를 맺었다는 말을 들으며 자랐다. 오랑캐가 말을 몰아 지나가는 길에는 먼지가 뽀얗게 일어났으며 먼지가 가라앉을 무렵에는 이미 다른 마을에 닿아 있더라는 이야기를 들으며 컸다. 오랑캐가 지나간 뒤 전염병이 돌아 많은 사람들이 죽었고 난아 부모도 그때 돌아가셨다고 했다.

차밭이 끝없이 펼쳐져 있다. 지평선이 보이지 않는 밭들이 사방으로 펼쳐져 있어서 세상이 초록빛 차밭으로만 채워져 있는 듯하다. 며칠 째 산도 언덕도 보이지 않는, 오로지 평지 뿐인 길을 난아는 몽롱한 기분으로 걷고 있다. 끝없는 초록 밭은 지나온 도시에서 보았던 푸른 기와나 붉은 등, 노란 커튼의 색깔이 가물가물 아득해질 정도로 몽환적이다. 차밭 가운데로 난 사잇길에서 일행은 잠시 짐을 내려놓고 쉰다. 왕 씨는 주먹만한 찐빵을 두 개 나누어준다.

"씨에씨에."

(고맙습니다)

난아는 공손하게 두 손으로 찐빵을 받아 동동과 한 개씩 나누어 먹는다. 그들은 양젖을 짜서 가죽주머니에 담아 나누어준다. 식사를 마친 왕 씨 일행이 바닥에 드러누워 낮잠을 자는 사이 말들은 사료가 부족했던지 찻잎을 훑어먹는다. 양 떼가 서로 몸을 비비며 애정 표현을 하는 데 어린 양은 어미 양 곁에 바짝 붙어서 그 둘레를 돌고 있다. 난아와 동동이 두 발을 뻗고 앉아 연초록 잎이 풍기는 비린 찻잎 향을 맡으며 쏟아지는 졸음에 몸을 내어 맡긴다. 난아는 몇 년 전 발바닥에 물집이 잡히도록 걷던 기억이 새롭게 떠오르며 그나마 추위가 아닌 더위 따위는 얼마든지 견딜 수 있을 것만 같다. 왕 씨 일행은 일어설 기미를 보이지 않고 해가 기울어간다.

차밭이 끝나갈 무렵 도교사원이 일행을 가로막는다. 황금색을 입힌 기와지붕에는 용과 원숭이, 전설속의 기괴한 동물 형상의 모형이 지켜보고 있고 사람들이 긴 줄을 지어 사원 문으로 들어간다. 왕 씨 일행이 말과 양을 사원 앞에 매어놓고 한 사람만 남기고 다른 사람들의 줄을 따라 안으로 들어간다. 난아와 동동이 대열에 서서 줄을 따라간다. 넓은 마당에는 네모난 사각 돌 탁자가 있고 그 위에는 꽃이며 과일, 찐빵, 만두, 과자가 소담하게 올려져 있다. 여러 개의 방에는 관세음보살, 성모 여신, 관우, 화타, 부처, 공자, 제갈량의 초상화가 벽에 그려져 있고 방문 앞에는 생명의 신, 재물의 신, 건강의 신, 사랑의 신, 권력의 신, 희망의 신 등의 푯말이 새겨져 있다. 젊은 남녀가 사랑의 신 방문 앞에 향을 사루고 두 손을 합장한 채 절을 하는 장면이 보이고 난아는 방문 앞마다 두 손을 모아 절을 하며 이동한다. 고을 마다 도교 사원이나 불교 사원을 만나는데 사람들은 어디에나 줄을 서서 기도를 하고 충만한 표정으로 돌아 나온다. 사천왕상이나 코끼리상, 비천녀 상이 조각된 동굴 모형을 지나가면 무병장수한다고 하여 난아는 연꽃 등이 아치형으로 천장을 덮은 동굴을 빠져나오는데 정면 중앙에 관세음보살이 금빛 화관을 두르고 화려한 옷자락을 늘어뜨린 채 미소 짓고 있어서 가슴 속으로 따뜻한 바람이 들어차는 것 같았다.

도교 사원에서 고을은 멀지 않았는데 왕 씨 일행은 시장을 찾아 물건을 사고파는 곳으로 간다. 왕 씨는 우선 잘 아는 여관 주인을 찾아가 방을 구하고 여관주인이 소개하는 상인을 만나 양

홍정을 시작한다. 양 세 마리를 놓고 은자 다섯 냥에 팔겠다고 하자 여관주인 소개로 온 상인이 어림없다고 비싸다고 손을 내젓는다. 왕 씨가 옷감이며 여인들의 장신구, 잘 벼린 칼 등이 있다고 하자 상인은 양 세 마리에 은자 세 냥, 우수리로 반 냥을 얹어 세 냥 반에 하자고 하여 교역은 성사된다. 또 옷감과 여인의 장신구와 화장품과 칼을 팔아 왕 씨는 소금을 산다. 남은 물품을 모두 처분한 왕 씨는 고급 차茶를 사서 보따리에 싼다. 이제 짐을 실었던 말은 쓸데없이 사료를 축낸다 하여 두 마리를 경매에 부친다. 말 두 마리는 열 닷 냥에 팔았다가 콧물 흘리는 한 마리는 도로 물리고 말았다. 할 수 없이 다시 홍정을 하여 콧물 흘리는 말은 애초 가격보다 두 냥이 감한, 반 냥을 깎아준 닷 냥에 팔아버렸다. 여관에서 하룻밤을 묵으며 왕 씨 일행은 술을 진탕 마셨고 그 중 한 사람이 술병이 나자 여관 주인이 불러온 의원이 맥을 짚고 빈랑환檳榔丸 이라는 환약을 처방해준 것을 먹고서야 한나절이 되어 출발했다. 왕 씨의 장사수완은 대단했다. 일단 상대방이 가격을 부르면 무조건 반으로 값을 깎아내리고 상대 역시 그럴 줄 알았다는 듯 그때부터 진지한 홍정이 시작된다는 점이다.

여관을 만나지 못해 노숙을 하며 찬이슬을 맞고 밤을 새는 일도 다반사가 되다보니 난아는 몸이 수척해졌다. 동동의 호기심도 시들해져서 차츰 지루하고 답답한 여정에 시무룩해하기도 한다. 여름 숲에서 풍겨오는 꽃과 나무의 진액이 품어내는 향기가 몸에 배어 난아와 동동의 옷자락이나 몸에서는 풀냄새와 건초냄새가 난다. 옷자락에서는 또 돼지고기와 매캐한 연기 그을음이 배어 있다. 왕 씨 일행은 노숙을 하면서 나뭇가지로 불을 피워 돼지고 기를 양파와 간장과 홍화 씨 기름과 매운 고춧가루를 넣어 볶아 먹기도 하는데 난아는 냄새와 매운 맛 때문에 먹지 못하고 멀찍 이서 그들이 먹는 모습을 지켜보기도 한다. 달밤에 젖은 이파리 사이로 퍼지는 매콤한 돼지기름 냄새에 여우와 늑대 울음이 가까 이에서 들려오기도 한다.

몇 개의 성곽과 몇 개의 도시를 지나왔는지 모를 정도로 난아 는 추운 북쪽에서 따뜻한 남쪽으로의 긴 여행에 일생이 걸린 것 같아 날짜 단위를 잊어버릴 지경이다. 멀리 성곽이 보이기 시작 하자 밀밭이 펼쳐진다. 푸른 밀밭은 끝없이 펼쳐져 있어서 바람 이 불면 물결이 쓸려가는 듯 이랑마다 일렁이며 파도소리를 낸 다. 마치 경계구역처럼 밀밭이 시작되면서 다른 지역이 나타난 다. 보라색 무꽃과 분홍 감자꽃, 푸른 보리밭을 지나올 때가 여름 이 시작될 무렵이었는데 어느 사이 10월로 접어들고 있다. 한결 같이 따뜻한 날씨가 지속되어서인지 사람들의 동작은 굼뜨고 여 유 있고 친절하다. 여관을 구하러 들어가도 경계하기보다는 시원 한 물을 그릇에 가득 담아 먼저 내온다.

선선한 바람이 불 무렵 난아 일행은 귀양이라는 곳에 도착한 다. 귀양은 왕 씨 일행이 잠시 머물렀다가 광서에서 남쪽으로 더 내려가 배를 타고 대월 나라로 무역을 떠날 귀착점이다. 난아는 품속에 지녔던 은비녀 한 개와 옥팔찌를 내어놓으며 계산을 끝내려하자 왕 씨가 목걸이마저 달라고 한다. 옷섶으로 드러난 목걸이를 본 이상 거절할 수가 없어 난아는 어쩔 수 없이 목에 두른 비취 목걸이를 풀어주고는 작별을 한다.

"타이 씨에씨에 니러."

(매우 고맙습니다)

"타이 씨에씨에 니러."

(매우 고맙습니다)

동동도 두 손을 마주잡고 연신 고개를 숙인다. 왕 씨는 물끄러미 두 여자를 바라보더니 보따리를 뒤적거려 육포와 구운 옥수수 두 개를 꺼내어준다. 난아는 다시 공손하게 두 손으로 받으며 고맙다고 인사를 하고 그들과 헤어진다. 헤어진 후에 난아는 막막해진다. 이제부터 진짜 고아가 된 심경이다. 왕 씨 말로는 밀밭이 끝날 무렵 유채밭이 나오고 유채밭이 끝날 무렵 커다란 호수가 나타나는 데 호수 둘레를 따라 걷다보면 만년설 봉우리가 보이고 만년설 봉우리를 보며 언덕을 넘어 길을 따라 가다보면 성곽이 나타나고 얼굴 생김새가 다른 사람들이 많이 모여 사는 곳이 나오면 목적지에 다왔다는 왕 씨의 말이 어디까지가 사실인지 알 수 없으나 그가 장사꾼이며 여러 도시와 나라를 다녔다는 것으로 보아 거짓말은 아닌 듯했다.

난아는 무조건 걷기만 한다. 가진 거라곤 다 털리고 빼앗기고 여비로 쓰고 나니 빈 몸뚱이밖에 남은 게 없지만 어떻게 하든지 장차 배필이 될 그를 찾아가는 것만이 난아로서는 해야 할 임무처럼 보인다.

마삼화馬三和

평생 난아가 섬겨야 될 낭군 이름이다. 생김새도 집안도 성정도 아무것도 모르는 채로 양대감이 지목한 그를 찾아가는 난아 마음이 착잡하고 쓸쓸하다. 난아로 인해 고생하는 동동은 또 뭐란 말인가. 난아는 동동에게 미안하여 속으로 말한다.

'도착하면 혼례를 올리고 나서 너를 놓아줄 게.'

푸른 밀밭에 바람이 스치고 지나가자 밀밭이 곡선을 그으며 춤을 춘다. 이랑마다 물결치듯 파도타기를 하는 바람에 푸른 카펫이 펼쳐진 듯 피로에 지친 난아와 동동을 위로해준다. 발걸음에 힘이 없다.

혼례

　사원 안.

　난아와 동동은 지친 어깨를 기대고 잠들어 있다. 난아는 누군
가 부르는 소리를 들으며 꿈을 꾼다. 말발굽소리 요란한 가운데
먼지가 자욱하게 일어나는 저 편에서 부르는 소리. 난향 아씨다.
난아는 큰소리로 난향을 부르지만 말 탄 병사들에게 끌려 먼지
속으로 사라진다. 난아는 팔을 뻗어 따라가려하지만 몸을 움직일
수가 없다. 몸은 무겁고 갈증으로 목안이 타는 듯하다.

　눈을 뜨니 비가 내린다. 지붕에 떨어지는 빗소리가 요란하다.
며칠 째 비가 내렸다. 난아와 동동은 사원에 들어가 그곳에서 비
가 그칠 때까지 기다렸다. 사흘을 내리 퍼붓는 빗줄기에 사람들
도 보이지 않고 처마 끝에 매달린 물고기만이 쟁그렁쟁그렁 소

리를 내며 흔들린다. 태양빛이 내리쬐는 모래언덕을 계속 걷다가 푸른 차밭과 밀밭을 지나는 꿈을 꾸었다. 전쟁이 일어나고 집이 불태워지고 사람들이 끌려가는 꿈을 꾸었다. 석 달 내내 태양이, 석 달 내내 비가 석 달 내내 바람이 부는 꿈을 꾸었다. 난향아씨. 난아는 꿈속에서 오랑캐에게 끌려가는 난향을 본 장면이 찜찜하게 여운을 남긴다. 신도들이 가져다놓은 만두며 빵, 구운 고기를 우걱우걱 씹어먹으며 허기를 달랜다. 손으로 빗물을 받아 얼굴을 씻고 목을 축이고 입안을 헹구고는 하늘을 쳐다보니 구름 사이로 햇빛이 비친다.

고도가 점점 높아지고 있다. 높은 산과 골짜기가 있기에 호수가 있고 강줄기가 있기에 땅은 기름졌다. 바람이 불자 나무 이파리가 서로 부딪치며 음악소리를 내고 어디선가 노랫소리 들려온다. 난아는 노랫소리가 나는 곳을 향하여 귀를 열어놓는다. 노랫소리는 가까이에서 들려온다.

해지는 언덕 바위에 앉아 떠나간 임을 기다리네
달 뜨는 호수 나룻배 위 사라진 물고기를 기다리네
보리떡 해놓고, 밀떡 해놓고, 오늘도 임을 기다리네

아녀자들이 메밀꽃 밭가에서 합창을 하고 있다. 머리에는 천을 질끈 동여매고 등에 망태기를 짊어지고 노래를 부르고 있다. 노래를 하다가 자기네끼리 장난을 치며 깔깔 웃다가 난아와 동동을 보고 노래를 멈춘다. 아낙네 옆에는 염소와 양 떼가 흩어져 있고 돼지들이 쌓아놓은 짚더미와 풀숲에 대가리를 처박고 주둥이로 헤집고 있다. 자세히 보니 산자락에 위치한 마을 초입이다. 골목과 공터에서 아이들이 우르르 몰려나와 낯선 객을 구경하고 있다. 노래를 부르던 아녀자 중 나이 지긋한 여자가 난아와 동동을 번갈아 쳐다보며 묻는다.

"니 총 나거 띠팡 라이더?"

(넌 어느 지역에서 온 사람이냐?)

난아는 손가락을 들어 멀리 안개에 덮인 허공을 가리키며 힘겹게 말을 한다.

"위엔 동팡 꾸어 하이 라이더."

(저 멀리 바다 건너 동방에서 왔어요)

난아는 다시 한 번 노래하던 여자를 쳐다보며 마음 속으로 대답한다.

'워더 찌아샹 찌아오 차오시엔, 짜이 한청 쓰따먼 내이더 안궈 똥.'

(제 고향의 이름은 조선, 한양 사대문 안의 안국동이에요)

난아는 안국동 본가의 기와 담장과 그 담장을 따라 가지를 늘어뜨린 감나무와 모과나무와 소나무, 그리고 흙냄새를 떠올리려 하지만 고향의 흙냄새를 잃어버린 자신을 발견한다. 아무리 기를 써도 비가 오면 담장 기왓골을 따라 흘러내리던, 비에 섞인 흙냄새가 기억나지 않는다. 난아는 이제 거름냄새와 가축의 분뇨냄새와 골목과 음식점 거리에서 흘러나오는 맵고 기름진 음식 냄새가 고국의 언어보다 익숙하고 가깝다는 사실이 슬프다. 자연스럽게 이쪽 사람들의 말이 튀어나오고 고국의 말이 외국어처럼 느껴져 슬프다. 조선 말을 하려면 금 방 떠오르지 않아 한참 생각을 해야 하는 자신이 슬프다.

"칭 게이 워 츠더뚱시."

(먹을 것 좀 주세요)

난아는 겨우 그 말을 입밖에 내어 말하고는 정신을 잃고 쓰러진다. 사람들의 웅성거리는 소리가 들린다. 아스라한 절벽 낭떠러지 사이를 걸어올 때 천길 낭떠러지 아래에서 들리는 세찬 계곡물소리가 난아의 가슴을 때릴 때 무슨 수를 써서라도 살아 돌아가리라는 일념밖에 없었다.

난아가 정신을 차렸을 때는 캄캄한 밤이다. 나이 든 여자가 걱정스러운 눈빛으로 난아를 지켜보고 동동이 옆에서 안절부절 못한다. 난아가 눈을 뜨자 동동이 달려와 두 손을 마주잡고 소리내어 운다. 난아 눈에도 눈물이 흘러내리는데 헤어졌다가 만난 자매들 같다. 여자가 일어나더니 귀리죽을 가져다주고 동동이 수저를 들어 난아 손에 쥐어준다. 청옥색 간장종지에는 노란 간장이 담겨 있는데 기름이 뜬다. 난아는 귀리죽을 먹고 나서 얼마나 더 가야되는지 동동에게 묻는다. 동동이 약간 들뜬 표정으로 다 왔다고, 대나무 밭을 돌아가면 성곽이 보이고 만년설이 보인다고 좋아한다.

긴장이 풀리자 난아는 다시 잠 속으로 빠져든다. 가물가물 귓전에 동동과 아이들의 떠드는 소리를 들으며 난아는 깊은 잠 속으로 한없이 빨려 들어간다. 난아는 어지러운 꿈을 꾼다. 추위에 떨며 걷고 또 걷는 꿈을 꾼다. 안국동 본가에서 난향과 헤어지던 날의 일이 선명하게 보인다.

난아는 사흘동안 잠만 잤다. 난아가 깨어났을 때는 나흘 째 되는 날 아침이다. 난아가 눈을 뜨자 집안에 고양이와 오리, 닭과 돼지들이 돌아다니고 바깥에서는 웃고 떠드는 소리가 난다. 난아가 일어나 옷매무새를 고치고 밖으로 나와 "자오샹 하오." 하고 아침 인사를 하자 주인 여자가 기뻐한다. 난아의 머리카락은 엉망으로 얽혀 있고 의복은 때와 먼지에 절어 냄새가 심하게 난다. 해맑게 웃고 있지만 동그랗고 통통하던 동동의 볼 살은 쏙 들어가고 몸이 많이 축나 보인다. 밝고 동글동글 건강한 동동이 얼마나 힘겨웠으면 수척해졌을까 싶어 난아는 고맙고 미안해서 두 손을 꼭 잡아준다.

주인 여자는 찐 감자를 보따리에 싸주며 난아를 껴안고 등을 토닥여준다. 주인 여자의 어린 딸이 까만 눈을 빛내며 난아에게 미소를 보낸다. 첫날부터 난아에게 미소를 짓던 아이다. 여섯 살이 되었을까 말까. 흰 피부에 동그란 얼굴과 깊고 까만 눈은 한 송이 꽃 같다.

"니샹 이두어 화."

(너는 꽃같은 아이구나)

난아는 어린 여자애의 머리를 쓰다듬어준다. 그러고는 제 머리에 꽂았던 상아 머리핀이랑 비단 리본을 빼어 여자아이 머리에 꽂아주고 마지막 남은 옥발찌를 주인 여자에게 준다. 받지 않겠다는 걸 억지로 쥐어주고 난아는 며칠 동안 묵었던 농가를 빠져나온다.

"니 비에 딴신!"

(걱정하지 마라)

한참 걷다 난아가 뒤돌아보자 주인 여자가 팔을 흔들며 소리치는데 그 소리가 아련하게 들려온다.

난아가 동동과 성곽으로 둘러싸인 둔보屯堡에 다다른 것은 정오 무렵이다. 둔전병에게 수비대장을 찾아왔다고 하자 다른 병사가 난아의 아래위를 훑어보더니 둔전병들의 근무상태를 점검하러 갔다고, 기다리면 만나게 될 거라고 말하며 의심스러운 눈초리를 보낸다. 난아와 동동은 비로소 안도의 숨을 내쉬고는 주변을 살펴보는데 돌집으로 잇대어 지어진 건물들이 붙어 있는 성곽 안으로 마을이 나지막하게 형성되어 있다. 멀리 구릉지대가 넓게 펼쳐져 있는 들판에는 보라색 자운영과 청보리가 물결치고 보리싹이 패어 노란 꽃물결이 이는 듯하다. 보리밭과 자운영꽃밭 사잇길로 농부가 똥지게를 내려놓고 긴 나무 막대기에 달린 그릇으로 거름을 주고 있는데 붉은 상의를 입은 중년 아낙이다. 아낙 옆에는 대나무껍질로 엮은 큰바구니에 배추를 가득 담고 물소를 몰고 가는 중년 남자의 모습이 보인다. 푸른 배추이파리가 더러는 바구니 밖으로 떨어질 듯 한 아름이나 되는 배추무더기가 아슬아슬하게 매달려 가는 형국이다. 중년 남자의 손에는 작대기가, 다른 한 손에는 코뚜레를 꿴 물소 고삐를 잡고 있다.

초록색 들판이 폭신한 카펫을 깔아놓은 듯 부드럽고 풍요로워 보이지만 둔전을 설치한 병사들은 모두 정복당한 이민족이거나 갈 곳을 잃은 유민들이 대부분이다. 원주민들이라야 조상대대로 가난하게 살아온 빈민들이 관청에서 지급하는 소나 종자로 농사를 지어 겨우겨우 먹고 사는 일부가 둔전병으로 살아가고 있다. 이들을 관리하는 한족 행정병들과 병사들을 감독하는 수비대장은 파견 나온 관리로서 언제 바뀔 지 알 수 없다.

돌로 지은 집들은 적의 침입에 대비하여 담벽을 촘촘하게 쌓았다. 허술한 구석이라곤 없는 높다란 돌벽에 기대어 난아는 시찰 나간 수비대장, 앞으로 한 집에서 한 식구로 살아갈 그를 기다린다.

"워 야오 따오 션머스호우 덩 니?"

(언제까지 기다려야 하나요?)

난아가 하품을 하는 동동을 보며 둔전병에게 묻지만 그도 답답하기는 마찬가지인지 대답 대신 고개를 빼고 멀리 돌아나간 성곽 너머로 시선을 준다. 동동이 담벽에 기대어 끄덕끄덕 졸고 있는데 신분을 밝힐 걸 그랬나 후회를 하며 난아는 길게 한숨을 쉰다.

붉은 해가 들판에 긴 꼬리를 끌며 지평선 너머로 사라질 때에야 말을 탄 수비대장이 돌아온다. 둔전병들이 일제히 부동자세를 취하며 구령을 붙일 때 난아는 본능적으로 그가 수비대장 마삼화임을 알아본다. 난아가 인사를 하며 품속에서 양대감의 서신을 건네주자 그가 놀랍다는 듯 한동안 아래위를 훑어보는데 병사들이 바라보던, 의심하는 그 눈빛이다. 사각턱을 한 수비대장 마삼화의 턱은 검은 수염이 덥수룩하고 전체적으로 까무잡잡한 피부는 건강해 보인다. 무표정한 얼굴과 붉은 딸기코는 희극배우의 분장 같아 수비대장이라는 직책과는 어울리지 않는다. 마삼화가 조금은 실망한 듯한 표정으로 양대감의 서신을 읽는다. 난아는 마삼화의 표정을 보고 불안감이 피어오른다. 동동은 제대로 찾아왔다는 안도감에 마냥 좋아하는데 난아는 그럴 수 없어 더욱 초조하고 불안하다.

난아는 말을 타고 말없이 앞장 서 가는 마삼화를 따라 성 안으로 들어간다. 동동은 종종걸음으로 난아 옆에 붙어서 따라가며 마삼화의 눈치를 본다. 성 안 마을 안쪽에 마삼화가 거처하는 집이 있다. 검은 기와에 붉은 흙벽돌로 지은 집이다. 마삼화가 대문을 열자 닭들이 돌아다니다가 굴뚝 뒤로 재빠르게 숨는다. 고양이 한 마리가 등을 잔뜩 구부린 채 양지쪽에 엎드려 있다가 붉은 잇몸을 드러내며 하품을 길게 하고는 천천히 마당을 가로질러 우물가로 간다. 나무 기둥에는 붉은 벽지에 검은 색 글씨로 복福자와 희囍자가 씌어져 있다. 대나무 발이 내려져 있어서 외부에서는 들여다보이지 않는 좁은 실내가 방 세 개를 옆구리에 끼고 원형 탁자를 가운데 둔 형태로 난아와 동동을 맞아준다. 마삼화가 난아를 방으로 안내해주고는 다시 근무지로 돌아갔다가 밤이 늦어서 돌아온다. 난아는 동동과 쌀국수를 만들어 먹고 마삼화를 기다리다가 잠이 든다. 닭울음소리에 눈을 뜨니 하늘이 환하게 밝아온다. 난아는 마삼화의 불만을 이해하려 애쓰면서도 화가 난다. 그건 마삼화에 대한 것이라기보다는 세상에 대한, 부모에 대한, 조선에 대한, 양대감에 대한 섭섭함일 지도 모른다.

다음 날이 되자 마삼화는 난아에게 약식으로라도 식을 올리겠다고 말하고는 근무지로 가버렸다. 난아는 이 상황이 어색해서 어찌할 줄 모르고 동동은 동동대로 의미심장한 표정을 지으며 두 사람의 관계를 훔쳐본다. 할 말은 많을 것이다. 혼수품을 바리바리 싣고 오다가 떼강도를 만나 빼앗긴 것이 난아 탓이 아닐진대 드러내놓고 불만을 표현하기도 그럴 것이다.

이해한다. 사내가 되어 갖고 쪼잔하게 그런 상황을 따질 계제가 아니며 더구나 조선처녀라고는 하나 황실에서 서열 두 번째 환관의 양녀를 아내로 맞아들이기에 언감생심 불만을 갖기에는 그의 처지가 한미하다는 것을.

마삼화는 오래 전 양대감이 시찰 나왔을 때 지근에서 모신 인연이 있다고는 하나 자신이 왜 그녀의 배필로 뽑혔는지 이해할 수 없다. 처음에는 어디 모자란 구석이 있거나 벙어리거나 얼굴이 못생겼으리라 추측을 하기도 했다. 막상 난아를 보자 모든 짐작과 추측이 빗나가서 당황스럽고 오히려 변방에서 머물기에는 너무 명민해보여서 의아하게 생각하는 중이다. 난아의 똑 떨어지는 듯한 말투에서는 차가움이 배어나온다. 마삼화는 막연하게나마 자신과 비슷한 처지의 순박한 시골처녀를 배필로 생각해왔고 이웃 고을 둔보에 있는 왕부장의 딸을 점찍어놓고 농담 삼아 장인이라고 부르곤 하는데 왕부장도 싫지 않은지 웃어넘기고는 했다. 파발로 전해온 양대감의 서신을 받고 마삼화는 당황하긴 했으나 지긋지긋한 변방을 벗어나 수도의 병영에 배치될 희망을 품을 수 있어 내심으로는 안도하면서도 주변 시선이 부담스럽다.

"이봐, 좋겠네."

"무슨 용 빼는 재주라도 있나 보네."

"자네 그렇게 안 봤는데 이제 보니 대단하구먼."

주위에서 뇌물 공세라도 했거나 모종의 드러나선 안 될 공모를 했다는 식으로 바라보는 시선일랑 잠시 잠깐 참으면 된다. 그러나 정작 난아 앞에 서면 쪼그라드는 자신을 어찌할 수 없어서 술에 더 손을 댄다. 마삼화는 난아 얼굴을 볼 때마다 취하고 싶어져서 퇴근할 때면 객잔에서 술을 잔뜩 마시고 비틀거리는 걸음걸이로 집에 온다. 양대감이라는 거대한 산이 뒤를 받치고 있어서일지도, 난아의 총명한 눈빛과 틈을 보이지 않는 반듯한 태도 때문일지도 모른다. 변방 둔보에 몇 년 있으면서 마삼화는 그의 패기와 야망을 서서히 술과 나태와 불확실한 미래 속으로 던져버렸다. 본영에 있을 때와 달리 변방에서 몇 년 썩으면 느는 게 술이요 세상에 대한 원망이요 자신에 대한 열등감만 남는다. 그렇더라도 마삼화는 혼례를 준비한다.

혼례 준비라야 집안을 청소하고 마을 촌장에게 주례를 서 달라 말하고 음식을 준비해서 주변인들과 나누면 그뿐이다. 혼례날이 다가오자 바쁜 건 난아가 아니라 동동이다. 동동은 우울해하는 난아의 마음을 위로해주려 집안에 꽃을 옮겨다 심는다든지 화분을 나란히 대문 앞에 정리해놓는다든지 음식장만을 한다든지 바쁜 하루를 보낸다.

혼례는 집집마다 다르다. 이민족과 유민과 원주민이 뒤섞이다 보니 그들만의 전통 혼례가 저마다 달라서 촌장은 난아에게 사원에서 할 것인지 집에서 할 것인지를 결정하란다. 난아는 어떻게 해야 하는지를 몰라 멀거니 촌장을 쳐다보는데 동동이 불쑥 끼어들어 집에서 하는 것도 괜찮은 것 같다고 난아를 쳐다보며 거든다. 촌장은 가슴까지 늘어뜨린 흰 수염을 쓰다듬으며 고개를 끄덕인다. 마을 밖에서 청년들이 술항아리가 가득 담긴 수레를 끌고 오는데 항아리에는 옥수수와 조와 수수로 빚은 술이 담겨져 있으며 겉에는 화華자와 희喜와 락樂자를 한자로 새긴 종이가 붙어 있다. 또 다른 수레에는 포목과 이불이 실렸는데 흰 천에 붉거나 혹은 분홍 모란을 수놓은 침대보와 비단이불이 두 채, 흰 천에 보라색과 분홍색 자잘한 꽃을 수놓은 베개 두 개가 덜렁 수레 위에 올려져 있다. 마을 아낙 몇몇이 난아에게 매달려 분장을 하고 옷을 입혀주고 머리를 올려주느라 화기애애한 분위기다. 간간이 첫날밤 이야기를 하며 깔깔깔 웃는 아낙들의 말에 난아 얼굴이 붉어진다. 동동이 난아 옆을 떠나지 않고 있다. 붉은 천을 온

통 휘감은 듯한 신부 옷을 입고 아낙들이 부축하는 대로 난아는 마당에 선다. 마당 한가운데 교자상에는 양날개와 두 발목이 묶인 수탉이 올려지고 술병과 잔과 과일과 초록 나뭇잎과 토속신상이 놓여 있다. 검은 색 바탕에 노란 실금이 수놓인 예복을 입은 신랑 마삼화가 여러 겹의 천으로 둘둘 만 푸른 색 모자를 쓰고 혼례청 앞에 서서 촌장이 시키는 대로 맞절을 하고 술을 나누어 마시고 토속신상 앞에 맹세를 하고 신부를 등에 업고 마당과 집밖을 한 바퀴 돌고 안방으로 데려가는 것으로 혼례는 끝난다. 준비했던 음식들, 양고기 구이와 만두와 대나무잎에 싼 붉은 수수떡과 대나무 잎에 싼 흰 쌀밥의 고소한 맛과 큰대추, 수박, 망고, 망고스틱, 바나나, 두리안, 하미과, 용과 같은 과일 향이 달콤하게 떠다닌다. 병사들과 이웃 둔전보의 부장들과 마을 사람들이 어우러져 수레에 실렸던 술항아리를 다 비우고 새벽녘에야 잔치가 끝난다.

난아는 침상에 가만히 앉아 마삼화를 기다린다. 머리에 쓴 관은 뒷머리를 무겁게 했지만 몇 시간 째 그대로 앉아 첫날밤을 맞는 신부의 예를 지키려 하고 있다. 붉은 천 끝에 수술이 매달린 침상 머리맡과 큰 리본으로 선홍빛 비단 커튼을 고정한 신부의 자리에는 깨끗한 이불이 한 채 포개어져 있고 흰 천에 수놓인 보라색과 분홍색의 자잘한 꽃무늬 베개 두 개가 수줍은 신부의 마음처럼 나란히 누워 있는 풍경은 설레임을 동반하기에 부족함이 없다.

첫 닭이 울고 마삼화가 술이 취해 침대로 다가와 무작정 난아를 쓰러뜨린다. 낭만적인 밤을 기대했던 난아는 예복도 벗기지 않고 속바지와 속옷을 끌어내리는 마삼화를 쳐다보며 아랫입술을 깨문다. 난아는 본능적으로 두 다리를 오므리며 울고 싶은 마음을 간신히 참는다. 술냄새를 풀풀 풍기는 마삼화의 투박한 손이 허벅지 근처를 만지다가 돌연 난아의 두 다리 사이로 쑥 들어온다.

'이게 아닌데, 아아 이게 아닌데.'

난아는 속으로 부르짖으며 어머니를 부른다. 신혼 첫 밤에 대한 달콤하고도 낭만적인 기대가 여지없이 깨어지는 순간이다. 마삼화는 몇 번 난아 몸 위에서 끙끙대다가 옆자리에 벌렁 드러누워 코를 심하게 골며 골아떨어진다. 난아는 천장을 쳐다보며 주르르 눈물을 흘린다. 비단 신부복을 벗어 가지런히 개어놓은 다음 난아는 꼼짝없이 누워 있다가 아침이 되자 마삼화의 출근을 배웅한다. 동동이 난아 옆에서 궁금한 것을 참느라 표정이 어수선하다.

"아씨, 지난 밤 잘 주무셨어요?"

앙큼한 것 같으니라고, 난아는 눈을 흘긴다. 난아보다 한 살인가 두 살인가 더 많은 동동도 짝을 찾아주어야 할 만큼 성숙한 여인의 살내음을 풍긴다는 것을 난아는 느낀다.

"너도 짝을 만나야 할 텐데."

"아이, 아씨, 무슨 그런 말씀을 하세요."

"아니다. 내 그이에게 말해서 건강하고 잘 생긴 총각을 찾아보라고 말해보겠다."

동동을 만난 때가 열 살 무렵이니 오래 같이 살았는데도 그에 대해 아무것도 모른다는 사실을 난아는 그제서야 깨닫는다.

"너는 어떻게 양대감 댁에서 살게 되었니?"

"난리 통에 부모님이 돌아가시고 고아가 된 절 대감마님이 데려오셨다고 해요."

"너도 나와 처지가 비슷하구나."

"오래 전, 아주 어릴 적에 할머니에게 들은 얘기예요. 험상궂은 사람들이 쳐들어와서 마을을 불태우고 가축과 사람들을 끌고 갔대요. 할머니는 겨우 살아남아 먼 남쪽으로 이주했는데 그곳에서 다시 전쟁이 일어났고 할머니는 죽었고 정복자들의 손에 의해 제가 살아남았대요. 어디까지 진실인지는 몰라요."

어쩌면 동동은 원수의 손에 키워진 건 아닐까. 난아는 잠시 그런 생각이 들었지만 곧 떨쳐버렸다. 살아남은 게 중요한 것이다. 먼길을 걸어 대국에 왔고 다시 먼길을 걸어 혼례를 치렀고 다시……. 난아는 문득 생각하기도 싫은 듯 불길한 상상을 털어버렸다.

며칠 후 난아는 떡을 해서 집집마다 한 접시 씩 돌렸다. 혼례식 날 도와준 공으로는 부족하지만 마음을 담았다고 전하며 골목골목을 돌아다녔다. 사람들이 사는 모습은 궁색했으나 옷차림이나 집안에 모셔놓은 신상은 많이 달랐다. 부처를 모신 집, 관우를

모신 집, 신선을 모신 집과 마호메트와 알라를 모신 집 등 천차만
별이라 난아는 이민족의 고을이라는 것을 확연히 알고 호기심이
일어난다. 난아는 그 중에서 부처를 모셔놓은 노파 집에서 오래
머무르며 이야기를 나눈다.

"할머니, 연세가 어떻게 되세요?"

"하두 오래 살아 몇 살인지 몰러. 백 살은 넘었지 아마."

"앞으로 그만큼 더 사시면 되겠네."

"호호, 정말 그렇게 될까."

"그럼요."

할머니는 기분이 좋은지 입술을 오므리며 웃는다. 목과 이마
와 볼에는 굵은 주름과 잔주름이 가득하고 잇몸을 드러내며 웃
는 모습은 아이 같아서 난아는 자꾸 말을 시켜본다. 할머니는 언
제부터 혼자 살아왔는지 하도 오래 되어 기억나지 않는다고 말한
다. 할머니의 건조한 눈빛에 아주 잠깐 물기가 보였다고 믿는다.
쓸쓸하고 담담한 눈으로 멀리 구릉지대를 바라보는 할머니의 눈
빛이 아득하다.

난아는 할머니의 시선을 따라 아득해지는 마음을 감추고 일어
나 집으로 돌아온다. 혼례식 이후 마삼화는 매일 밤 술을 마시고
들어와서는 난아에게 최소한의 예의도 갖추지 않고 자신의 욕구
를 채웠다. 따뜻한 말이나 부드러운 애무 따위는 이제 기대하지
않았다. 난아는 자신이 단지 암컷으로서의 교미 대상으로 전락한
것 같아 슬프다. 서로 잘 모른다 하더라도 부부지간에 몸을 통하

여 감미롭고 깊은 그 무엇을 교감할 수 있다고 믿었던 난아는 마삼화의 무거운 몸을 받아들일 때마다 상처가 더께로 쌓였다. 그건 일방적인 폭력이고 난도질 같은 거였다.

밤이 되자 난아는 대야에 미지근한 물을 준비해놓았다. 그리고 미리 보아둔 술상을 마삼화 앞에 내어밀고는 술병을 들어 잔에 따른 뒤 자신에게도 한 잔 따라달라고 말한다. 마삼화가 빤히 쳐다보다가 난아 잔에 술을 가득 부어준다. 두 사람은 주거니 받거니 하며 술 한 병을 비운 뒤 난아는 마삼화에게 옷을 벗겨달라고 말하고 드러눕는다. 마삼화가 난아 옷을 벗기자 난아가 그의 귀에 대고 속삭인다.

"워 아이 니."

(당신을 사랑합니다)

난아는 눈을 질끈 감고 작은 소리로 속삭이며 그의 귀를 잡아당긴 후 다시 속삭인다.

"지우피 워 아이 니."

(술고래 당신을 사랑합니다)

"……?"

"지우 펑 궤이 워 아이 니."

(술주정뱅이 당신을 사랑합니다)

난아 눈에 눈물이 주르르 흘러내리는데 마삼화가 벌떡 일어나더니 난아 뺨을 세게 때린다.

"펑 야토우!"

(미친년)

"나한테 너무 가혹한 것 아닌가요?"

난아가 차가운 눈초리로 그를 쳐다본다. 자신도 모르게 조선
말이 튀어나온다. 오래 묵히고, 가슴에 담아두었던 말이다. 마치
난아의 조선말을 알아듣기라도 한 듯 마삼화가 화가 난 목소리로
내뱉는다.

"니 뾴쏭러 워더 치엔투."

(니가 내 인생을 망쳤어)

마삼화가 일어나더니 겉옷을 걸쳐 입고 밖으로 나간다. 난아
가 울음을 터뜨리자 옆방에 있던 동동이 뛰쳐나온다. 흐트러진
침대, 흐트러진 난아의 머리카락, 아무렇게나 벗어 던진 난아의
옷을 보며 동동은 어찌할 바를 몰라 서 있다. 난아는 잘 해보려
고, 무너지려는 자존심을 팽개치고 그의 마음을 붙잡으려고 그의
아내로서 노력하고자 했다. 난아는 동동이 옆에서 위로를 하거나
말거나 술병을 기울여 잔을 홀짝인다. 새벽까지 술을 마시다가
쓰러져 잠이 든다. 마삼화는 며칠 동안 들어오지 않고 썰렁한 집
안 분위기에 난아의 술 마시는 날이 늘어간다. 가끔 집에 들르는
마삼화는 동동에게 식탁을 차리라고 말하고는 빠르게 식사를 하
고는 후딱 일어서서 나가는 일이 반복되다보니 이제 난아와 마삼
화 사이에는 찬바람이 돈다.

어느 하루 마삼화가 한밤중에 들어와 곤히 잠든 난아 침상으
로 다가오더니 이불을 걷어치우고는 다짜고짜 난아 몸 위에 올라

탄다. 그러고는 옷을 강제로 벗기고 난아 가슴을 움켜쥐며 두 다리를 그의 육중한 허벅지로 내리누른다. 난아가 항의하며 욕설을 내뱉자 마삼화는 더욱 거칠게 난아를 다룬다. 화가 난 난아는 마삼화를 떠다밀다가 힘에 부치자 뺨을 올려붙인다.

"이, 이년이!"

마삼화가 난아를 밀치자 난아 몸이 벽에 부딪치며 등에 뻑뻑한 통증이 인다. 난아는 아픈 것을 참고 일어나 맨발로 집을 뛰쳐나간다. 어두운 밤거리를 무작정 달리다가 난아는 부처상을 모신, 백 살이 넘었다는 할머니 댁 대문을 두드린다. 문을 열어준 할머니는 난아의 풀어헤친 머리와 단추가 뜯어진 옷섶을 보고는 놀라며 손을 잡아 안으로 이끌어준다. 할머니는 묻지도 않고 난아를 꼭 안아주며 등을 두드려준다. 난아는 할머니 가슴에 기대어 소리내어 운다. 할머니가 그래, 그래, 실컷 울어, 라며 등을 쓸어내리자 난아 울음소리가 더 커진다.

이틀을 할머니 집에서 머물다가 정오 쯤 집으로 돌아간 난아는 대문을 열고 집안에 들어서자마자 발이 얼어붙는다. 마삼화와 동동이 알몸으로 드러누워 서로 껴안고 잠들어 있는 게 아닌가. 난아는 잠시 당황한다. 인기척을 느꼈음인지 동동이 일어나 당황한 표정으로 이불깃을 잡아당겨 알몸을 가리는데 탱탱한 앞가슴이 눈에 들어온다. 잠시 후 정신을 차린 난아가 소리친다.

"느들이 내 방에서 이럴 수 있어?"

난아가 달려가 이불을 잡아당겨 내동댕이치자 두 사람의 벗은 몸이 드러나며 마삼화의 두 다리 사이로 시커멓게 돋아난 거웃과 살덩이가 고스란히 난아 눈에 들어와 박힌다. 난아는 떨리는 목소리로 울부짖는다.

"나한테 어떻게 그럴 수 있지?"

마삼화는 알몸을 가릴 생각도 안하고 눈을 부라리는데 그의 다리 사이에 달린 살덩이가 축 늘어져 있다. 동동이 허겁지겁 옷을 찾아 입으며 떨리는 목소리로 아씨, 미안해요, 하는데 난아는 말문이 막혀버린다. 마삼화는 난아가 보거나 말거나 아주 천천히 옷을 꿰어 입고는 마구간에서 말고삐를 풀어 올라타고는 근무지로 가버렸다.

"아씨, 미안해요."

난아는 쩔쩔 매는 동동을 노려보다가 다탁 앞에 앉아 가만히 벽을 응시한다. 난아의 두 눈에 눈물이 방울방울 흘러내렸다. 난아는 곡식 자루를 보관하는 빈 방에 대나무자리를 깔고 들어가 누워 꼼짝하지 않았다. 집안에는 침묵이 흐른다. 며칠 째 집안을 어둡게 하는 난기류의 여파는 구성원 모두를 지치게 한다. 미움과 원망과 분노로 일그러진 난아의 마음에는 한시바삐 지옥 같은 나날에서 벗어나는 것뿐이다. 난아 눈치만 보는 동동을 물끄러미 바라보다가 난아가 "니가 무슨 잘못이 있겠니." 하며 다독거리는데 동동은 아무 말 없이 식사 준비를 한다.

그날 저녁 마삼화가 돌아오자 동동은 그에게 저녁밥상을 차려주고 난아에게도 죽을 쑤어 주고는 밤이 되자 망설임 없이 마삼화 침대로 기어들어 간다. 동동의 태도가 당당하여 난아는 기가 막혀 말을 못한다. 난아는 안중에도 없다는 듯이 그들은 드러내 놓고 수컷과 암컷으로 돌아가 온갖 콧소리를 내면서 애정행위에 몰두한다. 난아는 지그시 아랫입술을 깨문다. 난아는 보려고 해서 보는 게 아니라 듣고자 해서 듣는 게 아니라 바로 눈앞에서 가장 믿었던 두 사람의 행위를 바라보며 절망감에 빠져든다.

인간은 이중적인 동물인지도 모른다. 난아는 그들을 혐오하면서도 자신도 모르게 그들의 정사를 엿본다. 무엇에 홀린 듯 마삼화와 동동을 엿보는 난아의 뒤틀린 욕망이 꿈틀거린다. 마약처럼 난아는 그 상황에서 벗어날 생각을 못하고 오히려 그들의 애정행각을 지켜보며 야릇한 흥분을 느낀다. 시간이 흐를수록 난아 가슴에는 깊은 어둠과 멍울이 자라난다. 그들의 행위를 훔쳐보며 쾌감을 느끼면서 고통도 깊어지지만 쉽사리 그 관계에서 빠져나오지 못하는 자신을 돌아보는데 어느 사이 그들의 일을 즐기고 있다. 난아는 밤마다 그들을 보며 고통과 쾌감의 다리를 번갈아 건너다닌다. 어느 밤 난아는 그들을 지켜보다가 자신도 모르게 옷을 벗고 손으로 자신의 몸을 만진다. 솟아오른 봉긋한 앞가슴과 젖꼭지를 만질 때의 생감자 같은 아린 느낌에 난아는 목을 놓아 울음을 터뜨린다. 난아는 울다가 웃다가 자신의 가슴과 배를, 거웃 사이에 숨은 부드러운 살결을 쓰다듬으며 눈을 감는다. 난아의 부드러운 살결, 매끄러운 피부는 잠자고 있던 난아의 깊은 열망을 깨운다. 난아는 어느 사이 체면도 창피함도 자존심도 모두 던져버렸다.

난아는 이제 이 괴상한 동거에 길들여지고 적응해가며 여자의 몸으로서 익은 과육의 향을 풍기나 그 향기는 곧 시든 꽃잎과 같고 썩은 과일과 같이 공허하며 메마른 사막과 같다. 겨울이 지나고 다시 찾아온 봄은 난아에게도 동동에게도 변화를 가져왔다. 안방 침대는 동동 차지가 되고 얼마 후 그녀의 몸에 태기가 있고 나서 난아는 분주해진다.

보리가 베어진 들판에 감자와 콩이 자라고 메밀꽃이 들판 가득 흰 물결을 이루며 자라던 자리에 유채꽃이 무더기로 피어나 온 천지를 물들인다. 난아는 아기를 잉태한 동동을 위해 식사준비를 하고 빨래를 하고 청소를 한다. 난아는 이제 더 이상 동동의 상전이 아닌 한집에 사는 구성원으로서 동동의 수발을 들며 지낸다. 동동의 배는 불러오고 마삼화는 일찍 퇴근하여 동동의 배에 귀를 대어보며 아기의 태동을 확인하고는 기쁨의 눈물을 흘리거나 동동을 위해 돼지고기를 사오거나 양고기, 또는 잉어를 사와서 난아에게 던져준다. 난아의 몸은 점점 더 수척하고 말라가는 반면 동동은 뽀얗게 살이 오르고 마삼화의 보호와 수발을 받으며 예전처럼 난아를 위해 밥을 하거나 빨래를 하거나 청소를 하지 않는다.

"시엔짜이 워 쓰 니더 주즈. 쩌 차오시엔 투바오즈 타이 페이 펀러."

(이제는 내가 네 상전이야. 어딜 조선에서 온 촌년 주제에)

배가 불러오자 동동은 마삼화와 정사를 할 수 없게 되고 난아를 의심하는 눈빛으로 쏘아본다. 여자의 육감은 때때로 신의 예지보다 정확하다. 난아는 이제 마삼화가 퇴근해 올 무렵이면 대문 밖 골목 끝에 나가 기다린다. 그 일은 우연히 일어났다. 술냄새를 풍기며 거나하게 취한 마삼화가 트림을 하며 걸어오는 것을 본 난아는 마구간 안으로 숨었다. 말먹이를 더 주려고 마구간에 나왔던 난아는 마삼화를 보자 기둥 뒤로 숨었고 그날 따라 마삼화는 마구간에 들러 말을 살피다가 난아를 발견하고는 무슨 생각이 들었는지 난아 팔을 나꿔챘다. 난아는 반항하지 않고 가만히 있었다. 마삼화의 거친 수염과 입술이 난아 볼에 닿았다. 난아는 눈을 감고 순종적인 아낙처럼 그가 하는 대로 몸을 내어맡기고는 가만히 있었다. 난아는 바닥에 드러누워 바지를 벗고 속옷마저 벗어던졌다. 말들이 힝힝거리며 몇 발자국 물러난 자리에 난아와 마삼화가 씨름을 한다. 두 사람이 함께 하는 시간에 지나가던 바람도, 부엉이도 말들도 고개를 돌려버렸다. 모래와 짚이 등에 배겨도 난아는 아픔 따위 참으며 그를 받아들였다. 그의 바위라도 뚫을 듯 단단하고도 기세 좋은 힘이 난아를 향해 거침없이 뚫고 들어올 때 난아는 자기도 모르게 입을 벌렸다. 따뜻한 느낌과 충족감, 남자와 여자가 만들어내는 이견 없는 예술작품, 난아는 고통스러운 기억을 잊기 위해 적극적이고 열성적으로 그와의 관계에 몰입했다. 마삼화는 뭔가 잔뜩 화가 난 듯했다. 마삼화의 거친 숨소리와 말들의 콧김소리가 한데 어우러지자 말들이 긴장을 한 듯 앞뒤로 왔다 갔다 했다. 입술을 꼭 깨물며 울음을 참던 난아 입에서 기어코 울음이 터져나오자 마삼화는 더욱 공격적으로 변했다. 난아는 마삼화의 허리를 꼭 붙잡았다. 마삼화의 숨소리가 낮게 잦아들고 말들이 긴 꼬리를 가볍게 흔들며 서성거리자 난아는 마삼화의 이마에 맺힌 땀을 손으로 닦아주고 그의 머리통을 쓰다듬어준다.

마삼화가 일어나 바지를 올리고는 비켜 서 있던 말 엉덩이를 툭툭 쳐주고 가버린다. 난아는 마른 건초 냄새를 맡으며 가만히 누워 있다. 이웃 골목에서 풍겨오는 음식 냄새를 맡으며 나른해지는 몸을 겨우 추스른다. 몸에 붙어 있는 지푸라기를 뜯어내고 모래를 털고 흐트러진 머리를 대충 쓸어 넘기고는 집안으로 들어가자 동동이 어디 갔다 이렇게 늦게 오느냐고 한 마디 하고는 의심스러운 눈동자를 굴리며 야생 암코양이 같은 눈초리로 난아를 노려본다. 동동은 마삼화가 늦을수록 심한 욕설을 내뱉거나 그의 행적에 대해 꼬투리를 잡은 듯 수상쩍어한다. 난아를 바라보는 동동의 눈동자에 의혹이 짙어져가고 묘한 표정을 지으며 눈자위가 희뜩 돌아간다. 마구간에서 거의 매일 밤 마삼화와 은밀한 만남을 이어가는 난아의 가슴은 공허로 가득하다. 난아와 한 몸을 이룬 순간에도 마삼화의 시선은 다른 곳을 본다. 난아는 마삼화의 어딘가 혼이 빠진 듯한 시선을 보며 공허함이 몰려오고 가슴속에서 생명이 조금씩 빠져나가는 것 같아 삭막해진다. 동동이 심한 발작을 보일수록 조선에서 온 촌년이라고 욕을 할수록 난아는 그 공허한 시간을 마삼화와 씨름하는 것으로 채우지만 갈증은 심해진다.

마구간은 두 사람의 밀실이 되어버렸다. 해가 지면 난아는 일찌감치 대문 밖에 나가 서성이다가 멀리 마삼화의 그림자가 보이면 마구간으로 들어가 기다린다. 그들의 관계가 깊어질수록 그들의 밀회가 길어질수록 동동의 얼굴은 고양이상이 되어 할퀼듯이 으르렁댄다. 출산할 날이 다가오면서 동동의 몸은 더욱 둔해지고 움직이기가 힘들어 신경질이 늘어간다. 미증유의 시간을 예민한 감각으로 포착하려는 움직임은 암코양이의 후각과 닮아 있다. 뭔가 달라진 집안 분위기를 감지하는데 실체를 확인 못해 신경이 날카로워져 있다. 동동의 눈을 피해 난아와 마삼화는 그들만의 밤을 보낸다. 그 시간은 애욕의 시간이며 맨발로 언 강을 건너는 아릿함이며 회색과 검정이 뒤섞인 불안정한 날들이기에 더욱 아프고 무감각할 수밖에 없었다.

난아는 마삼화가 마구간에 들어서자마자 난폭하게 그를 떠다밀어 자빠뜨린다. 어어, 하며 마삼화가 뒤로 나동그라진다. 난아는 그의 장화를 벗기고 버선을 벗기고 바지를 잡아당긴다. 마삼화의 몸에서는 사막의 먼지와 모래와 땀냄새가 섞여 있다. 밤공기를 타고 날아온 유채꽃 향기가 코를 찌른다. 난아는 동동의 눈초리를 떠올리며 더욱 마삼화에게 집착하고 몰두하며 순간에 충실한다. 난아는 육중한 몸으로 누워 있는 마삼화 위에서 자신의 몸을 움직인다. 순간의 쾌락에 탐닉하는 난아의 가슴 속으로 그녀의 인생을 통틀어 힘겨웠던 시간이 뒤로 밀려나며 마른 모래바람이 분다. 시간은 시공을 넘어 애욕의 나날을 어루만지며 달아나고 인간의 숨가쁜 순간 같은 것은 찰나에 피는 꽃잎의 허망한 몸짓일 뿐이다. 꽃은 피는 그 순간보다 꽃망울로 머무는 긴 시간의 인내와 기다림과 설레임의 시간이 아름다운 법이다.

초여름의 꽃향기가 창문을 넘나들 때 동동은 아들을 낳았다. 아이가 태어나고 난아는 한동안 분주한 일상을 보낸다. 마삼화는 일찍 퇴근하여 놀고 있는 아기에게 달려와 어르고 껴안고 입맞추며 기쁨을 표현한다. 마삼화의 얼굴에 번지는 환한 웃음과 충족감은 자신의 뿌리를 확인할 때 절정에 달한다.

아이의 존재는 단박에 난아와 동동의 위치를 확고하게 바꾸어 놓았다. 이미 안방에서 밀려난 존재이지만 난아와 마삼화가 정식으로 혼례를 치른 부부라는 것은 변함없는 사실로서 누구도 부인할 수 없는 관계였다. 그러나 아기가 태어나자 상황은 달라진다. 정식으로 혼례를 치른 난아를 단번에 몰아낼 수 있는 강력한 힘은 가장 연약하고 부드러운 피부를 가진 아기였다. 동동과 마삼화와 아기는 이제 완벽한, 누구도 침범할 수 없는 성역이 되었다. 그것은 세 사람 사이에서 묵시적인 동의와 합의가 자연스레 이루어진다. 남자에게 아들이란 어떤 의미인지 난아는 마삼화를 보며 뼈저리게 체험한다.

마삼화는 다시 동동에게 돌아갔다. 의식적으로 난아를 무시하는 마삼화를 보며 그녀는 술로 그 시간을 견딘다. 해질 무렵이면 난아는 대문 밖을 나가 골목을 서성이며 마삼화를 기다렸다. 마삼화는 난아를 지나쳐서 집안으로 들어가는 날이 이어지고 어쩌다 마삼화가 심하게 취한 날 마구간에서 정사를 갖지만 바지를 엉덩이에 걸치고 난아의 속옷을 내리고는 헐떡대다가 짧은 허무를 쏟아내며 도망치듯 사라져버렸다. 난아가 집착할수록 난아가 애원할수록 마삼화는 냉담한 반응을 보였다. 난아를 피해 가려는 마삼화의 손을 끌어다가 가슴을 만지게 해도 그는 예전처럼 뜨겁게 달아오르지 않았다. 난아에 대한 노골적인 경멸과 무시와 무관심은 도를 넘어 동동의 동정을 받을 지경이다.

"난얼, 난 알고 있었어."

"무얼?"

"니들이 한 짓거리."

"그런데 왜……."

"난 자신 있었거든. 아기가 태어나면 마삼화가 다시 내 것이 될 텐데, 잠시 빌려줬다 셈 쳤지 뭐."

난아는 동동의 눈을 빤히 바라다본다. 무서운 계집이다. 순하고 순박하게만 봤던 이전의 몸종이 아닌 어느 사이 강력한 상대자가 되어 난아 자리를 넘보다가 빼앗아버리다니. 한 술 더 떠 오히려 동동은 난아를 위로한다. 아기는 가문의 장자로서 마삼화의 대를 잇는다. 아들에 대한 아버지의 사랑은 지극히 당연하다 그러니 난아가 이해해라, 는 식이다. 동동과 아기와 마삼화 세 사람이 함께 있는 정경은 지상에서 가장 아름다운 풍경이다. 그 그림은 덧칠할 수 없는 색채이며 완벽한 공동체 같아서 난아는 더

욱 외로움에 지쳐간다. 어느 날 문득 난아는 자신의 것이 아무것
도 없다는 사실에 허탈함을 느낀다. 난아가 아기 기저귀를 빨고
양젖을 먹이고 아기를 돌볼 동안 동동은 마삼화와 애정의 행각
을 벌인다. 난아는 무심하게 그들을 지켜보다가 아기를 어르다가
아기를 들쳐 업고 들판에 나와 꽃향기를 들이마신다. 노란 유채
꽃밭에 벌과 나비가 날아들고 생명이 넘쳐나는데 난아는 시들시
들 말라간다. 아기가 물먹은 햇순처럼 야들야들 커갈 때 난아는
점점 시들어가고 아기가 걸음마를 하고 걷고 뛰고 달리며 커가는
동안 난아는 주름살이 늘어나고 한숨이 묻어나며 피부는 말라 생
기를 잃고 늙어간다.

부쩍 늙어버린 난아를 이제 마삼화는 안으려 하지 않았다. 동
동이 외출했을 때 침상에서 그가 보는 앞에 옷을 벗어던지고 앞
가슴을 드러내도, 마구간에서 가랑이를 벌리고 그를 유혹해도 마
삼화는 다가오지 않았다. 시든 육체와 윤기 잃은 난아의 피부는
매력을 잃은지 오래였다. 마삼화는 괴물 쳐다보듯 한다.

"펑 야토우."

(미친년)

마삼화가 난아를 밀치고 가버리자 난아는 털썩 주저앉아 미친
여자처럼 마른 지푸라기를 마구 헤집다가 그 자리에 드러누워 건
초 사이에 얼굴을 파묻는다. 말라붙은 말똥 냄새와 건초 냄새가
코로 스며든다. 수말이 밤색 꼬리를 흔들다가 오줌을 눈다. 오줌
자국이 난아가 코를 박은 짚풀더미에 튀어도 꼼짝 않고 엎드려

있다. 마른 짚이 젖어가며 김이 올라온다. 난아는 가만히 엎드려서 그와 사랑을 나누던 날들을 소중한 추억처럼 어루만진다. 눈물이 볼을 타고 흘러내린다. 눈물을 닦을 생각도 안하고 난아는 가만히 드러누워 있다. 둥그런 말 궁둥이가 시야를 가로막는다.

젖은 낙엽처럼 쭈그러들고 시들어가는 난아와 달리 동동의 피부는 여름날 파초 잎에 떨어지는 빗방울을 튕겨내듯 탄력이 붙고 태양빛을 잘 받은 햇차의 초록잎이 주는 신선함이 묻어난다. 동동은 여인으로서 물오른 자작나무 숲이 보여주는 우유빛 풍경처럼 성숙한 여체를 띠어간다. 아이가 소년으로 성장함에 따라 동동은 세상을 다 가진듯한 자신감과 여유가 있어서 때때로 난아에게 지나가는 소리로 위로를 하는데 그 말이 난아에게는 뾰족한 선인장 가시로 찌르는 것 같다. 밤이 되면 마삼화와 동동이 서로 간지럼을 태우며 낄낄대고 즐거워하는 정경을 멀거니 바라보며 난아는 서서히 미쳐간다.

불이 꺼지고 달빛이 마당에 머무른 밤이다. 난아는 한바탕 알몸으로 서로 뒤엉켜 동물처럼 물고 뜯고 핥고 빨고 하던 두 사람이 잠들자 아궁이에서 긴 작대기를 꺼내들고 조심스럽게 안방으로 스며든다. 커튼을 제치자 동동이 나른한 표정으로 마삼화의 팔을 베고 누워 잠들어 있다. 마삼화의 육중한 다리 한 짝이 동동의 배와 다리를 가로질러 얹혀 있고 두 사람은 달콤한 잠에 빠져서 난아가 내려다보고 있는 것을 모르는 눈치다. 난아가 팔을 쳐들어 빨갛게 달구어진 작대기 끝을 바라보는데 푸른 연기가 가늘게 피어오른다. 난아가 조심스럽게 이불을 걷어내자 두 사람은 서로 엉겨붙은 채 골아 떨어져 있다.

"엄마아!"

난아가 막 뜨겁게 달구어진 작대기를 마삼화의 살찐 허벅지 사이로 던져 넣으려는 순간 동동의 아들이 잠에서 깨어 울면서 마당을 가로질러 오고 있다. 난아가 흠칫 동작을 멈춘 것과 마삼화가 눈을 뜬 것이 동시에 이루어졌다. 난아와 마삼화의 눈이 마주치는 순간 난아가 작대기를 그의 허벅지 사이로 내리꽂음과 동시에 마삼화가 맨 손으로 달구어진 작대기를 잡아 마당으로 내던지는 바람에 동동이 깨어난다.

"이, 이년이 미쳤나? 뭐하는 수작이야!"

"그래! 나 미쳤다!"

마삼화가 억센 두 팔로 난아의 목을 조이기 시작하자 난아가 버둥거리며 발악을 한다. 동동이 마삼화 팔을 잡아당기며 참으라고, 사람 죽이겠다고 소리치고, 아이는 울고 집안은 온통 아수라장이다.

"네 놈이 나한테 그럴 수 있어! 년놈들이 어떻게?"

마삼화가 잠시 틈을 보인 사이 난아는 숨을 몰아쉬며 미친듯이 소리친다. 다시 마삼화가 난아를 붙잡아 벽 쪽으로 던져버리자 난아 몸이 벽에 부딪치며 쿵 소리를 낸다. 마삼화의 두터운 손이 난아 머리카락을 잡고 흔들어대고 동동은 마삼화를 뜯어말리며 울부짖는다. 마삼화는 제 정신이 아닌 듯 흥분해서 손에 잡히는 대로 집어던진다. 광목베개와 편백나무 베개를 집어던지고 부채를 집어던지고 울면서 다가오는 아이마저 집어던질 기세다. 동동은 온 힘을 다해 마삼화의 다리를 붙잡고 소리친다.

"미쳤어, 미쳤어! 다들 미쳤어. 난얼, 도망쳐!"

난아는 겨우 마삼화의 손을 머리채에서 떼어내고 그를 노려보다가 맨발로 도망친다. 달빛이 부서지는 골목을 난아는 죽어라 하고 내달린다.

"조우카이! 조우카이!"

(도망쳐! 도망쳐!)

다급하게 외치는 동동의 소리만이 아득히 멀어진다.

다시 북쪽으로

한밤중에 맨발로 들이닥친 난아를 보고 부처상을 모신 할머니
는 말없이 안아준다. 한참 난아 등을 어루만지며 쓸어주던 할머니
는 대야에 따뜻한 물을 담아 난아 발을 씻어주고는 마른 헝겊으
로 닦아준 뒤 문질러준다. 흥분이 가라앉은 난아에게 할머니는 따
뜻한 차를 끓여준다. 할머니는 묻지 않고 난아는 말하지 않는다.

난아는 아주 오래 전 네댓 살 무렵 부모와 함께 살던 꿈을 꾼
다. 꿈속에서 금슬 좋은 부부였던 부모는 서로 떠먹여주며 난아
를 가운데 두고 행복한 시간을 보낸다. 말발굽소리 들리고 오랑
캐들이 마을을 쑥대밭으로 만들고 난아와 부인을 지키려던 남자
는 오랑캐가 휘두른 칼에 피를 흘리며 쓰러지고 남편을 살리려
울부짖던 부인은 다시 화살을 맞고 쓰러지는 꿈을 꾼다. 꿈속에

서 난아는 울고 있다. 깨진 바가지와 나뒹구는 솥단지와 도망다
니는 닭들과 죽은 부모 옆에서 울고 있는 난아. 땟국물이 꾀죄죄
한 난아는 몇 시간이고 퍼질러 앉아 울고 있다. 꿈속에서 난아는
소리내어 흐느껴 운다. 울다가 꿈에서 깨어나니 할머니가 바느질
로 기워놓은 난아 옷이 머리맡에 놓여 있다. 할머니는 평소 볼 수
없던 화려한 옷을 입고 마당을 배회하고 있다. 할머니는 난아에
게도 축제에 참가하라고 말하고는 긴 치맛자락을 날리며 마당을
한 바퀴 돈다.

다민족 축제.

여러 민족이 모여 사는 고을답게 다민족의 축제는 고향을 떠나
온 사람들이 그들의 뿌리와 고향을 생각하며 노는 자리이다. 한
족, 백족, 이족, 태족, 나시족, 장족, 하니족, 동족, 묘족, 요족,
백월족, 모남족, 월족, 수족, 홀로족……. 이민족 사람들이 가장
화려하고 아름다운 그들 고유의 복장을 하고 노는 자리에는 각처
에서 상인들이 몰려와 먹을 것과 생필품과 장신구와 귀중품을 팔
기도 하는, 오래된 풍습이다. 난아는 할머니를 따라 그들의 축제
에 나서는데 자신은 어디에서 왔는지 기억이 가물거린다. 오래
전 언 강을 건너고 바다를 건너 온 희미한 기억을 찾기에는 너무
지쳐버렸다.

할머니와 흰 소를 타고 난아는 축제가 벌어지는 곳에 도착해서
는 할머니와 같은 옷을 입은 사람들에게 데려다주고 혼자 이곳저
곳 기웃거리며 배회하다가 누군가 부르는 소리를 듣는다.

"차오시엔 뉘얼."

(조선에서 온 여자애)

"차오시엔 뉘할."

(조선에서 온 여자애)

난아는 자기 귀를 만지며 천천히 소리가 나는 쪽으로 돌아본다. 아는 얼굴이 없다. 다시 한 번 "차오시엔 뉘할"이라고 가깝게 들리는 곳에 뚱뚱한 남자가 이마에 땀을 삐질삐질 흘리며 서 있다. 난아가 돌아보자 그가 난아를 뚫어지게 바라본다. 살이 찐 남자는 천으로 빵처럼 둥글게 만 모자를 쓰고 있는데 낯 선 얼굴이다. 뚱뚱한 남자가 목걸이를 들어 난아 눈앞에다 흔들어대며 이건 네 거야, 말하는데 그의 눈빛에서 오래 전 헤어지던 날 목걸이를 마저 달라고 말하던 호리호리하고 젊은 장사꾼의 모습이 겹쳐진다.

"왕 아저씨!"

난아는 왕 씨를 보고 달려가 그의 가슴팍에 안기며 흥분한 목소리로 소리친다.

"아저씨를 여기서 만나다니 어떻게 된 일이에요? 아저씨 몰라보겠어요. 그 수염은 또 뭐고 모자는 뭐예요."

"하이고 반갑구나. 여기서 만나게 될 줄이야. 우리는 부처님 나라에 갔다가 알라신이 사는 나라에 갔다가 유대인들이 사는 나라에도 갔다가……세상을 떠돌았지. 어디 보자 많이 수척해졌네. 신랑이 잘 못해주나 보네."

"아저씨도 차암."

왕 씨 일행을 만나면서 난아는 가물가물 잊혀져가던 기억이 살아나기 시작했다. 혼수품을 바리바리 싣고 오다가 도둑을 만나 빼앗기고 숨어 지낸 일이며 들판에서 노숙을 하던 일이 또렷하게 살아났다. 별을 보고 잠들었던 일들, 야생열매를 따먹고 계곡물을 마시며 끝없이 걷던 일들이 선명하게 살아나며 동시에 자신의 뿌리가 어디인지, 자신이 어디에서 왔는지 기억이 선명하다. 오랫동안 "차오시엔 뉘할" 하고 불러준 사람이 없었고 비로소 난아는 조선에서 온 조선의 딸임을 자각한다.

왕 씨 일행이 돌아다니며 햇차를 사거나 종자 씨, 마른 생선과 소금을 사는 동안 난아는 그들 곁을 한시도 떠나지 않고 따라다닌다. 왕 씨 일행이 남쪽에서 다시 북쪽으로 북상할 계획을 말한다.

"왕 아저씨, 저도 데려가주세요. 꼭 만나 뵈어야 할 분이 있어요. 난향아씨, 아니 빈궁마마에게 가봐야 해요. 그 근처라도 가게 해주세요. 시간이 걸려도 좋아요. 아저씨 따라다니며 장사도 배우고 싶어요."

마삼화로부터 국경에서 벌어진 전투와 조선왕의 항복과 왕세자와 세자빈의 소식을 듣고 있던 난아는 왕 씨를 보자 제일 먼저 난향 아씨를 떠올렸다.

"……."

난아가 간곡하게 말하자 왕 씨가 물끄러미 바라보다가 고개를 끄덕인다. 난아는 왕 씨에게 와락 달려들어 목을 껴안고 고맙다고 몇 번이고 말한다. 난아는 오랜만에 생기가 돌고 활기에 차서 말이 많아진다. 난아는 왕 씨를 보면서 장사를 해서 살아가는 방법도 괜찮다고 느끼던 터였다.

양대감 댁을 떠나 온지도 십 년. 세월은 옷자락을 뿌리치고 가버린 애인 같다. 뒤도 돌아보지 않고 떠나간 사람 같고 못말리는 장사 같다. 힘도 세고 번개처럼 빠르기도 하다. 난아는 매듭이 생긴 손가락과 푸석한 피부를 만져본다. 왕 씨의 귀밑머리도 희끗희끗 서리가 내리고 발걸음도 더디다. 시간은 뻣뻣한 것들을 부드럽고 겸손하게 만드는 재주가 있다. 난아는 왕 씨를 따라다니며 상품의 물목과 흥정하는 태도를 유심히 보고 배운다. 난아는 자신에게 있던 반지와 장신구를 팔아 벌써 몇 가지 물품을 사서 보따리에 싸갖고 다녔다. 십 년 세월이었다. 동동이 낳은 아들이 커서 여덟 살이 되자 마삼화는 동동과 난아에게 진주 반지를 하나씩 해주었다. 처음이자 마지막으로 받아 본 남편의 선물. 진주 반지를 받는 순간 난아는 그를 용서했다. 진주 반지는 남편이 아내에게 해 준 처음이자 마지막 선물이다. 두 사람의 관계를 인정하는 징표, 그 하나만으로도 난아는 원망을 버렸다. 십 년 동거동락한 대가인 진주는 눈물방울처럼 결이 곱고 색깔이 순정하다. 진주는 눈물이라 했던가. 난아는 그 진주를 과감하게 빼어 팔아버리고 여러 가지 조개껍질로 만든 목걸이나 머리핀을 샀다. 어린 여자아이들이 좋아할 물품이다.

난아는 주변을 둘러보며 마음속으로 작별을 한다. 멀리 만년설 봉우리를 이고 선 푸른 하늘빛이 시야 가득 들어온다. 순식간에 지난 세월이 가버린 듯하다. 가득 펼쳐진 초록빛 들판과 보라색 무꽃, 분홍색 감자꽃, 푸른 보리밭 사이로 새 떼가 날아간다. 새 떼의 원무는 되풀이된다. 생도 되풀이된다. 이 세상에서 저 세상으로 건너가는 생의 순환은 자연의 순환과 맞물리며 인생도 그의 일부라고 눈앞에 펼쳐진 자연은 가르치는 듯하다.

난아는 왕 씨가 내어준 말을 타고 가며 뒤돌아본다. 안녕, 나의 과거여. 안녕, 나의 지난 시간들이여. 난아는 과거로 거슬러 오르는 긴 여로에 접어든다. 난아의 심경은 복잡하다. 난아는 자신을 버린 조선이지만 그래도 조선에 가깝게 간다는 것, 난향이 머무는 곳으로 간다는 것에 설레임이 일어난다. 왕 씨는 장사꾼답게 고을의 면면을 살피며 속으로 재빨리 계산을 한다. 셈이 빠른 그는 판단도 빨라서 이문이 없다 싶은 곳은 그냥 지나친다. 고을마다 특산품을 사고 멀리에서 온 귀중한 물목을 비싼 값에 넘기며 북으로 이동하는 길은 눈에 들어오는 풍경마다 확확 달라진다. 농작물의 품종도 달라지고 사람들의 풍속이나 음식, 선호하는 물품도 차이가 확연히 난다.

지나는 길에는 사원이 나온다. 사원이 보이면 그냥 지나치지 않고 들러 향을 사루고 음식을 공양하는 것은 신을 노하게 하면 안 된다는 왕 씨의 믿음 때문이다.

"내 경험에 따르면 신神은 질투가 심하지."

"에이, 그런 게 어디 있어요."

"모르는 소리. 신을 살살 달래가며 살아야 무탈한 법이거든."

모든 신은 질투가 심하다고 말하는 왕 씨는 신들을 달래가며 살아야 인생이 무탈한 법이라고 사원에 들를 때마다 강조한다. 돌무덤이 나오면 돌을 얹고 탑이 나오면 탑을 돌고 사원이 나오면 안에 들어가 향을 사루고 두 손을 모아 기원하는 왕 씨를 따라 난아는 오직 난향을 보게 해달라고 염원한다.

"아저씨는 가족이 없어요?"

"떠돌아다니는 내가 가족은 무슨."

"정말 아무도 없어요?"

"마누라가 도망가버렸어."

"……."

"평생 떠돌아다니는 나에게 마누라가 가당키나 해? 그냥 가라고 등 떠다밀었어."

왕 씨는 엽초를 입에 물고 연기를 후 불어 올리며 쓸쓸한 표정을 짓다가 생각났다는 듯 난아에게 어떻게 된 일이냐고 묻는다. 난아는 지난 일들을 담담하게 털어놓는다. 왕 씨가 주머니를 부시럭거리더니 엽초를 건네준다. 난아는 엽초를 받아 불을 붙여 입에 물고는 깊이 연기를 흡입한다. 마른 건초 냄새가 몸에 깊숙이 스며들며 마음이 차분하게 가라앉는다. 난아가 다시 연기를 흡입하자 건초 냄새가 몸 안으로 부드럽게 스며들며 몽롱한 기분에 취한다.

"아저씨, 이거 죽이는데요."

"하하, 골초 후보생이 나왔구먼."

난아는 왕 씨에게서 엽초 한 대를 더 얻어 피고는 기분이 좋아져서 노래를 부른다.

　살으리 살으리라
　청산에 살으리라
　머루랑 다래랑 먹고
　청산에 살으리라
　얄리얄리 얄랑셩 얄라리 얄라

　울어라 울어라 새야
　자고 일어나 울어라 새야
　너보다 시름 많은 나도
　자고 일어나 울고 있다
　얄리얄리 얄랑셩 얄라리 얄라

"무슨 노래여?"
"고려의 노래예요. 우리 조상들의 나라."
"뜻은 모르지만 슬프구먼."
"슬픈 노래예요."
"그려, 사랑, 이별, 방랑 이게 인간의 모습이지."
그 노래가 어떻게 기억났는지 난아는 불가사의하다. 안국동 본가 찬모 덕순이와 한 이불을 덮고 잘 때 자장가처럼 그녀가 불러주던 곡이다. 덕순은 노래하다가 때때로 소매로 눈물을 닦기도 하면서 애절하게 부르곤 했는데 난아는 그 노래를 들으며 잠이 들곤 했다. 덕순이 불러주는 자장가를 들으며 보낸 유년기가 새삼스럽게 떠올라서 난아는 의아하다. 먼 기억의 숲을 휘돌아 이국의 남쪽에서 다시 재생되리라고는 꿈에도 생각하지 못했다.

"아저씨, 세상에는 아름다운 여자들이 많지요?"

"그러엄."

난아와 왕 씨가 서로 마주보고 웃는다. 두 사람은 처음 만났을 때의 나이로 돌아간 듯하다. 첫 기억은 변치 않는 화인火印 같은 것이다. 첫 경험도 지워지지 않는 화인이다. 난아는 인생에서 가장 슬픈 순간으로 마삼화와의 첫날밤을 기억한다. 기대와 설레임이 깡그리 무너지고 자신의 몸이 풀어헤쳐져서 난도질당한 느낌만이 강렬하다. 그 이후 두 번째 폭력은 마삼화와 동동의 성애 장면을 본 날이다. 배신감과 모멸감은 고통스러웠다. 인생에서 겪지 않아도 될 쓰디쓴 독초 뿌리 같은 삶이 지나간 자리에는 허망함이 남았다. 그 일은 남은 시간마저 어둡고 우울한 색채로 몰아갔다. 열정은 사라졌다. 생기가 사라진 난아의 삶에 다시 무지개가 뜬다. 왕 씨와 함께 하는 여정은 난아 인생의 새로운 도약이다. 시든 잎처럼 풀이 죽어 있던 난아가 물먹은 식물처럼 푸들푸들 살아난다.

난아는 안다. 인생은 가혹하기만한 것은 아니라는 것을. 난아가 만나거나 스친 많은 여인들의 모습이 떠오른다. 특별하지 않은 삶을 살아가는 많은 여인들, 돼지우리 같이 누추한 집에서도 행복한 삶을 누리는 여인들이 있고, 태어나 한 번도 마을 밖을 나가본 적이 없이도 행복할 수 있음을 보여준 여인들, 을 난아는 보았다. 그 여인들은 태생적으로 가난하고 열악한 환경에서 가축과 더불어 살면서도 질긴 생명을 이어가고 있었다. 난아는 기대치가 너무 높았던 자신의 인생을 되돌아본다. 기대하지 않는 삶을 받아들이는 순간 난아는 아주 작은 일상에서 기쁨을 찾는다.

남쪽으로 향하던 길에서는 예전에 볼 수 없던 풍경들을 만난다. 오래 전, 난아가 인생의 비밀을 알기에는 너무 어린 나이였기에 지나쳤던 장면들이다. 고통스러운 과거를 한 바퀴 돌아 다시 북쪽으로 향하는 길에서 난아는 이전에 보이지 않던 것들을 찾아낸다. 청춘이 지나가며 남긴 선물이고, 고통과 상처가 지나가며 남긴 선물이다. 이제 난아에게는 왕 씨 아저씨의 굵은 주름살 뒤에 숨겨진 이면이 보인다. 난아가 그토록 슬프게만 생각했던 사건들도 이제는 축복의 시간으로 다가온다. 자유로운 영혼으로 길을 간다는 것, 일반 가정의 여자로서는 꿈도 꿀 수 없는 풍요로움이다.

영혼의 자유 여행.

난아는 이제 자신에게 처한 환경을 받아들이기로 한다. 그렇지만 난아는 아직도 '조강지처'라는 말을 겁낸다. 누군가 '조강지처'라는 말을 꺼내면 가슴이 콱 막히고 슬픔이 목젖까지 차오른다.

"조선 소식은 모르겠구먼."

"떠난 지 십오 년이 지났는데요."

"접경 지역에서 난리통에 무역을 했는데 쏠쏠했어. 전쟁이 끝난 뒤라 나라가 어수선해서 이방인에 대한 경계가 심했지만 워낙 물자가 귀하다보니 이문이 수십 배씩 남았어. 특히…….."

왕 씨가 말을 끊고 난아를 살핀다. 곤란한 말을 하려는 게 분명해서 난아가 한 마디 내쏜다.

"뜸 들이지 말구 얘길 하세요."

"그려, 노예 매매가 성행했는데 그 중에 조선에서 끌려온 노예들은 인기가 많아 서로 차지하려고 이권 다툼이 벌어졌지.…….. 조선 여자들은 아이를 잘 낳지, 다소곳하지, 살림을 잘 하지, 남자들은 노동을 잘 하지, 농사를 잘 짓지, 버릴 게 없어."

"그래서 아저씨도 노예 매매를 했단 말이에요?"

"아니야, 솔직히 나도 짧은 시간에 왕창 돈을 버는 그 일을 하고 싶었지만 뇌물을 주거나 벼슬아치와 연고가 없는 장사꾼은 어림도 없었어. 노예 매매 현장에 가봤더니 쯧쯧, 가축과 다름이 없더군. 긴 줄에 일렬로 꿰어서 세워놓고는 먼저 이빨이 튼튼한지 입술을 까뒤집어보고, 장딴지가 굵은지, 손목이 튼실한지 알아보는데 남녀가 따로 없었어. 노예 시장에서는 상품으로서의 가치를 따지니까 누가 보건 있건 없건 무조건 옷을 벗겨놓고 흠집이 있는지 없는지 살피지. 가축 다루듯 했어. 여기저기서 울부짖는 소리가 광장을 메웠으니…….”

“나라가 힘이 없어서 백성들이 고초를 겪는 거예요.”

“그래, 높은 분들은 제 욕심 차리고 백성들 사는 것은 관심도 없지.”

난아는 동족의 비참한 이야기에 우울해진다. 오래 전에 안국동을 떠나 오긴 했으나 동족의 피가 자신에게도 흐르고 있음을 부인하지 못한다.

“이 나라도 위기야. 곳곳에서 반란군이 일어나 황조를 위협하는데 반란군보다 더 두려운 건 외세 침략이야. 조선을 굴복시킨 청이 북경을 노리고 있는데 이 나라의 기라성 같은 장군들은 다 어디로 갔는지 몰라.”

왕 씨가 엽초를 꺼내 물고 나라 걱정에 빠져 있는 동안 말들이 울음소리를 내며 꼼짝 않는다.

“저놈들이 또 반항을 하는군. 그 수법도 이제 낡았다는 걸 알아야지. 이놈들아, 건초가 숨 쉴 구멍이 있어야지, 벌써 달래면 어떡해.”

왕 씨가 말고삐를 잡아당기며 눈을 부라린다. 밥 때가 한참 지났다. 인간은 인내가 미덕이지만 동물이 배고픔을 절제하기란 쉽지 않을 터였다. 일행은 식당을 찾아 자리를 잡고 앉는다. 왕 씨가 난아에게 기다리라고 말하고 말을 달래주고 오겠다며 나간다. 마구간 옆에는 여행자들을 위해 말먹이를 팔거나 짚을 썰어주는 상인이 있다. 돈을 받고 그 일을 한다. 말먹이 가게 옆에는 솥단지를 걸어놓고 콩을 삶아 파는 곳이 있는데 말에게 먹일 것들이다. 왕 씨는 말에게 줄 삶은 콩 두 말을 사고 썰어놓은 짚을 다섯 단 사서 솥단지 앞에서 차례를 기다린다. 여물 삶는 냄새가 사방에 퍼진다. 오랜만에 삶은 콩 냄새를 맡은 말들은 콧김을 씌며 흥분해서 힝힝거리고 뒷발질을 하고 왔다갔다 하며 날뛴다. 왕 씨가 고삐를 잡고 엉덩이를 두드리며 조금만 참으라고 타이른다. 말들은 용케도 알아듣는다. 말의 검고 큰 눈동자 속으로 아궁이 안에서 타오르는 빨간 장작불이 비쳐지고 그 눈은 솥단지에 머물러 있다. 여물통에 대가리를 처박고 삶은 콩이랑 짚을 먹고 있는 말들을 한참 바라보다가 왕 씨는 식당 안으로 들어와 난아 옆에 앉는다. 가축을 기르는 사람은 항상 가족보다 자신보다 가축을 먼저 챙기는 법이다.

왕 씨 일행이 돼지고기와 양고기 볶음을 찐 밀가루 떡에 싸서 먹는동안 난아는 만두를 한 접시 비운다. 고기가 양에 차지 않은지 일행은 꾸어치아오 미시엔이라는 쌀국수를 시켜서 먹는다. 뜨거운 닭고기 국물에 닭고기와 생선, 두부, 부추, 녹두, 파가 고기 기름과 어우러져 향긋한 채소 맛이 잘 우러난다. 왕 씨는 붉은 고추를 달라고 하여 맵게 만든 국물을 들이키며 이마에 땀을 닦는다. 제법 큰 식당이라 손님들로 흥청거리는데 대화 내용이 대부분 반란군 이야기뿐이라서 뒤숭숭하다. 장사꾼은 물을 만난 고기다. 내란이나 전쟁이 터졌을 때 한 몫 잡는 게 장사꾼의 속성이다. 군 병영에서 필요로 하는 물자들, 화살, 칼, 포, 가죽제품과 갑옷에 이르기까지 장사꾼이 납품할 물목은 한정되어 있어 가격이 높게 책정된다. 위기는 곧 기회다. 장사꾼은 전쟁터를 멀찌감치 따라다니며 군영에 필요한 물품을 대여한다. 반란군의 진영에 물목을 대는 일로 대화가 오고간다. 섬서, 하북, 호북, 광동, 광서 지방의 반란군에는 농민들이 대거 포함되어 있다. 특히 이자성의 난이 일어나자 폭풍과 자연재해로 곡물 가격이 치솟아 기아에 허덕이던 농민들은 정부에 대한 반감이 최고조에 달해 있다가 자발적으로 반란군에 가입한다. 중소 지주들도 동참하자 나라는 큰혼란에 빠졌다. 청은 기회를 엿보다가 변방의 성을 점령하는데 그치지 않고 차츰 큰 도시로 나와 수도를 향하여 서서히 포위망을 굳혀오기 시작했다.

왕 씨는 이번 기회에 조선으로 들어가 인삼과 말과 쌀을 사서 나오겠다는 결심을 굳힌다. 이전에 왕 씨는 조선으로 떠나는 사신 행차 뒤를 따라 모문룡이 점거하고 있던 가도에 들른 적이 있다. 육지에서 구입한 물목을 주민들에게 판매하고 가도에서 나는 해삼, 말린 건어물 등을 싣고 조선으로 건너가 산간 내륙지방에다 팔아넘기는 일은 이문이 쏠쏠했지만 전쟁터나 다름없는 곳이라 안전이 문제였다. 가도 점거 당시 조선은 피폐할 대로 피폐해진 백성들, 특히 모문룡 휘하에 몰려든 요동 지방의 요민들이 청천강 이북 조선 땅으로 건너와 행패를 부리거나 식량을 탈취해가는 일로 인해 백성들의 원성은 높아져 있었고 그것을 목격한 후 왕 씨는 신변에 위협을 느끼지 않을 수 없었다. 조선과의 교역을 포기하고 영원성과 산해관에 머물다가 남쪽으로 내려가며 장사를 했다. 남쪽에서 배를 타고 안남이나 버어마, 베트남, 샴으로 진출하여 몇 년간 그곳에 발이 묶였다. 말라리아에 걸려 사경을 헤매다 살아나는 바람에 벌어놓은 돈을 까먹고 다시 무역을 재개할 무렵 난아를 만났다. 왕 씨는 난아가 반갑기도 했고 전성기 시절 짧은 인연의 추억과 과도하게 비용을 긁어낸 채무감이 교차되었던 것이다. 목걸이는 안받아도 되는데 그만 욕심을 부려 두고 두고 미안함이 남아 있었다.

"화무백일홍이라."

왕 씨는 그 옛날 아침 햇살을 받은 화초처럼 싱싱하게 피어나던 난아를 기억했다. 세월은 난아를 변모시켰으나 인격적으로는 더 깊어졌다. 주름살 뒤로 여유 있게 미소 짓는 모습에서 삶의 고난을 이겨내고 꿋꿋이 살아가려는 게 보여 좋았다. 난아는 겨울 뜨락의 국화였다. 욕심 내지 않고 마음 한 자락을 내려놓은 것 같은 난아가 더 편안해보여 좋았다. 가족도 없이 세상을 돌아다니는 왕 씨나 가족이 없이 방랑하는 난아나 한 세상 살다 가긴 마찬가지였다. 더 이상 슬퍼하거나 아파해서는 안 될 것 같은 마음이다. 왕 씨는 난아를 무사히 심양까지 안내해주고 싶은 마음을 누르며 무역과 난아에 대한 배려 사이에서 갈등했다. 비슷한 처지에 놓인 사람들은 서로의 상처로 인해 치유되고 위안을 받는다. 상대방의 고통을 엿본 순간부터 동병상련의 마음이 되어 위로를 받는다.

花無百日紅 화무백일홍　人舞千日好 인무천일호

"꽃은 백일 붉은 것이 없고 사람은 천일을 한결 같이 좋을 수 없다. 이 말은 한족 속담에 나오는 말인데 지금 같은 화사한 봄날에 음미해볼 말이야."

왕 씨는 봄꽃이 살랑대는 들녘을 향해 혼자 중얼거렸다. 난아는 왕 씨가 하는 대로 화무백일홍 인무천일호, 하고 중얼거려본다. 그 말을 중얼거리는데 따스한 봄볕이 상채기난 가슴을 어루만져주는 것 같아 난아는 편안해진다.

말을 타고 가다가 벼랑 길을 갈 때는 내려서 걸어가고 다시 말 위에서 흔들리고……난아는 세상 끝을 향해 한 평생을 걸어가는 것 같은 심정이다. 한 생을 걸어가더라도 편안한 사람과 걷는다면, 배가 고프고 목이 마르고 발바닥이 부르트더라도 같은 순간을 공유한다면 살아갈 이유가 될 것 같다. 난아는 장사꾼 일행과 걷는 게 편안하다. 왕 씨의 배려 때문인지도 모른다. 그는 먹을 게 있으면 먼저 난아부터 챙긴다. 해바라기 씨나 호박 씨를 까먹을 때도 난아 것을 먼저 챙긴다. 해바라기 씨를 살짝 볶아 까먹는 맛은 피로를 잊게 하는데 왕 씨는 씨앗 까먹는 데는 도사다. 한 봉지를 열면 금세 없어진다. 난아와 시합을 했는데 어찌나 빨리 먹어치우는지 난아는 씨앗껍질을 깨물다 말고 그를 쳐다본다.

"해바라기와 전생에 원수졌어요? 아님 사랑하는 사람이 죽어

해바라기 꽃이 되었거나."

"하하, 난아, 못말리겠네. 바다 건너 샴이라는 나라에 노란 해
바라기 꽃을 파는 처녀가 있었어. 그 처녀가 양동이에 해바라기
를 가득 담아 돌아다니는데 하루는 처녀가 안 돼 보여서 양동이
채 사주었더니 그때부터 내가 나타나면 그 처녀가 꽃 한 송이를
주는 거야. 매 번 볼 때마다 노란 꽃 한 송이를 주는데 안 받는다
고 하면 성의를 무시할까봐 받았다가 처녀 약혼자가 데리고 온
청년들에게 몰매를 맞았어. 물론 처녀는 파혼 당했다더군. 나중
에 들은 얘기인데 외간 남자에게 꽃을 주는 행위는 사랑한다는
뜻이 담겨 있대나."

"어머, 그래서 어떻게 되었어요."

"그 처녀가 나를 쫓아다녀서 도망다니다 허겁지겁 배를 탔지."

"그 처녀는 아저씨가 진짜로 마음에 들었나보네."

"그러면 뭐해. 내 취향이 아닌걸."

"아저씨가 취향을 따질 계제인가요."

"이래봬도 나 좋다는 여인들이 줄을 섰어."

난아는 농담처럼 말하는 왕 씨의 표정에서 외로움의 그림자를
읽는다. 오래 고독한 사람은 안다. 같은 병을 앓는 사람을 알아본
다. 가족도 없이 세상을 떠돌아다니는 왕 씨 같은 인물은 정착에
대한 향수가 짙다. 정착에 대한 꿈 때문에 역설적으로 돌아다니
는 지도 모른다. 여행자가 그리워하는 것은 돌아가는 것이니까.
돌아갈 곳이 있어서 떠도는 사람은 행복한 사람이다. 언젠가는

갈 곳이 있으니까.

언제까지 떠돌아다녀야 할까.

바람 부는 언덕에 다다랐을 때 야생 자두나무가 두 그루 서 있다. 난아가 붉게 익은 자두를 따다가 왕 씨에게 건네자 어린아이처럼 좋아한다. 계곡물에 자두를 씻어서 껍질째로 베어 먹는다. 야생과일을 따먹으며 일행은 계속 길을 간다. 오랜 여행으로 일행의 피부는 모두 검게 타버렸다. 검게 탄 피부는 나이보다 더 들어보이게 하고 입가에 늘어진 주름은 세월의 잔영을 말해주는데 작은 것 하나에도 좋아하는 왕 씨는 늙은 소년 같다. 난아는 늙은이가 아닌 남쪽으로의 첫 여행에서 만난 왕 씨의 모습을 떠올리려 애를 쓴다.

왕 씨는 난아를 만남으로써 십여 년 전의 풋풋하던 젊은 시절로 돌아간 듯 과거의 언저리에서 머무는 듯하다. 고을마다 들러 물품을 사고팔며 마치 그 일을 하기 위해 태어난 사람처럼 돌고 도는 생활은 난아에게도 이제 익숙해졌다. 사고파는 물품이 돌고 돌다 보면 결국 비슷한 것, 같은 종류를 가지고 빙글빙글 돌리고 있는 것이다. 사람이 살아가는데 필요한 것들은 똑 같다.

밤의 들판에서 난아는 늑대 울음소리를 듣는다. 난아는 무섭다기 보다 늑대가 외로워서일 거라고 짐작한다. 달이 뜨자 늑대 울음이 잦아든다. 왕 씨는 말 잔등에 싣고 온 장작 묶음을 풀어 불을 피웠다. 불을 가운데 두고 일행은 둥그렇게 모여 앉거나 비스듬히 누워 세상 이야기, 먼 바다 건너 이야기를 한다. 왕 씨가 들려주는 이야기들은 흥미롭다. 난아는 그들의 이야기를 자장가처럼 들으며 잠이 든다.

태양이 뜨고 걷고 다시 저녁이 되고 모닥불 앞에서 세상 이야기를 듣는 나날이 반복된다. 왕 씨 이야기 속에는 호기심과 모험과 흥미진진한 일들이 펼쳐진다. 알라딘의 마술램프 이야기는 난아의 혼을 쏙 빼놓는다. 램프를 문지르면 거인이 나타나 소원을 들어주는 대목에서 난아는 눈빛을 반짝인다. 난아는 현실과 허구의 경계를 알만한 나이다. 이야기가 주는 위로와 허망함을 가슴에 묻고 길을 가는 나날은 난아의 인생에서 복된 날들이다. 온 몸을 통자루 같이 둘러쓰고 사는 여자들, 눈 주위만 구멍을 뚫어서 자루를 뒤집어쓰고 사는 여인들은 외간 남자에게 머리카락이나 몸을 보이면 안된다는 규율이 지배하는 사회에서 남자들이 정한 규율에 매여 한생을 살아간다고 하던가. 여자가 가축과 똑같이 물건인 나라, 여자를 사서 혼인을 하고 여자의 남편이 죽으면 남편 형제 중 한 명이 여자와 혼인을 하는 나라 이야기는 난아에게 낯설지만 흥미를 끄는 대목이다. 결국 사회적 약자인 여자가 굶어죽지 않고 살아가게 하려는 필요악의 제도인 셈이다.

"난아, 고향에 가고 싶지 않아?"

"글쎄요."

"고향에 간다면 데려다줄 수도 있어."

"조선과 무역을 하려고요?"

"응, 조선은 지금 전쟁 후라서 물자가 많이 부족하거든."

"조선은 인심이 흉흉해서 위험하다고 하지 않았나요?"

"위험한 곳에 돈이 모이는 법이거든. 불 대포가 날아다니는 전장 터가 장사꾼에게는 금덩이가 날아다니는 노다지야."

"저는 빈궁 마마를 만나는 게 목적이에요."

"그려, 조선으로 들어가기가 쉽지는 않아. 홍타이지가 만주와 북쪽 변방을 점령한 후로 우리 한족들은 거기 얼씬도 못해. 다른 길을 돌아가야 해."

왕 씨가 한숨을 길게 내쉰다. 왕 씨 친척 중에 만주에 살다가 성이 함락되는 바람에 조선으로 몰려간 사람들을 따라 피난 간 친척이 있다. 북쪽 변방에 살던 한족은 청 군사가 몰려오자 모문룡이 점거한 가도로 대거 흘러들어갔다는 정보도 있다. 명나라의 쓸만한 장수들이 청의 회유에 넘어가 항복을 하는 일들이 자주 일어나고 환관의 농간으로 충신이 죽고 나서 사기가 떨어진 장수들이 마음을 돌려버린 일이 명을 더욱 위태롭게 했다. 명의 운명은 바람 앞에 등불이다. 왕 씨는 장사꾼으로 돌아다니며 세상 정보를 비교적 소상히 접하게 된다. 이제 명의 운세는 다한 것이라고 그는 예견한다. 살 것은 하나 청이 점령한 땅으로 들어가 청나라 백성으로 살든가 아니면 왜나 조선, 주변 나라로 이민 가는 방법이 있다. 왕조가 바뀌어도 백성들과는 상관이 없었다. 누가 왕이 되건 그들의 세상이다. 긴 세월 이 땅에서 살아남은 백성들은 누가 권력을 잡든 마찬가지였다. 지배계층만 바뀔 뿐 백성은 언제나 피지배자로 남아 권력층의 눈치를 보며 생을 영위해 간다.

이 땅을 지켜낸 것은 백성이고 후손을 뿌리내리며 살아가야할 사람도 그들이다.

보리싹이 익어가고 야생 딸기 향이 들판에 가득하다. 바람이 불자 이랑마다 풋풋한 보리내음이 파동 친다. 난아는 보리줄기를 꺾어 씹어본다. 달착지근한 즙과 향이 입안에 가득 퍼진다. 왕 씨는 보리잎새를 질정질경 씹다달고 멀리 흰 구름이 피어나는 지평선 끝자락을 바라본다.

"엄마 냄새가 나."

"……."

"난아, 엄마 기억나?"

"그을음 냄새가 날 때 어렴풋이 엄마가 생각나요."

난아는 아궁이 앞에서 불을 때는 엄마 치맛자락을 잡고 배고프다고 울던 기억이 겹쳐졌다. 왕 씨가 눈을 반짝 빛내며 호흡을 가다듬는다.

"네 살 때인가 엄마가 나를 버리고 도망가버렸어. 그런데 보리방아를 찧던 엄마 기억이 떠나지를 않아. 푸른 보리밭에서 낫질하는 엄마 옆에서 놀다가 배가 고프면 보리잎새를 먹곤 했어. 나중에야 배고픔을 이기지 못한 아버지가 상인에게 엄마를 팔아버렸다는 것을 알았지. 내 인생은 엄마를 찾아가는 긴 여정이야. 아마도 엄마를 만나면서 이 행로는 끝이 나지 싶어."

"그래서 정착을 포기한 거예요?"

"내 안의 결핍이 온전한 가정을 지탱하기에는 허점이 많았지.

어릴 적에 결핍을 경험한 사람은 성인이 되어 그 결핍을 채우기 전에는 영원한 어린아이에 불과해. 결혼생활이 깨어진 것도 그런 연유야."

"……."

"마누라 치맛자락 붙잡으며 맨날 어린아이처럼 보채기만 했으니 마누라가 질릴만도 해. 나는 부인을 얻은 게 아니라 엄마를 얻었다고 생각했거든. 머리로는 아니라고 하는데 감정이 말을 듣지 않아. 마누라가 결국 지겹다고 하더군."

"듣고 보니 딱하네요."

"마누라한테 미안했지. 잔소리는 심했어도 꽤 괜찮은 여자였거든."

말을 마친 왕 씨가 엽초를 꺼내 난아에게 나누어주고 불을 붙여 문다. 긴 연기를 뿜어 올리는 왕 씨의 주름진 이마와 검게 탄 피부와 거친 손이 한 평생 떠돌아다니며 늙어버린 남자의 지독히도 외로운 한 단면을 보여주는 듯하다. 난아는 가슴이 먹먹해온다. 보리를 베는 아낙네들의 노랫소리가 멀리서 들려오고, 소달구지가 보릿단을 가득 실어 나르는 정경이 하루 종일 이어진다. 붉거나 푸른 두건으로 이마를 질끈 동여 맨 아낙들이 부르는 노랫소리가 휘파람처럼 밭고랑을 타고 이어진다. 보리밭 사이 오솔길을 따라가며 난아는 말 잔등 위에서 천천히 말고삐를 당긴다. 푸른 이랑마다 아낙들의 숙인 길쭉한 등허리가 희끗희끗 보인다. 사랑하는 가족들, 남편, 아이들이 있기에 고된 노동에도 버틸 힘이 생기는 것이리라. 혼자 된 사람은 먹고 살기 위해 기를 쓰고 노동을 하거나 하지는 않는다. 가족이 있다면 몸이 으스러져라 일을 하면서도 힘든 일은 금방 잊을 수 있으리라.

꽃 피는 봄날 시작한 여정은 초여름에 접어들 무렵 북경에 도착했다. 우여곡절이 있었지만 황궁의 수도에 도착하자 왕 씨 일행의 표정에 느긋함이 묻어난다. 한시름 놓았다는 태도가 역력해서 여관에 방을 잡고는 며칠 머물 기세다.

"만리장성 넘어 심양은 얼마나 먼 곳일까."

난아는 여행이 끝났다는 듯 안도하는 왕 씨를 보며 초조해진다. 그러나 여관에 머물면서 분위기는 어지러운 정국 때문에 언제 북경이 함락될지 몰라 다들 서로서로 정보를 캐묻느라 바쁘다. 조금이라도 안면이 있거나 옷깃을 스친 장사꾼들은 식탁에 붙어 앉아 차를 권하며 이야기를 하느라 어수선하다. 이들은 가족의 안위나 자신의 안위를 염려하는 게 아니라 전쟁이 일어난 도시가 궁금하고 전쟁터에 가지 못해 안달하는 사람들이다. 삶과 죽음이 교차하는 경계에서 돈을 버는 사람들은 어느 편이 중요한 게 아니라 자신이 이익을 극대화할 수 있는 환경을 최적의 조건으로 치는 사람들이다. 난아는 왕 씨 표정을 살피며 아저씨도 이익을 위해서라면 어디든지 가느냐고 물으려다가 목안으로 그 말을 삼켜버린다. 두 번씩 긴 여행에 동행해 준 사람이고 생명의 은인이기도 한 사람이다.

왕 씨는 먼저 품질이 좋은 콩과 콩깍지와 짚을 사서 말을 먹이고는 타고 온 말뿐만 아니라 짐을 싣고 온 말을 판매하려고 여관주인을 부른다. 여관주인은 이전에도 안면이 있는 사람이라 중개역할을 당부하니까 그가 아는 다른 상인들을 소개해준다. 리 씨 성을 가진 다른 상인 대표는 왕 씨가 데리고 있는 말을 보더니 이리저리 살피다가 트집부터 잡는다.

"말이 늙었구먼, 왜 이리 말라 비틀어졌어? 먹을 것을 못 먹었나? 설마 병든 건 아니겠지."

"이 양반이 말이면 다야? 남의 멀쩡한 말을 두고 뭐 우짜고 워쩌?"

"아, 그렇다는 거지. 흥분하기는. 장사 한두 번 해보나."

"아니면 말고."

"그랴, 아니면 말고. 말이 어디 여기뿐인감."

양 쪽에서 옥신각신 하자 여관주인이 나서서 뜯어말린다.

"어이구, 왜들 그랴. 조금씩만 참으면 되겠구먼."

"저쪽에서 먼저 시비를 거니까 화 안 나게 됐소?"

"그 양반 성질 급하기는, 아, 말도 못해?"

"말이면 다야?"

다시 양 쪽에서 서로 멱살을 잡으며 싸울 기세여서 누구도 함부로 끼어들지 못한다. 여관주인이 뜯어말리며 안에다 술 한 병 내오라고 소리치자 여종업원이 술병을 들고 쪼르르 달려와 생긋 웃고는 가버린다.

"자 자, 왜들 그려, 한 잔씩 하고 다시 이야기 해봐."

잔에다 술을 따라 한 잔씩 돌리자 상인들은 그제서야 흥분을 가라앉히고 술을 마시며 헛기침을 해댄다. 난아와 눈이 마주치자 왕 씨가 겸연쩍은 미소를 짓는다. 장사꾼 일행의 눈이 붉게 충혈되어 있다.

왕 씨는 여관 주인의 중개로 말 8마리를 90냥에 우수리 3냥을 얹은 가격으로 판다. 기대한 값에 못미쳤지만 왕 씨는 좋은 은으로 지불해달라는 요구를 하고 계약서를 작성한다.

하북성河北省 안에 사는 왕 씨 성을 가진 경景이라는 자가 밤색과 붉은색 털빛깔이 도는 말 8마리를 파는데 나이는 세 살부터 다섯 살이고 왼쪽 다리 위에 낙인 찍힌 표시가 있다. 북경 양시羊市 시장 거리의 북쪽에 살고 있는 객잔 주인 장웅張雄을 의거하여 중개인으로 삼고 산동山東 제남부濟南府 객상客商인 이수李秀에게 팔아주어 영원한 소유자가 되게 하리니, 양쪽의 말로 의논하여 시가로 은자 90냥에 정하고 그 은자를 계약서를 작성한 날에 모두 일시불로 하여 따로 외상은 없게 할 것이다. 만일 말의 좋고 나쁨에 대하여는 산 사람이 직접 보았으니 만일 말의 내력이 분명하지 않은 일일랑 판 쪽에서 그 책임을 지기로 한다. 흥정이 끝난 다음에 각자 무를 수는 없다. 만일 먼저 무르자고 하는 사람은 관은官銀 닷 냥을 벌금으로 내어 무르자고 하지 않은 사람을 주어 쓰도록 하여도 할 말 없으리라. 후

에 믿을 곳이 없을까 하여 일부러 이 문서文書를 작성하여 기록
으로 남기는 바이다.

모년 모일 某年某日
판매인 왕경王景 서명
중개인 장웅張雄 서명
구매인 이수李秀 서명

왕 씨는 말을 판매한 후 일행과 함께 시장거리로 나선다. 그는
시장을 돌아보며 청나라와 밀무역을 했던 모문룡이나 성이 함락
되자 청으로 귀화한 장사꾼을 떠올린다. 어수선한 정세다. 왕 씨
는 목화솜과 옷감, 여인들의 화장품을 위주로 둘러보는데 난아
가 뒤따라오며 언제 출발할 거냐고 묻는다. 왕 씨는 물목을 구입
하려다 말고 난아를 쳐다본다. 그 눈에는 복잡한 표정이 담겨 있
다. 심양까지는 쉽지 않은 거리임을 알지만 그는 데려다주겠다
고 한 약속을 번복하고 싶은 속내와 지키고 싶은 의지가 교차하
며 심경의 갈등을 일으키고 있다. 난아는 그의 흔들리는 마음을
짐작한다.

"아저씨 고향이 하북성이에요? 아저씨 고향은 어떤 곳인가
요?"

난아는 심각해지는 분위기를 전환하려 관심사를 돌려 말하지
만 정말로 고향소식을 듣고 싶은 진심이 담겨 있어서 꺼낸 말인
데 왕 씨의 표정이 일순간에 환해진다.

"복숭아나무가 많은 곳이지."

"황궁에서 얼마나 떨어진 곳이에요?"

"음, 이백오십 리쯤?"

"고향으로는 안 가세요? 나는 고향이 있었음 좋겠어요."

"그게 말이지……."

왕 씨의 눈앞에 네댓 살 무렵 우는 아들을 두고 낯선 남자들과 가버린 엄마와의 장면이 스쳐가며 두 번 다시 떠올리기 싫은 기억의 장소, 고통스러운 장소가 또렷하게 그의 기억을 환기시킨다. 한평생을 떠돌면서 이제 이순의 나이에 고향으로 가는 길목에 와 있는데 고통스러운 기억이 어느 사이 그리움의 장소로 혼합되어 나타나고 있다.

"기회가 오면 너에게 복숭아밭을 보여주고 싶구나."

왕 씨는 어린 시절을 회고하며 낮은 소리로 중얼거린다. 여름이면 달콤한 과육이 밭두렁마다 넘쳐나는 고향, 고을 처녀들의 유난히 뽀얀 피부는 모두 잘 익은 복숭아를 먹어서 그렇다고 노인들은 이야기하곤 했다. 고향 이야기에 취해 두 사람은 어느 덧 번화한 거리를 벗어나 한적한 장소에 와 있다. 붉은 담벼락이 잇대어 있는 집집마다 연기가 피어오른다. 개짖는 소리, 소 울음소리, 가축의 분뇨 냄새가 뒤섞인 지저분한 동네다. 먼 타지에서 고향이란 이름을 공유하는 것만으로도 얼마나 따뜻한 느낌을 주는지 난아는 가슴이 훈훈해진다. 왕 씨 팔장을 끼고는 아저씨 고향으로 가자고 말하고 싶은 것을 억지로 참는다. 그를 따라 복숭아

나무가 촘촘한 농원에서 과육의 향기를 맡고 싶은 유혹이 고개를
쳐든다. 거름 냄새를 맡으며 자연 속에 묻히는 삶도 소박한 행복
이리라.

재
회

들판 끝에 뭉게구름이 일어난다.

"비가 오려나. 하늘은 맑은데 웬 구름이지?"

난아는 왕 씨와 동시에 서로를 돌아다본다. 뭔가 심상찮은 일
이 벌어졌음을 직감한다. 들판을 내달리는 말발굽소리가 급박하
게 들려오며 뿌연 먼지가 하늘을 덮는다. 두 사람은 주변을 휘둘
러보다가 급하게 주점 안으로 들어가 구석자리에 앉는다. 말발굽
소리가 가까이에서 들려오더니 창과 칼을 든 병사들이 골목을 휘
젓고 다니며 사람들을 끌고 간다.

"다치지 않게 조심해라. 이들은 모두 황제의 백성들이다."

장수로 보이는 자가 소리치고 울부짖음과 아우성이 빗발치듯
한다. 난아는 두려움에 두 손을 마주잡고 앉아 있다. 서른 중반으

로 보이는 여주인이 엽차를 가져다준다. 물을 한 모금 마시고 밖의 상황에 귀를 기울이는데 여주인이 유심히 난아를 살핀다. 주점 안에는 손님 몇 사람이 술을 마시다가 어리둥절한 표정으로 바깥 상황에 귀를 기울이고 있다. 어딜 보나 농가 건물과 축사와 허술한 담뿐인, 도심의 외곽지대다. 그런 외진 동네에 때 아닌 병사들이 몰려다니며 약탈을 하고 사람들을 끌고가는 상황이 아주 오래 전 조선의 한 시골마을에서 일어났던 일과 닮아 있다고 난아는 생각한다. 벽장에는 술병이 나란히 진열되어 있고, 붉은 색 커튼이 곳곳에 늘어뜨려진 소박한 주점이다. 난아가 실내를 찬찬히 둘러보는데 엽차를 갖다 준 여자와 눈이 마주친다. 여자 눈이 매섭게 난아를 쏘아본다. 독기가 서려 있는 눈이다. 난아는 여자의 시선을 피하며 왕 씨를 쳐다본다. 왕 씨가 엽초를 붙여 물고는 연기를 내뿜는다.

"오랑캐가 분명해."

"만리장성이 있는데 오랑캐가 어떻게 넘어와?"

"오랑캐 놈들은 몽골도 삼키고 조선도 쑥대밭을 만들었대잖아. 무서운 놈들이야."

"에이, 그래도 우린 만리장성이 있는데 뭘…….."

사람들이 떠들며 애써 불안을 잠재우는데 청나라 복장을 한 병사 두 사람이 들어와 실내를 휘휘 둘러보다가 난아에게 가까이 다가온다.

"너, 이리 와."

난아 얼굴이 공포에 질려 흑빛이 된다. 청병이 다시 난아를 주목해서 나오라고 한다.

"아이, 나리, 무슨 일이야. 쟤는 오늘 우리집에 새로 온 애야. 그러지 말고 술 한 잔 마시고 가."

여주인이 청병의 팔을 낚아채며 허리를 비비 꼰다. 청병은 여주인의 엉덩이를 툭 치며 볼을 꼬집는다.

"이따가 술 한 잔 하러 와요, 응. 내 공짜 술을 나리께 팍팍 낼게."

여주인의 태도에 청병은 입구에 있던 주전자를 들어 엽차를 마시더니 한 바퀴 휘 둘러보고는 다시 오겠다고 하며 나간다. 난아는 목석처럼 굳어져버린 몸을 움직여 일어서려 해도 움직여지지 않는다. 여주인이 술병을 가져와 난아와 왕 씨 앞에 내려놓더니 한 잔 따라주며 마시라고, 마시고 나면 괜찮아질 거라고 말하는데 치켜 뜬 눈초리는 여전히 매섭다.

"타이 씨에씨에 니러."

(매우 고맙습니다)

난아가 진심으로 고맙다고 말하는데 돌연 여주인이 매서운 눈초리로 쳐다보며 너, 조선에서 왔지? 하고 묻는다. 난아가 놀라 가만히 있자 다시 한 번 여주인이 작은 소리로 속삭이듯 말한다.

"나 향이야."

"향이?"

향이라고 말하는 여자를 난아는 바보처럼 쳐다보다가 눈을 동그렇게 뜬다.

"그, 향이?"

"……."

여주인이 고개를 끄덕끄덕 한다. 난아는 일어나서 향이에게 다가간다. 난아와 향이가 서로 손을 잡고 한참 얼굴을 마주보다가 끌어안는 모습을 왕 씨가 지켜보고 있다.

"진짜 향이 언니구나."

"들어오는 순간 알아봤지."

"그런데 왜 처음부터 아는 척 안했어?"

"혹시나 비슷한 사람인가 싶어서."

"우린……운명이야."

"그런데 저 늙은 영감은 누구니? 네 남편?"

향이가 귀에 대고 속삭이자 난아가 소리내어 웃는다. 두 여자는 자리를 옮겨 앉는다. 향이는 늙은 홀아비의 후처 자리에 들어갔다가 도망쳐서 주점을 하는 탁 씨를 만나 살아온 이야기를 담담하게 늘어놓는다. 탁 씨는 몇 년 전에 지병으로 죽고 그가 하던 주점을 이어받아 운영하는데 핏줄은 속일 수 없는가 보다고 그럭저럭 밥은 굶지 않을 정도로 꾸려가고 있으며 아이는 없다고 말한다. 그 모습이 난아가 보기에는 쓸쓸해 보인다. 그러면서 덧붙이기를 마음에 드는 사내가 있었는데 기둥서방으로 데리고 있다가 싸우는 바람에 내쫓은 이야기를 아무렇지 않게 한다. 난아가 와 웃음을 터트린다.

"마음에 안 든다고 내쫓아?"

"난 사내가 그리우면 내가 선택해. 한 놈에게 매이지 않고 그때그때 감정이 이끄는 대로 내가 골라잡아서 즐기다가 버리면 그만이야. 사내만 여자를 고르라는 법이 있니? 이 바닥에서 나 못 됐다고 소문났어. 아무도 안 건드려."

향이는 말은 그렇게 하지만 눈빛은 공허로 가득하다. 향이가 담배를 꺼내놓으며 피우라고 한다. 난아는 담배를 피우며 작은 소리로 속삭이듯 난향에 대해 물어본다.

"빈궁 마마 소식 들은 것 있어?"

"심양관에 계신다고 들었어."

"향이 언니, 우리 함께 가자."

향이가 빤히 바라보며 무엇 때문에, 라는 표정으로 묻고 있다. 난아는 향이 손을 잡고 다정하게 말한다.

"남의 나라에서 언제까지 살 거야. 죽더라도 고향 근처에 가서 죽자. 고향 땅을 밟아보고 가는 게……."

"시끄러워! 오랑캐에게 백성을 팔아먹는 나라가 세상에 어디 있다고. 지켜줘야 할 처녀를, 그것도 가장 약한 처녀를 남의 땅에 내보내는 무지한 사람들에게로 돌아가라고? 난 너무 슬퍼서 고통을 이기려고 마리화나도 피우고 아편을 하고 그랬어. 아편은 잠 못 드는 나를 깊은 잠으로 인도해주고 슬픔을 잊게 해주고 비천한 삶을 위로해주는데 언젠가부터 그것 없이는 잠 못 드니까 전에 남편이 빼앗아서 없애곤 했는데 지금도 그것 없이는 지탱하기 어려워."

"향이 언니……."

난아 눈에 눈물이 고이더니 볼을 타고 주루룩 흘러내린다. 난아가 울자 향이는 일어나 부엌으로 가버린다. 저녁이 되자 청병이 만리장성을 넘어 황실을 점령했다는 소문이 돌아다니고 황제가 자결했다는 소문도 떠돌아다닌다. 백성들이 노예로 끌려가서 청병의 궁을 짓거나 성곽을 보수하거나 말똥을 치우는 일에 투입됐다는 소문도 보태어져서 흉흉하다. 저녁을 먹고 왕 씨는 난아에게 심양으로 같이 가겠다고, 그곳에서 새로운 품목으로 장사를 해보겠다고, 난아 때문이 아니라 장사를 목적으로 갈 결심을 굳혔다며 고민한 흔적이 역력한 투로 말한다.

왕 씨는 같이 일하던 일행과 헤어진다. 짐을 꾸려 여정에 필요한 약초와 식량을 준비하고 길들인 야생 수컷 당나귀 한 마리를 사서 수레에 달아맨다. 왕 씨와 난아가 출발하려고 하자 향이가 짐을 꾸려 나온다. 향이는 도와주던 머슴에게 맡아서 하라고 주고 왔다며 밝게 웃는다. 발톱을 세워 할퀼 듯하던 고양이눈매가 누그러지고 평범한 여자로 돌아가 첫 나들이를 떠나는 아이마냥 기쁜 표정이다.

난아와 향이와 왕 씨.

세 사람의 여행이 시작된다. 검문소마다 까다롭게 짐보따리를 조사하느라 행렬이 길게 줄을 서 있다. 기다리는 일이 지루하긴 하여도 세 사람은 유쾌한 기분이다. 군데군데 청병이 깔려 있는 고을을 지나 올 때는 긴장을 한다. 그들은 장사꾼으로 변장한 세 사람을 보내준다. 특히 젊은 병사들을 향한 향이의 노골적인 추파는 전쟁터에서 시달린 그들의 기분을 풀어주는 듯해서 별 의심 없이 통과한다.

북쪽으로 갈수록 산악지대가 나타나고 한낮의 더위는 기승을 부린다. 습기를 품은 나무들이 뜨거운 태양빛을 받아 날씨는 더욱 후텁지근하다. 밤이면 골짜기를 타고 내려온 계곡의 바람이 서늘하게 옷섶을 파고들어서 한낮의 더위를 잊었다가 다시 아침이 되면 살아났다가 하는 일이 되풀이 된다. 여름 들판에 무성한 잡초와 연녹색 이파리들이 뿜어내는 생장 활동은 왕성하다. 곤충과 새들과 짐승들의 번식이 절정에 달하는 계절은 생명의 기운으로 넘쳐난다.

"왕 오라버니는 얼마나 굶었어? 여자와 마지막으로 자 본 게 언제야?"

"그건 왜 물어."

"내가 볼 때 왕 오라버니는 끝내줄 것 같아."

"너 지금 날 유혹하니?"

"뭐 그렇다고도 볼 수 있고 아닐 수도 있고."

왕 씨와 향이의 대화가 이상하게 흘러가자 난아는 눈살을 찌푸린다. 그들의 야한 농담에 난아는 얼굴이 붉어질 지경이다. 난아는 꽃을 꺾는다거나 나비를 쫓아가거나 야생 들판에 자라난 푸른 사과나 설익은 딸기를 따먹는다. 길은 멀다. 뜨거운 햇볕이 내리

쬐자 나무 그늘에서 쉬어가는 시간이 길어진다. 무엇보다 당나귀가 땀을 흘리는 바람에 녀석을 어르며 가야하니 더 더디다. 푸른 보리밭 사이로 꿩이 숨어 있다가 놀라 날아오르기도 한다. 초록 융단이 깔린 보리밭 이랑에서 향이와 왕 씨의 수작은 노골적이다 못해 두 마리의 야생 짐승이다. 야생 짐승이 한데 얽혀 내지르는 소리는 난아의 가슴을 뛰게 하고 잠자는 열망을 흔들어 깨운다. 난아는 마삼화와 마구간에서 뒹굴던 일들이 선명히 살아나며 한때 사내의 살냄새를 기억하는 자신의 육체가 슬프다. 윤기 잃은 피부와 푸석푸석해진 육신이 생기 넘치던 날들을 기억하는 순간 난아는 희미한 미소를 짓는다.

"이봐, 향이, 내 고향에 같이 가지 않을래?"

"거길 가면 뭐가 좋은데."

"복숭아나무 가꾸며 무릉도원에서 사는 거지."

"옴마, 당신 지금 나한테 청혼한 거야?"

그들의 낄낄거리는 웃음소리에는 친근감을 넘어 그들만의 야릇한 소통이 있다. 향이와 왕 씨가 보리밭 속에서 수작을 부리는 동안 난아는 허전함이 몰려온다. 그 허전함의 정체가 무엇인지 모르는 채 난아는 두 사람이 괘씸하다 못해 분노가 치밀어오른다. 난아는 당나귀의 눈을 멀뚱히 바라본다. 당나귀도 난아를 마주 보고 있다. 난아를 배려하지 않는 그들의 작태가 서운하게 다가와 억눌려 있던 난아 가슴 속 고통을 흔들어 깨운다.

"너도 외롭지?"

당나귀가 난아의 물음에 대답하려는 듯이 앞발을 들고 콧김을 내뿜는다. 난아는 당나귀의 등을 쓸어주고는 먹을 것을 가져다준 뒤 천천히 출발한다. 향이와 왕 씨를 향한 배신감이랄까, 형언할 수 없는 슬픔이 몰려온다. 먼 하늘 끝에는 지평선이 닿아 있다. 들판이 끝나고 언덕이 나타나고 구릉지대가 이어지는 그 길을 난아는 당나귀와 함께 걷는다. 수레가 덜컹거리며 당나귀 뒤에 따라온다. 향이보다도 왕 씨에 대한 섭섭함과 배신감이 차오른다. 난아는 돌멩이를 걷어차며 수레 뒤를 따라간다. 당나귀는 길을 따라 잘도 간다.

해질 무렵 그들이 허둥지둥 쫓아오는 소리가 들린다. 난아는 멈추지 않고 당나귀를 재촉하며 걷는다. 그들의 발자국소리와 숨찬 목소리가 거리를 좁힌다.

"난아, 혼자 가면 어떡해?"

"난얼, 같이 가."

두 사람이 부르는 소리에 난아가 뒤돌아보니 그들이 앞서거니 뒤서거니 하며 쫓아온다. 난아는 조금 전의 섭섭한 감정이 사라지고 웃음이 터져나온다. 왜 웃음이 나오는지 알 수 없지만 두 사람이 거친 숨을 토해내며 수레 가까이 다가왔을 때에야 통쾌함이랄지 미안함이랄지 혹은 슬픔의 미묘한 감정이 솟아나며 눈물이 난다. 눈물은 멈추지 않고 봇물처럼 쏟아져내린다. 급기야 바닥에 주저앉아 엉엉 소리내어 통곡을 한다. 향이와 왕 씨가 영문을 몰라서 서로를 마주 쳐다보는데 난아는 울음을 그치지 않는다.

난아는 어깨를 심하게 떨며 서럽게 흐느껴 운다.

"난아, 미안해."

향이가 다가와 어깨에 손을 얹고 말한다. 난아는 더 서럽게 운다. 왕 씨가 담배를 꺼내 길 옆에 앉아서 피우는 동안 당나귀는 눈을 멀뚱거리고 향이는 난아를 달래느라 진땀을 뺀다.

한참 시간이 흐르자 난아가 울음을 멈추고는 먼 하늘을 쳐다본다. 그 표정에는 쓸쓸함이 담겨 있다.

"조선이 어디쯤 될까?"

"너 고향이 그리웠어?"

난아가 뜬금없이 중얼거리자 향이가 묻는다. 난아가 아니라고 고개를 가로젓는다. 왕 씨가 품에서 잘 마른 건초부스러기와 씨앗이 담긴 손바닥보다 작은 곽을 꺼내 뚜껑을 열더니 종이에 그것을 돌돌 말아 나누어준다.

"기분이 한결 좋아질 거야."

세 사람이 나란히 앉아 연기를 후 날리며 엽초를 피운다. 마른 잎 냄새가 나기도 하고 낙엽 태우는 냄새가 진하게 난다.

"미안해, 언니."

"……."

"내 인생이 지랄 같아."

"……."

"그럴려고 한 게 아닌데."

"……."

"착한 남자 만나 새끼들도 줄줄이 낳으며 살고 싶었는데."

"……."

"이 나라는 넓어서 공포스러워."

"……."

"좋은 놈 만나 살고 싶었는데. 아, 내 인생은 왜 이리 꼬이냐. 처음에 재상 댁 첩으로 팔려갔을 때는 고생 안하고 한 시절 잘 보낼 수도 있겠다 싶었는데, 영감이 일찍 고꾸라질 줄 누가 알았겠니. 영감 큰아들이 밤낮으로 눈을 부라리며 폭언에 폭력을 쓰는데 가만히 있다간 맞아죽겠다 싶어 일꾼 하나를 꼬셔 밤도망을 쳤더니 그 놈이 나를 주점에 팔아넘기는 바람에 마누라 죽고 홀아비로 십 년 세월을 보낸 늙은 탁 씨 영감과 살림을 차렸다가 삼 년이 못돼 과부가 되어 살았는데 별별 잡놈이 다 건드리는 거야. 하두 시달리다가 그냥 살다가는 내가 죽겠다 싶어서 힘 좋은 기둥서방을 얻었더니 얼씬거리던 놈들이 제풀에 물러나는 거야. 말도마라. 나 처음부터 막노는 여자 아니었다. 살아남으려니 별 수 있니. 내가 선택할 때 몸도 마음도 건강한 놈을 그나마 건질 수 있겠구나 싶었다."

"난 이렇게 넓은 세상이 있는 줄 아니까 우리 조선이 고마워."

"아, 내 인생은 왜 이리 꼬이냐."

"좁은 나라에서 서로 알콩달콩 이웃끼리 정을 나누며 살 수 있다는 게 고마워."

"처음에 재상 댁 첩으로 팔려갔을 때는 고생 안하고 한 시절 잘 보낼 수도 있겠다 싶었는데, 영감이 일찍 고꾸라질 줄 누가 알았겠니. 영감 큰아들이 밤낮으로 눈을 부라리며 폭언에 폭력을 쓰는데 가만히 있다간 맞아죽겠다 싶어 일꾼 하나를 꼬셔 밤도망을 쳤더니 그 놈이 나를 주점에 팔아넘기는 바람에 마누라 죽고 홀아비로 십 년 세월을 보낸 늙은 탁 씨 영감과 살림을 차렸다가 삼 년이 못돼 과부가 되어 살았는데 별별 잡놈이 다 건드리는 거야. 하두 시달리다가 그냥 살다가는 내가 죽겠다 싶어서 힘 좋은 기둥서방을 얻었더니 얼씬거리던 놈들이 제풀에 물러나는 거야. 말도마라. 나 처음부터 막노는 여자 아니었다. 살아남으려니 별 수 있니. 내가 선택할 때 몸도 마음도 건강한 놈을 그나마 건질 수 있겠구나 싶었다."

난아와 향이는 상대방의 말은 상관 않고 자기 얘기만 늘어놓는다. 지금까지 지나온 길을 뒤돌아보며 각자 자신의 운명을 넋두리하듯 늘어놓느라 다른 이의 심경을 이해하고 받아들일 여유가 없다.

아무리 걸어도 불빛이 비치지 않는다. 여름밤의 풀벌레 소리가 요란하다. 밤의 들길에는 밤새 소리만이 나그네를 위로해준다. 밤새도록 풀벌레소리와 개구리울음소리를 들으며 세 사람은 길을 간다. 길을 가다 지치면 이슬을 맞으며 서로 기대어 잠을 자고 새벽에 일어나 다시 길을 재촉한다. 며칠 째 그런 날이 계속된다.

나흘 째 되는 날, 큰 객잔을 만난다. 술과 음식을 팔며 하룻밤

방을 빌려 잘 수 있는 여관이다. 내리 사흘을 찬이슬 맞고 노숙을
한 터라 난아는 몸살이 도졌다. 기침을 심하게 하고 고열에 시달
리느라 여관방에 드러누워 꼼짝 않는다. 왕 씨는 원탁에 둘러앉
은 과객들이나 장사꾼들 사이에 끼여 지나온 도시의 정보를 캐거
나 정보를 전해주느라 분주하다.

명은 완전히 청의 수중에 떨어졌고 한족은 보따리를 싸서 피난
행렬이 길마다 넘쳐난다고, 상인들은 빈 집에 들어가 주인이 미
처 가져가지 못한 물건이나 식기류, 오래된 장식장 등을 챙겨 장
사를 떠난다는 말들이 횡행한다. 난아는 꼬박 사흘을 앓고 일어
나 겨우 죽을 한 술 뜬다. 향이는 객잔 주인을 도와 손님을 접대
하거나 식탁을 치우거나 부엌일을 도와주며 주인 눈에 쏙 들어서
주인이 함께 일하자고 할 정도로 능청스럽다.

난아가 기운을 차리자 일행은 다시 길 떠날 채비를 차린다. 향
이를 붙잡고 싶어 사정하던 주인은 기어코 향이가 떠나겠다고 하
자 그동안 묵었던 방세도 안 받고 음식값도 안 받고 도중에 먹을
간식거리를 싸주며 아쉬워한다. 북경에서 시작한 여정은 통주,
옥전현, 영평, 산해관, 영원, 십삼산역, 광녕, 반산, 우가장, 해
성, 안산, 요녕성에 이르기까지 한 달 보름의 시간이 걸렸다.

드디어 심양에 도착하자 황금빛 기와와 붉은 담장의 화려한 색
채가 고색창연한 역사를 말해준다. 오래 전 난아가 이 길을 지나
갈 때는 명나라가 지배하던 땅이었는데 지금은 땅의 주인이 청나
라로 바뀌어 있고 성문 입구와 요소요소에 청병이 지키고 있다.

황궁 근처에는 청병 외에 일반 백성은 얼씬도 못하게 하지만 시장거리는 비교적 활발한 상행위가 이루어진다. 청나라는 적은 인구수로 자중지란에 빠진 명나라 성城을 손에 넣으며 많은 백성들을 얻는데 고무되어 화합정책을 쓰며 남진하고 있다. 그런 와중에도 장사꾼이나 일반 백성들에게 피해가 가지 않도록 아래 지휘관들에게 지침을 전달하고 있다.

심양관을 찾아가는 난아의 마음이 무겁고 착잡해지는데 비해 향이는 기대와 호기심으로 주변을 두리번거리고 왕 씨는 생각보다 큰 궁성이 마음에 드는 듯 장사를 재개할 태세다. 심관 앞에 조선병사들이 서 있고 그 주변에는 청병이 깔려 있다. 난아가 빈궁 마마 강 씨를 만나기까지는 꽤 긴 시간이 걸렸다. 문밖 처마 밑에서 셋이 나란히 엽초를 말아 피우다가 조선 사신이 지나가며 혀 차는 소리를 내는데 오랑캐나라라서 별 수 없다는 식이라는 말을 자기네끼리 주고받는다.

입구에서 검문을 받고 몇 개의 대문을 통과하여 강빈 마마가 있는 처소 뜰에 부복하고 선 난아 심경이 복잡하면서도 들 떠 있다. 뜰은 조선식 사대부 정원 모양으로 꾸며져 있다. 가운데 연못이 있고 연못 옆에 소나무가 서 있으며 소나무 주위에 검푸른 난 몇 포기가 줄기를 뻗은 채 늘어져 있다.

"누구라고? 난아가 왔다고?"

소식을 듣고 난향이 안에서부터 급박하게 달려 나오는데 난아를 부르는 목소리에 울음이 차있다.

"빈궁 마마, 난아, 절 받으시옵소서."

난아가 큰 절을 올리자 향이는 얼떨떨하게 서 있다가 황급히 따라 절을 한다. 왕 씨는 허리를 깊숙이 숙여 예를 표한다. 난향이 난아를 내려다보며 섰는데 눈자위가 빨갛다. 강빈이 난아를 일으켜 세운다. 그러고는 두 손을 꼭 잡고 난아 뺨을 어루만지며 눈물을 글썽인다. 난아가 울음을 터뜨린다.

"마마, 이게 웬일입니까? 마마가 왜 여기에⋯⋯."

난아가 미처 말을 잇지 못하고 울음을 삼키자 둘러 선 상궁과 나인들도 옷소매로 눈물을 찍어내고 있다. 밝고 활달하던 난향의 수척해진 모습 속에서도 세자빈으로서의 위엄이 서린 옛 상전을 난아는 안타깝게 쳐다본다. 세 사람은 빈궁 처소로 안내된다. 8폭 병풍에 산수화가 그려진 그림이 난아의 눈을 사로잡는다. 바위를 뚫고 나온 소나무 가지와 꿩, 백학, 골짜기와 폭포수, 매화와 국화, 대나무가 그려진 그림은 조선의 정취로 가득하다. 달라진 게 있다면 기다란 나무탁자를 위주로 의자가 놓여 있어서 바닥 생활을 하던 이전의 모습과 달라졌다는 점이다. 이국에 머무르고 있는 조선 제일왕제의 처지를 짐작할 만했다.

강빈이 식혜를 권하며 한과를 집어 난아와 향이에게 주고 왕씨에게도 권한다. 안국동 본가에서 살 때보다 더 빈약한 상차림이라서 난아는 가슴이 미어진다. 물자가 부족함이 여실히 드러난다. 강빈이 화제를 딴 곳으로 돌린다.

"그대는 장사꾼이라 하였소?"

"네에 그러합니다 마마, 온 세상을 떠돌아다니며 장사를 합니다."

"거래하는 품목은 어떤 것이요."

"그때마다 다르오나 산간 내륙으로 길을 잡을 때는 소금이나 말린 해산물을 팔고, 연안에 가까운 고을로 다닐 때는 약초나 짐승의 가죽과 곡식을 거래합니다."

"흠, 그렇겠구먼."

강빈은 왕 씨의 말에 대단한 흥미를 보인다. 강빈이 왕 씨에게 다과를 권하며 호의를 표시하다가 은근히 묻는다.

"이곳에 머물면서 나를 도와 장사를 해봄이 어떠하오. 그대는 누구보다 이곳 물정에 밝을 터이니 손해는 없을 것이오."

"마마, 황송합니다만 소인이 어찌, 그만한 인물이 못돼옵니다."

"나를 도와주시오."

강빈이 간곡히 청하자 왕 씨는 난아를 바라본다. 난아가 왕 씨에게 무언의 도움을 구하는데 향이가 불쑥 내뱉는다.

"이봐, 손해가 없다는데 마마 앞에서 뭘 꾸물거려, 냉큼 대답해올리지 않고?"

"황공하옵니다. 마마, 소인이 힘 닿는 데까지 해보겠습니다."

왕 씨 대답이 떨어지자마자 강빈이 빙그레 웃으며 향이와 왕 씨를 이윽히 바라본다.

"여기 일이 자리 잡히면 두 사람의 혼례를 치러 줄 것이네."

"네? 마마, 그 무슨 말씀을?"

난아 얼굴이 빨개지고 왕 씨가 어쩔 줄 몰라하는데 향이가 동그란 눈을 더 크게 뜬다.

"말 안해도 알겠네. 자네들 두 사람의 언행에서 내 이미 짐작했으니 부끄러워 말게나. 남녀는 서로 어울려 살아야 제대로 된 인생을 살았다고 봐야 하지 않겠나? 그래 고향이 어디인가?"

"하북성입니다."

"하북성이라?"

"복숭아가 유명한 고장입니다."

"복사꽃이 피면 볼만 하겠구나."

"그러하옵니다."

"복사꽃 피는 봄에 혼례를 치르고 자식 낳아 가며 사는 것도 아녀자의 행복일 터 향이는 조금만 참고 기다려보아라."

"마마, 황공하옵니다."

난아는 강빈의 예지에 놀라고 그 마음 씀씀이에 놀라며 세자빈으로서 장차 나라의 국모가 될 그릇을 지닌 그녀가 두렵기까지 하다. 저 분이 난향 아씨가 맞는가 싶을 정도로 달라져 있다.

"이미 짐작했다시피 이곳은 물자가 귀하네. 물론 청 황실이나 귀족들도 물자 부족에 시달린다네. 이곳에 딸린 식구가 삼백여 명 가까이 되네. 이들을 먹이고 살리는 일을 누가 도와주겠나. 남의 나라다보니 아랫것들도 세자 저하와 나만 쳐다본다네."

강빈은 얼마 전 팔왕八王이 은밀히 은자 오백 냥을 보낸 사실을 떠올리며 한숨을 짓는다. 팔왕뿐만 아니라 청의 귀족 대신들은 조선에서 나는 물품을 높게 평가하고 선호했다. 팔왕은 면포綿布, 표범가죽, 수달피, 꿀 등의 무역을 요청해왔다. 강빈은 소현세자에게는 그 사실을 말하지 않고 쉬쉬하며 심적 갈등을 혼자 끌어안고 있다가 왕 씨를 보자 머릿속이 환히 열리는 느낌이 든 것이다.

"오늘은 처소를 일러 줄 터이니 쉬도록 하고 난아는 할 말이 있으니 남아 있거라."

"네, 마마."

궁녀를 따라 향이와 왕 씨가 빈궁 처소에서 나가자 강빈은 난아를 얼싸안고 볼을 비비고 머리카락을 쓰다듬으며 기쁨을 표현한다. 난아는 비로소 어릴 적 한 집에서 자매처럼 지내던 난향아씨를 보는 것 같아 가슴이 설레고 들떠서 어쩔 줄 모른다.

"그래, 얼마나 고생이 많았니. 너를 보는 순간 이미 알고 있었다."

강빈이 난아 손을 꼭 잡고 위로를 하자 난아는 목이 메이고 울컥 슬픔이 북받쳐오른다. 난아는 품속에서 비단주머니를 꺼내 강빈에게 건네준다.

"이게 무엇이냐."

"아씨가, 아니 마마가 주신 복주머니입니다."

"그걸 여태 간직했더란 말이냐?"

"제가 마마를 어찌 잊겠습니까."

"난아, 넌 내 혈육보다도 가까운 자매이니라."

"아씨마마."

난아는 저도 모르게 또 울음이 차오른다. 이렇게 낯 선 오랑캐 땅에서 안국동 본가 뜰을 휘젓고 다니던 난향을 만난 기쁨에 난아는 가슴이 뿌듯하고 죽어도 여한이 없을 것 같다. 고생을 견뎌내고 살아 돌아온 게 스스로 대견하다.

강빈은 조선에서 온 사은사謝恩使 편에 왕 씨를 딸려 보내며 은자 천 냥을 쥐어준 후 그의 수완에 맡겼다. 왕 씨는 향이를 데려가고 싶어 했으나 워낙 멀고 험한 길이라 아녀자가 가기엔 위험하다고 하여 남아 있도록 했다. 난아는 향이와 함께 강빈을 도와 본격적인 장사에 앞서 시장을 둘러 볼 요량으로 심관을 나선다. 심양관 앞에는 조선인들이 몰려와 울면서 하소연하고 있다.

"세자 저하, 소인들을 살려주소서."

"저하, 고향집으로 하루속히 가고 싶습니다."

"저하, 저희는 오랑캐 땅에서 죽고 싶지 않습니다."

"그렇습니다, 저하, 죽더라도 조선으로 건너가 죽고 싶습니다."

"저하, 살려주소서."

세자 저하를 부르는 조선인의 행색은 말이 아니다. 헐벗고 굶주린 몰골이다. 얇은 홑겹 무명 바지저고리는 빨아 입지 못해 땟국물이 흐르고 짚신을 신은 손발은 터서 핏방울이 맺혀 있다. 비쩍 마른 몰골은 해골 같아 보인다. 이따금 조선병사가 저리가고 외치나 시늉 뿐이고 청병이 말을 타고 지나가면 우르르 흩어졌다가 다시 모여들어 울부짖으며 하소연한다. 그 모양새가 심히 안타까워 강빈은 멀리서 밖을 내다보다가 옷소매로 눈물을 찍어내곤 했다. 나라가 힘이 없어 이역만리 타국에까지 와서 헐벗고 굶주린 조선 백성을 보는 마음은 세자나 강빈이나 상궁 나인들까지 측은지심이므로 그 모습을 보고 울지 않는 사람이 없을 정도다.

난아는 울부짖는 조선인들을 피해 향이와 시장거리를 향해 발걸음을 떼어놓는다. 그 와중에도 향이는 왕 씨가 걱정이 되어 난아에게 동조를 구하듯 묻는다.

"왕 씨는 무사히 다녀오겠지?"

"그분은 온 세상을 돌아다닌 분이야. 강건하니까 무사히 돌아올 거야."

"그렇지?"

향이는 스스로 묻고 답하며 왕 씨의 안위를 마음속으로 빈다. 가끔 절에 시주하러 가던 기생 어머니의 치맛자락을 붙잡고 부처님 전에 삼배를 하던 기억이 아득한 세월 저편에서 살아나 아른거린다. 마음으로 부처님 전에 빌고 또 빌어 왕 씨의 무사함을 기원한다. 자신은 어차피 조선에서 살지 못할 운명이다. 어머니의 운명을 따라 기생이 될 팔자를 타고 났는데 오랑캐 땅 한 구석에서 착한 남자 만나 가정을 일구고 산다면 그게 바로 소박한 행복이리라.

왕 씨가 사은사로 왔던 사신을 따라 조선으로 떠난 건 늦여름이 끝나고 초가을로 접어들 무렵이다. 기세 높게 푸르던 산천 초목이 한 풀 김이 빠진 듯 희뿌옇게 바래졌다. 들과 산야는 이파리가 말라가는 냄새로 가득하다.

날이 저물어가자 심관 밖 거리에서 울부짖던 조선인들이 어디론가 사라지고 그 중 몇몇이 남아 있다가 바닥에 꿇어엎드려 머리를 땅에 박고 절을 하며 애끊는 목소리로 소현과 강빈의 안부를 기원한다.

"세자 저하, 빈궁 마마, 저희들의 불충을 용서하소서. 가족을 떠나 이역만리 오랑캐 땅에 계신 저하와 빈 마마가 계심으로써 망극하게도 저희에게는 큰 위안이 됨을 부인하지 못합니다. 부디 옥체 보전하시어 강건한 모습으로 귀국하실 때 저희를 잊지마소서."

조선인이 절을 하고 골목으로 사라지자 심관 거리는 썰렁해졌다. 청병들만이 긴 창을 들고 거리를 돌아다니며 단속을 하고 있다. 난아는 이러한 장면을 곤혹스럽게 지켜보다가 하루 이틀이 지나고 보름이 지나가자 익숙해졌다.

초가을이 가고 동짓달이 되자 북풍이 매섭게 살을 파고든다. 이런 일들이 매일 되풀이 되는 가운데 강빈은 심관 건물 한쪽에 아궁이를 만들고 가마를 걸어 묽은 죽을 쑤어 조선인들에게 나누어준다. 하루에 한 번씩 골목 끝에까지 줄이 이어져 한족들까지 끼어들기도 한다. 본국에서 온 내관은 심관에 머물며 이러한 사태를 그대로 조선 조정에 보고한다. 그때 명나라와 내통하고 있던 임경업이 청나라에 불려와 갖은 수모를 당하고 있다는 소문이 돌았다. 척화파인 김상헌도 칠십 노구를 이끌고 청에 끌려와 고초를 겪고 있었다. 구왕 도르곤을 수행해 전쟁터를 따라다니다 돌아온 소현은 청황궁의 부름을 받는다. 예복을 갖추어 입고 황망히 입궐하자 척화파 문제로 시끄럽다. 소현은 조선에서 온 노대신老大臣, 김상헌을 대면하고는 가슴이 미어진다.

"대감, 조선에 있어야 할 분이 대체 무슨 일이오."

"세자 저하 망극하옵니다. 그간 강녕하셨습니까?"

세자는 볼모로 있는 동안 모자라는 양식을 보내주거나 땔감을 마련해주는 등 호의를 보여준 용골대를 만나 구왕 도르곤에게 김상헌과 임경업을 선처해달라는 부탁을 하며 녹용과 담배를 바친다. 황실 내부에서 김상헌의 목을 당장 쳐야한다고 의견이 분분할 때 소현의 청을 받은 용골대는 적극적으로 구왕 도르곤을 설득하여 김상헌의 목숨을 구명한다. 이후 김상헌은 6년의 세월을 유폐된 채 지내다가 귀국한다.

"조선은 겉으로는 청에 순종하는 척하지만 뼛속 깊이 명에 대한 사대에 빠져 있는 이상한 나라요. 내 단연코 우리 청의 위대함을 그대들에게 보이리."

도르곤은 담담하게 말했지만 냉소가 가득한 어조였다. 용골대의 주선으로 도르곤을 만난 소현의 표정이 긴장으로 잔뜩 굳었다. 도르곤은 전쟁 영웅, 조선 정벌 때의 선봉장인 용골대에게 너그러웠고 그의 청이라면 쉽게 거절하지 못했다. 도르곤의 궁에서 나오는 소현의 등이 축축해졌다.

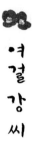

여걸 강씨

초겨울의 바람이 차다.

대륙의 바람은 빈한한 백성들의 가난한 살림을 더욱 옹색하게
만들며 몰아친다. 땔감을 미처 구하지 못했거나 돈이 없는 조선
인들은 뼈마디를 쑤시는 북풍을 견디며 하루 한 번씩 심관 앞, 거
리에 모여 들어 어수선한 정국에 대해 의견을 나누다가 뜨거운
국물을 한 사발씩 얻어 마시고는 삼삼오오 모여 일자리를 찾아
나선다.

원나라 시대에 고려를 떠나 온 유민들과 오래 전부터 정착한
고려와 백제인들, 세금과 노역을 피해 조선을 떠난 일반 백성들
이 사는 요녕성 안에는 조선말을 쓰는 가구家口들이 즐비하다. 그
들은 조선에 대한 원망과 그리움과 한을 품고 심관 거리에 모여

든다. 불운한 시대를 통탄하면서도 소현과 강빈의 안위를 걱정하고 무사귀환을 빌며 같은 하늘 아래 숨쉬고 있음에 위로를 받는다.

"식량이 얼마나 남았느냐."

"망극하옵니다, 마마. 이대로라면 한 달을 버티기 어렵습니다."

강빈이 측근 나인에게 묻자 몸 둘 바를 몰라 하며 곤혹스러운 표정으로 대답한다. 심각한 상황이다. 조선인들에게 죽은커녕 뜨거운 국물이라도 한 사발씩 돌리는 일이 간장과 된장이 줄어들면서 그것도 어렵다는 보고가 올라와 있다. 강빈은 수심에 차서 이 난국을 타개할 고민에 빠져 있다. 처음 얼마간 양식을 보내주던 청에서는 아무 소식이 없다. 향이가 주점을 열면 시급한 어려움은 미봉책이나마 해결할 수 있겠다고 말한 후 난아는 강빈의 대답을 기다리는 중이다. 아무리 세계정세를 꿰뚫고 통이 큰 여장부라 하나 강빈은 사대부 집안에서 유교의 가르침을 받으며 자랐고 한 나라의 세자빈이다. 강빈은 일단 대답을 회피하고 상황을 주시하고 있다. 항아리의 곡식과 간장과 된장은 나날이 줄어들고 있다. 이제 극약처방을 하지 않으면 만리 타국에서 조선 백성은 추위와 굶주림으로 죽어갈 판이다. 강빈은 난아를 시켜 급하게 은자 일천 냥을 지급한 뒤 쥐도 새도 모르게 그 일을 시작하되 왕씨를 주인으로 내세우라는 지시가 내려졌다. 향이는 궁성에서 좀 떨어진 시장거리 외곽 허름한 건물을 빌려 주점을 시작하고는 심관에는 얼씬하지 않았다. 급한 일이 있으면 난아가 중간에서 전달을 했고, 그 일은 순조롭게 진행된다.

　강빈은 다시 난아를 부른다. 청의 귀족들은 의외로 조선인의 글과 그림을 선호하고 집안에 소장하는 것을 가문의 영예로 안다. 사신단이 오면 그들의 글을 받기 위해 집으로 초대 하거나 술을 대접하거나 하는 일은 청나라 귀족의 대단한 행사요 권위였다. 특히 조선에서도 이름난 문장가나 명나라에 알려진 인물이면 더욱 정중한 대접을 받는다. 조선 관리는 시문詩文을 써주기를 무척 난처해하며 어떻게든 핑계를 대고 요리조리 빠져나갈 궁리를 한다. 강빈은 소장하고 있던 서예와 수묵화, 시문을 높은 가격을 받고 청의 귀족에게 팔아서 자금을 마련한다. 그 자금으로 시장에서 물건을 사고 다시 되팔고 하며 규모를 늘려나간다. 강빈이 심관에 딸린 식구들과 조선인들의 식량 조달에 힘쓰며, 생활 전반을 지휘하는 사이 소현은 황실과 권력자들과 조선의 사신단 사이에 가교 역할을 하며 조율하느라 늘 피곤하다. 부왕 인조는 항복 사건 이후 청나라와의 교류나 소통을 극단적으로 싫어해서 웬만한 일은 소현을 통해 조선 정부의 일을 처리하고 있었다. 심관은 조선정부를 대신하는 작은 정부 역할을 하느라 늘 손님이 들끓었다. 손님을 접대하는 일만으로도 엄청난 자금이 소요되고 더욱이 청나라 인사와의 교류나 청탁이 필요한 경우에도 돈이 들었다. 소현은 강빈으로부터 뒷돈을 받아 쓰면서도 아는지 모르는지 묻지 않았다. 강빈 또한 소현에게 자세한 내용을 말하지 않았다.

난아는 청의 대신이나 귀족 집안에 심부름을 하는 일로 분주한 나날을 보내면서도 조선에 간 왕 씨 걱정이 앞선다. 씩씩하던 향이는 말수가 줄어들고 근심이 가득했는데 주점을 열고 나서 예전의 활기찬 모습으로 돌아갔다. 가끔 난아는 향이를 찾아가 고생하는 강빈을 위해 이국의 음식을 만들어서 갖다 바치거나 시장 거리에 나가 그들만이 아는 본토 음식을 사먹으며 기분을 풀어버린다.

심양관 앞으로 몰려와 울면서 호소하던 조선인이 뜸해지고 거리는 무역하는 인파로 북적인다. 강빈의 일은 이미 조선 조정에 알려져서 인조를 비롯한 대신들의 지탄을 받으며 주목의 대상이 된다. 인조는 소현 내외의 하는 일이 언짢아서 분노하다가 첩자를 보내 소현 내외를 감시하게 한다. 인조가 보낸 사신과 심관에 머물던 대신은 강빈과 소현의 일거수일투족을 본국 조정에 보고한다. 공식적인 보고 외에 사적으로 건너간 정보는 인조의 오해를 사고 대신들은 집요하게 성토를 하며 우의정 강빈의 아버지 강석기의 벼슬을 거두고 파직시켜야한다고 상소가 빗발치듯 한다.

강빈이 무역에 눈을 뜨고 활발한 교역을 하던 중, 용골대가 찾아와 농사짓기를 권유한다. 식량 사정이 나빠진 청이 심관에 보내던 곡식을 중단하면서 대안으로 땅을 제공했는데 농사짓기가 쉽지 않은 거친 땅이다. 야리강野里江 동남 왕부촌王富村과 노가촌魯哥村 두 곳에 각각 백오십 갈이와 사하보沙河堡 근처의 백오십일

갈이, 사을고土乙古 근처 백오십 갈이다. 하루갈이는 장정 한 명이 하루에 경작할 수 있는 면적의 농토다. 그야말로 청 백성들에게 거저 줘도 쓸까말까한 황무지다. 땅은 마른 모래가 버석거리는 버려진 땅이었다. 강빈은 처음에 한인漢族 노예들과 소를 사서 농사를 지었다. 한족 일꾼의 품삯은 은 이십오 냥에서 삼십 냥이고 소 값은 한 마리에 십오 냥에서 이십 냥이다. 추수기에 거둔 곡식은 삼천오백여 석이 나올 정도로 대단한 수확을 거둬서 강빈은 아랫것들을 시켜 일부는 팔고 일부는 비축하고 일부는 굶주리는 조선인을 위해 하루 한 끼 식사를 제공하는데 썼다. 그러면서도 강빈은 부족한 자금을 확보하기 위해 다방면으로 궁리를 했다. 조선농법이 가미된 농산물은 만주 귀족에게 큰 인기를 누렸다. 농사를 업으로 살던 조선인은 인분을 퍼날라다 거름을 주고 마른 낙엽을 태우거나 아궁이 재를 퍼서 밭에 뿌리고 짚을 깔아주며 미생물이 살 토양을 만들어 준 뒤 평소의 서너 배가 되는 수확을 거둔다. 유목이 본업인 만주족은 농사법이 서툴뿐더러 조선만큼 발달하지 않아서 농사법을 아는 조선인들의 농작물은 크기와 맛과 영양면에서도 최고의 상품으로 손색이 없다. 농작물은 비싼값에 매매되고 강빈은 이를 바탕으로 더 큰 무역을 재개해서 인근 주변국의 상인들과도 교역에 나선다. 심관의 무역업은 나날이 번창한다.

인조실록에는 강빈의 활약이 자세히 기록되어 있다.

- 포로로 잡혀간 조선 사람을 모집해 둔전屯田을 경작해서 곡식을 쌓아두고는 그것을 진기한 물품과 바꾸는 무역을 하느라 관소의 문이 마치 시장 같았다.

<인조실록 23년 6월조>

심양 궁성 밑 남탑거리가 상인들의 고함소리로 분주하다. 노예 시장이 열리는 날이다. 한족 노예들이 먼저 단상에 일렬로 서서 주인을 기다린다. 황제의 명에 따라 금지되었던 공개 매매가 다시 재개된 날 이른 아침부터 노예주인이 데리고 나온 인간 노예들과 이를 사려는 사람들과 상인들의 흥정으로 아우성이다. 강빈은 난아를 데리고 편복 차림으로 아침부터 매매 장소에 나와 지켜보고 있다. 시끌벅적한 장소에는 매매가 성공으로 끝나 기쁨의 눈물을 흘리는 가족과 돈이 부족하여 가족을 찾지 못한 노예의 울음소리로 아비규환이다. 매매를 위해 조선에서 온 사람과 포로로 잡혀 온 이들이 서로 알아보고 부둥켜 안고 안타까워하거나 설움이 북받쳐 주저앉아 목놓아 우는 사람으로 시장 바닥은 혼란의 도가니다. 긴 여행으로 옷은 찢어지고 먼지로 더럽혀지고 몰골이 형편없는 사람들이 가족을 데리고 가겠다는 일념으로 눈빛을 반짝인다.

양반이나 왕실 종친의 첩이나 딸이 잡혀온 경우 비공식으로 이미 높은 가격을 지불하고 속환한 경우가 있어서 사대부가의 며느리나 첩은 귀하신 몸이고 인기가 높았다. 250냥 정도를 예상했던 포로 주인은 마음이 급한 조선 양반이 높은 가격을 책정해서 부른 바람에 입이 벌어졌고 1천 냥 정도를 예상했다가 막상 아들과 딸의 모습을 보고 반가운 나머지 1천 오백 냥을 부른 좌의정은 준비해 간 은자가 모자라 1천 2백 냥만 지불하고 나머지는 세자관에서 보증을 선 뒤 나중에 사신을 통해 갚았다.

1천5백 냥이라는 엄청난 속가를 지불하는 바람에 다른 포로의 속가가 갑자기 뛰어올라 일반 노예 값이 은자 25냥에서 30냥이면 속환이 이루어졌는데 너무 뛰어오른 바람에 그 금액으로는 속환을 할 수 없는 지경에 이르렀다. 고관들의 행태로 백성들의 절망은 극에 달했다. 영의정은 일찌감치 역관을 통해 첩과 딸의 속환비로 1천냥을 지불하겠다고 밝혔고 종실은 포로 속환을 책임지고 왔다가 종실 속환비마저 터무니없이 모자라 고민에 빠졌다. 뒤늦게 합류한 속환사는 임금에게 속환비를 올려달라고 요청을 해서 비용이 올랐지만 이미 포로 주인들에게 조선인이 준비한 속환비가 금액이 높다는 소문이 나서 제대로 매매가 성사되지 못했다.

이렇게 가진 자들, 고관의 첩과 자식들은 미리 속환되어 돌아가고 남은 포로 노예들이 돌아갈 날을 기다리며 이른 아침부터 매매시장에 나와 추위에 떨고 있다. 가도에서 잡힌 중국인 속가가 10냥이었음을 감안할 때 조선인의 속가 금액은 터무니없이 비싸게 책정되었는데 양반 사대부들의 욕심이 빚은 비극이었다.

소를 팔고 선산을 팔고 땅을 팔아서 딸을 찾으러 온 아버지는 전 재산을 팔다시피 해서 먼 길을 왔는데 청나라 사람은 400냥을 불렀다.

"이보시오. 내가 가진 돈은 250냥이 전부요."

"어림없다. 수 쓰지 마라."

"그러지 말고 250냥으로 해주면 내 이 은혜를 평생 잊지 않으리다."

"그럼 350냥."

"260냥."

"320냥. 더는 깎아줄 수 없다."

아버지가 눈물로 사정을 하고 청나라 사람은 인정사정 봐주지 않는다. 그 정경을 보던 딸은 아랫입술을 지그시 깨문다. 아버지가 준비한 금액은 다섯 식구가 먹고 살 전 재산인 것이다. 딸은 아버지가 먼 오랑캐 땅에까지 달려와 준 것만으로도 원한을 푼 것 같아 여한이 없다. 아버지가 집안 사정이 어렵다고 사정을 하고 애원을 해도 미동도 않는 청나라 사람을 노려보던 딸은 옆에 있던 칼로 자신의 심장을 찔러 자살했다.

그 옆에서는 딸을 찾으러 온 어머니가 전 재산인 200냥을 준비해서 왔건만 청나라 사람은 딴소리를 늘어놓으며 절대 깎아줄 수 없다고 버텼다.

"이 아이는 여기 청나라에서도 왕의 시녀나 여진인의 첩 등으로 이만한 가격에 살 사람이 많고 이 여자를 잡아온 군인들이 원래 비싸게 팔았다."

어머니가 아무리 사정을 하고 눈물로 애원을 해도 청나라 사람은 요지부동이다. 딸은 칼로 자신의 목을 찔러 자살했고 그 일은 심양장계를 통해 조선 조정에 알려졌다. 강빈은 차마 눈 뜨고 못 볼 광경을 보고는 고개를 돌렸다. 청에서는 자살한 조선인 노예의 값을 조정에서 물어내야 한다고 생떼를 써서 세자관에서 먼저 물어주고 나중에 사신 편에 돌려받는 일도 있었다.

남편을 구하려고 친척에게 돈을 꾸고 남의 집 품을 팔아 먼길을 찾아온 부인이 있었다. 어렵게 마련한 돈으로 보름을 머물렀다가 노예 시장이 열리는 날 부인은 남편을 데리고 나온 청나라 사람을 만났다. 3백냥을 준비한 부인은 청나라 사람이 부른 500냥에 턱없이 부족하여 간절히 애원을 하고 빌어도 도무지 사정을 봐 줄 의향이 없었는데 청나라 사람은 부인에게 엉뚱한 욕심을 품고 자기 숙소를 가르쳐주며 밤에 만나자고 하자 남편은 이상한 낌새를 채고 자신의 손가락을 자른다. 청나라 사람은 불같이 화를 내며 조선인을 욕하고 발길질을 하며 화를 내는데 남편은 미친 듯이 울다가 웃다가 허탈한 표정으로 주저앉아서 보는 이의 안타까움을 자아낸다.

노예시장에서 매매가 이루어지기 전에 먼저 노예의 건강상태 점검은 기본이다. 옷을 모두 벗기고 가슴과 엉덩이와 치아 상태와 피부를 보고 걸음을 걸려보는 건 기본이다. 특히 여자를 사서 첩으로 삼으려는 사람은 여자의 젖가슴을 손으로 눌러보거나 성기, 체모, 엉덩이를 세심하게 살핀다. 어린 여자아이들은 이러한 검사에 거의 발작을 일으킬 정도로 공포에 떤다. 어려서부터 남녀칠세부동석을 목숨보다 귀하게 여기는 풍조에서 살다가 밝은 대낮에 많은 사람들이 모여 있는 곳에서 옷을 벗기고 성기를 보여준다는 건 참을 수 없는 치욕이다. 외간 남자에게 성기를 보이느니 죽는 게 낫다고 여기는 조선 여자들은 말을 듣지 않는다하여 채찍을 맞고 죽어가거나 병신이 되어 버려진 예가 비일비재하다.

강빈은 난아를 시켜 돈이 부족하거나 딱한 사람들을 속환시키는데 우선은 농사를 지을 힘 센 장정과 여자아이를 구해준다. 속환할 능력이 있는 사대부 가문은 제쳐두고 아무 힘없는 조선인부터 속환비를 주고 데려와서 농삿일에 투입시킨다. 풀려난 포로들은 온 힘을 다해 지극정성으로 농사를 짓고 일을 하고 부지런을 떨어서 농작물의 수확은 배가 늘어난다. 강빈은 높은 가격에 농작물을 팔아 좀 더 규모가 큰 무역으로 눈을 돌린다. 이러한 강빈의 일은 조선 조정에 보고가 올라간다. 그러자 세자빈으로서 품위를 떨어뜨리고 상거래를 하는 행위를 당장 멈추고 자숙해야한다는 명이 떨어졌다.

청황제의 명으로 조선인 노예를 위한 속환시장贖還市場이 따로 열렸다. 심양궁 밖 채마밭에서 속환시장이 열릴 때는 조선 조정에서 수시로 속환사贖還使를 임명하여 보냈다. 가족이 속환을 원하는 사람들을 따로 모아서 단체로 심양의 속환시에 가서 국가나 개인 경비로 속전贖錢을 치르고 데려왔다. 한번에 600여 명을 속환하기도 하였는데 조선 조정에서 적극적으로 나섰을 때 이야기다. 심양에서 속환시가 열릴 때는 사은사謝恩使를 파견하기도 하였는데 화친파였던 최명길을 사은사로 보내 780여 명에 이르는 포로를 데려오기도 하였다.

속환시킬 친척이 없거나 돈이 없는 사람이나 백성과 왕을 호종한 군졸의 처자로서 포로가 된 군졸의 송환문제는 난제였다. 대부분의 돈 없는 일반 백성은 그대로 노예생활을 이어갈 수밖에 없었다. 이역만리 남의 나라에서 평생 노예로 살아가는 조선백성의 수는 속환된 기천 명과 비교해 볼 때 어어어마한 숫자다. 공식적인 포로 노예 60여 만명은 인구 수를 급박하게 늘리고 싶은 청나라의 임의에 의해 이루어졌으며 조선인은 노동력을 그들에게 제공하고 아녀자들은 성적 노리개나 아이를 낳는 도구로 타국에서 비참한 삶을 이어갔다.

조선인을 속환하려는 강빈의 노력은 꾸준히 계속되어 속환시장이 열릴 때마다 빠지지 않고 비용을 모아 속환시켰다. 노예 신분에서 풀려난 포로들은 조선으로 돌아가거나 강빈의 주변에 남아 일을 돕거나 장사를 하며 살았다. 소현과 강빈의 인기는 날로 치솟아 속환된 포로뿐만 아니라 조선 본국에서도 백성들의 칭송이 자자했다.

단 한 번 소현은 노예시장에서 본 광경에 충격을 받아 그 이후에는 두 번 다시 나가지 않았으나 그가 올린 장계가 조정 신료들의 마음을 무겁게 했다.

- 속하기를 원하는 사람이 매일 성 밖에 모여 각자 찾아서 속
환하게 되는데, 요구하는 값이 비싸기 그지없다. 사족士族과 각
개인의 부모와 처자 등의 속환가는 많으면 수백 또는 수천 냥
이나 되어 속하기가 매우 어려우므로 사람들이 모두 희망을 잃
었고, 울부짖는 소리가 도로에 가득 찼다. 그중에서 외롭고 친
척이 없는 사람은 조만간 공가公家에서 속하여 돌아가기만을 기
다리며 날마다 관소館所 밖에서 울며 호소하니, 참혹하여 차마
못 보겠다.

포로 속환은 이익이 워낙 크게 남다보니 청나라에서도 부정과
비리가 끊이지 않았다. 황제의 친 인척 재산(포로)이라는 이유로
또는 속을 원하는 사람의 특성에 따라 속가를 달리했는데 이런
일의 뒤처리를 일일이 하느라 세자관과 봉림대군 처소는 늘 긴장
했고 하루도 편안할 날이 없었다. 조선 백성이 남의 땅에서 가축
처럼 사고 파는 물건으로 전락되어 그 울부짖는 현장을 보고 온
소현은 그날부터 시름시름 앓으며 오랫동안 드러누워 있었다. 봉
림 역시 소현에게 문안을 드리면서 서로 그 일에 대해 말을 꺼내
지 않았다. 서로의 상처를 들쑤시는 것 같아서 입에 담을 수가 없
었다.

같은 포로라 하더라도 황제의 지인이 데리고 나왔거나 고관의
친척이 데리고 나온 경우에는 터무니없이 높은 가격을 불러 흥정
을 하는데 단지 황제나 고관과 연관이 있다는 이유로 깎지도 못

하고 고스란히 부르는 값을 물어주기도 한다. 심지어 전선에서 전사한 청병의 유족이 조선 여인을 데리고 나와 300냥을 부르자 용골대가 세자관에 압력을 넣어 그대로 하라고 해서 아뭇소리 못하고 속환비용을 물기도 했다.

이렇게 되자 조선 포로를 갖고 있는 청나라 사람들이 정부 유력자의 친척을 사칭하는 일이 빈번하게 일어나서 포로 속환 문제는 점점 더 어려움에 빠졌다. 세자관은 이제 조선 백성들의 유일한 버팀목이요 의지처가 되었다. 속환이 되었더라도 갈 곳 없고 돈 없는 조선인은 세자관 주위를 배회하며 조선에서 오는 사신단이나 장사꾼, 같은 동족에게 구걸을 하며 동족과 말이라도 나누고 싶어하는 사람이 있었다. 그 중에는 포로로 끌려간 딸을 찾아 먼길을 왔는데 딸의 행방을 알 수 없어서 여기저기 찾아다니는 아비가 있었다.

"우리 딸 좀 찾아주오."

"누구 우리 간난이 못 봤소?"

"이보시오, 내 딸을 찾아주오."

"어이구, 내 새끼. 불쌍한 내 딸아."

아비는 미쳐서 딸의 이름을 부르며 골목을 돌아다녔다. 심양관 앞에서 이 모양을 본 난아는 이별도 살아 있는 사람의 몫이라는 생각을 했다. 오래 전에 죽어버린 부모는 난아가 살았는지 죽었는지 알 수도 없고 찾아오는 사람도 없다. 딸을 찾아 헤매는 아비는 그래도 살아 있다는 희망을 품고 질긴 생목숨을 이어갈 테지. 사랑하는 사람과의 이별이 아무리 슬프다고 하나 그래도 살아있는 자들의 몫으로 남는다는 사실이 난아에게 짠한 아픔으로 다가왔다.

난아는 향이를 만나러 가다가 남탑거리로 발길을 돌렸다. 조선인들과 한족과 몽골족으로 들끓는 노예시장에서 난아는 혹여 아는 얼굴이라도 만날까 싶은 심경으로 다시 찾아간다. 상체를 벗은 남자들이 여기저기에서 수컷 말이나 소, 당나귀처럼 상인의 손에 이리저리 몸을 움직이는 장면과 그 사이에서 여자들이 웅송 거리고 서서 떨고 있다. 청나라 상인의 말은 채찍이 되어 노예 사람을 이리저리 휘둘러대는데 비명소리가 안 날뿐이지 난아는 가슴으로 그들의 비명소리를 듣는다.

"나으리, 제발 저를 그곳으로 다시 데려가지 마세요."

난아는 바람 속에서 날아온 조선말을 듣는다. 소리 나는 곳으로 귀를 여는데 다시 여자의 말소리가 들려온다.

"나으리, 제발 저를 그곳으로 보내지 마셔요."

난아는 소리의 주인공을 찾아 빠르게 다가간다. 수척한 몰골의 여자는 서른 살 쯤 되어 보이는 아낙이다. 짚신을 신고 차파오를 입었지만 조선 여자다. 난아는 여자를 빤히 바라보는데 낯이 익다. 어디서 보았더라? 난아는 재빠르게 기억을 추슬러본다. 차가운 겨울바람이 목덜미를 헤집으며 살갗을 훑는다. 아! 난아는 추운 바람을 맞으며 압록강을 건너던 일이 번개같이 지나가며 가물가물한 여자아이의 얼굴이 떠오른다. 그렇다면 삼월이? 난아는 놀라 다시 한 번 여자를 살핀다.

"살 거여, 말거여?"

여자의 주인이 채근한다. 난아는 정신을 차리고 감정의 북받침을 누르며 애써 냉정한 투로 말한다.

"그 여자를 사겠어요. 얼마를 받으실 건가요?"

"150냥."

"100냥에 주시오."

"그럴 수 없다."

"그럼 120냥."

"130냥에 가져가라."

"좋아요."

난아는 품속을 뒤적거려 은자를 헤아려보는데 부족하다. 난아는 난감한 표정으로 주변을 둘러보다가 목걸이를 푼다. 왕 씨에게서 도로 돌려받은 목걸이다. 팔아버릴까 하다가 양대감 댁에서 받은 유일한 물건이라 갖고 있었다. 강빈과 왕 씨를 따라 장사를 해 본 경험에 비추어 비취 목걸이를 보탠다 해도 비용이 조금 부족하다. 난아는 청나라 사람 눈치를 보며 은자 80냥과 목걸이를 손에 들고 내민다. 청나라 사람은 나를 놀리는 거냐며 화를 낸다. 난아가 그의 옷소매를 잡으며 잠깐 기다리라고 말한 후 상아 머리핀을 뽑고 반지를 빼고 발찌까지 얺어 내민다. 난아를 빤히 바라보던 청나라 사람이 난아 겉옷마저 벗어놓으라고 말해서 난아는 서슴없이 그 자리에서 겉옷을 벗어준다. 목화솜을 넣어 누빈

공단 저고리였다. 한 겨울을 넘길 수 있는 옷을 난아는 동무를 위해 기꺼이 벗어준다. 난아는 추위쯤은 이 악물고 참는다. 얇은 속옷을 입은 난아 몸속으로 찬바람이 들이친다. 청나라 사람은 만족한 듯 여자를 넘겨주고 콧노래를 흥얼거리며 가버렸다. 여자는 어쩔 줄 몰라 하며 서 있다. 무슨 말을 하고 싶은데 입술만 달싹인다.

"나를 모르겠니?"

"……."

"난아."

"난아?"

여자가 멍한 표정으로 난이를 쳐다보다가 눈에 가득 눈물이 맺힌다.

"삼월아."

"난아."

두 여자는 상인의 고함소리가 울려 퍼지는 시장 한복판에서 서로 얼싸안고 기쁨의 눈물을 흘린다. 난아는 삼월을 데리고 향이의 주점으로 간다. 향이는 삼월을 대뜸 알아본다.

"독한 년! 살아 있었네."

향이가 삼월을 덜렁 안고는 빙빙 돌린다. 향이는 주점 문을 일찍 닫고 삼월과 난아와 지난 이야기를 나누는데 세 여자의 눈물과 웃음소리로 시간이 가는 줄 모른다. 삼월은 명나라 환관의 먼 친척에게로 보내졌다. 그 외진 산골에서 소규모로 농사를 짓는 집안의 아들과 혼인을 했고 아들은 지적 능력이 모자라 덩치는 큰데 아이처럼 삼월을 쫓아다니며 보채기만 해서 힘들었다. 시부모를 모시고 낮에는 농삿일을 하고 밤에는 모자라는 덩치에게 시달리느라 밤낮으로 고달팠다는 삼월이 이야기에 난아와 향이는 한숨을 푹 내쉰다. 다시 삼월이 이야기가 이어졌다. 모자라는 신랑이 소달구지에 치여 반병신이 된 후 삼 년이나 앓아누웠다 죽었다는 말에 난아와 향이가 동시에

"잘 죽었네."

하는 바람에 웃음이 터졌다. 덩치가 죽고 나서 시부모는 삼월이를 며느리가 아닌 종 부리듯 했다. 견디다 못해 도망쳤다가 청병에 잡혀 상인에게 팔렸다가 다시 팔리고 하여 노예시장까지 끌려와 난아를 만나게 된 이야기를 삼월이는 담담하게 한숨을 쉬며 하다가 이야기를 마쳤다.

다음날부터 삼월이는 향이를 도와 주점에서 일을 하며 오랜만에 편안한 마음으로 자유롭게 시장을 가고 장신구를 사서 부착해 보고 제 손으로 의복을 사서 입어보며 행복해한다. 향이는 향이 대로 의지할 동무가 생겨서 외로울 때마다 한 잔 두 잔 마시던 술을 줄일 수 있었다. 생사고락을 함께 한 사이여서 친자매보다도 더 가깝게 알뜰살뜰 챙겨주며 지냈다. 난아가 찾아와 시샘을 하기도 하며 시간은 흐른다.

조선 조정에서 세자관을 보는 눈은 싸늘하다. 사람을 보내 심관의 동태를 파악해서 보고가 올라간다는 것쯤 강빈은 알고 있

다. 장사를 해서 먹고 살아가는 일이 그토록 분노할 일인가. 300여 명이나 되는 식구들과 수시로 찾아오는 사신단, 청나라 황실 사람들과의 교분과 조선조정과의 불미스러운 사건을 무마하는데 드는 비용과, 그 많은 비용을 제대로 보내주지도 않고 청나라에서도 나몰라라 하는 상황에 가만히 있으면 죽어야하는 상황에 돈을 벌었기로서니 장사를 했기로서니 무엇이 그리 잘못한 일이라는 것인지 강빈은 이해할 수 없었다. 세자의 위신을 생각해서 강빈은 웬만한 상인과의 거래는 향이가 하는 주점에서 했다. 세자관에 낯 선 사람들이 들락거리는 것도 모양새가 좋지 않고 감시의 눈도 피하자는 속셈이다. 향이의 주점을 드나드는 상인들은 다들 좋아했다. 향이의 걸진 입과 화끈한 성격과 음식 맛을 좋아했다. 사내의 엉덩이를 툭툭 치며 어린애 다루듯 하는 향이의 태도에 오히려 남자들은 긴장을 풀고 묵었다 가곤 한다.

왕 씨가 조선에서 돌아온 것은 정월이 지나고 입춘이 시작될 무렵이다. 춥고 거리가 멀어 남쪽으로 멀리 이동을 못하고 이북 지역 몇 군데를 돌고 왔다. 그는 인삼과 약재를 사서 청나라 귀족들에게 높은 값에 팔고는 다음 무역을 재개하려던 참이다. 향이는 주점 일을 삼월에게 맡기고는 왕 씨의 고향에 가자고 조른다. 복숭아꽃 피는 고향에 가서 복숭아 익어가는 향기를 맡으며 살고 싶다고 조르는 향이를 당해내지 못하고 왕 씨는 난아를 통해 강빈의 허락을 청한다.

"알겠소. 고향으로 가기 전 한 가지 일만 처리해 주고 가시오."

"그게 무엇이옵니까?"

"일전에 들은 바로는 청나라 귀족과 고관대작의 부인들은 옥 공예품을 선호한다고 들었소. 중간 도매상을 통하지 말고 직접 옥 광산을 운영하는 장인을 만나 계약을 하고 물품을 주문해서 가져오면 어떨까 하는데 공의 생각은 어떠시오."

"그럴수만 있다면 이문이 몇 곱절은 남을 것이니 제대로 된 장사지요."

"밑천은 대줄 터이니 향이와 유람 한 번 해보시오. 아, 그리고 난아도 데려가시오."

"마마, 황공합니다. 꼭 성사되도록 최선을 다하겠습니다."

"좋소."

강빈은 그 자리에서 왕 씨에게 은자 일 만 냥을 내리고 비단 세 필을 하사한다. 왕 씨는 바닥에 머리를 조아리며 물러나온다. 강빈은 난아를 따로 불러 한눈 팔지 말고 앞으로 이 사업을 난아가 책임져야 되니 두루두루 보고 배우라고 당부를 한다. 난아는 절을 하고 물러나와 세 사람은 길을 떠난다. 강빈은 예부터 명나라 황실에 옥공예품을 바치던 장인을 찾아가라 덧붙여 이르고는 도르곤의 부인 생일상에 초청받아 갔다가 그녀의 처소에서 본 수많은 옥공예품의 채색을 황홀한 듯 바라보았었다. 단순하게 천연 옥을 갈무리 하는 게 아니라 옥에다가 돌을 갈아 여러 성분을 섞어 만든 천연 물감으로 추상적인 물결무늬나 연속적인 무늬를 그려넣어 채색한 작품은 조선에서 못 보던 예술품이었다.

꽃 피는 봄날, 왕 씨는 향이와 난아와 떠나는 길이 꿈만 같아서 날개가 있다면 날아갈 기분이다. 남쪽 운남에서 난아와 길을 나섰다가 중간에 향이를 만난 일은 그의 일생에서 가장 의미있는 일이 되었다. 보리꽃 향기 속에 피어나던 향이의 살냄새가 더욱 그리워지는 계절이다. 세 사람의 인연은 질기게 이어진다. 난아를 통해 향이를 알았고 이후 왕 씨는 향이가 없으면 하루라도 못 살 것 같았다. 둘은 안팎으로 궁합이 찰떡 같아서 만나기만 하면 서로 어루만지고 안고 뒹굴고 간지럼을 태웠다. 조선으로 떠나던 날 왕 씨는 몇 번이고 같이 가자는 말을 목안에서 삼켰다. 내륙까지 안 가고 부랴부랴 한양 이북 지방에서 물품을 구매하고 온 것은 향이에 대한 연심 때문이기도 했다. 향이가 주점을 연 이후에는 아예 주점 안에 방을 차고 앉아 혹시 향이에게 수작을 부리는 놈이 있나 감시를 게을리 하지 않았다. 정식으로 혼례를 올리지는 않았으나 강빈 마마도 인정해주는 사이가 아니던가. 난아가 왕 씨에게 다가와 귓속말로 물어본다.

"아저씨, 향이 언니 어디가 그렇게 좋아?"

"에끼, 못써."

왕 씨는 부부의 내실 일을 아는 난아라 하더라도 차마 속내를 밝히지는 못하고 헛기침만 한다. 향이와 난아는 두 팔을 벌리고 말 위에서 꽃향기를 맡으려는 듯 눈을 감기도 하고 때로는 각각 말을 타고 나란히 달리며 장난을 친다. 왕 씨는 향이와 난아가 자매 같이 어울려 노는 게 보기 좋아서 흥에 겨워 노래를 부른다.

고을이 나타나면서 들판의 평화는 깨어진다. 전쟁이 지나간 흔적이 곳곳에 널려 있다. 불구가 되어 돌아온 지아비를 대신하여 일을 하는 아낙이나 아들을 전쟁에 잃고 혼자 남은 노모의 질긴 울음소리와 약탈 당한 흔적이 아직도 남아 있는 고을을 보며 두 사람은 무거운 마음이 된다. 향이 역시 전쟁의 최대 피해자가 아닌가.

왕 씨는 장사꾼답게 명 황실에 상납하던 옥광산과 공예품을 만드는 공방을 알고 있으나 북방 삼성이 청조로 바뀐 후에는 어느 지역이 안전한지 그게 관건이었다. 장사꾼의 행색으로 전국을 떠돌고, 고을을 찾아다니면서 정보는 늘 주점에서 얻는다. 왕 씨는 요동반도 남단 동북쪽으로 길을 재촉하는데 방장산의 방옥 굴에서 칠색보옥이 나왔다는 상인들의 말을 들은 바 있어서다. 시장에서 옥을 사고파는 것은 일찍이 직접 겪었지만 옥광산을 찾아가는 것은 처음이어서 왕 씨는 강빈의 배포에 놀랐다. 요동 반도 동북 삼성 쪽은 이민족이 많이 사는 고장이고 한족은 주로 북경이나 남쪽 혹은 내륙 깊숙이 정착하여 살고 있으므로 이민족의 옥공예품이 명 황실에 납품 되기란 어려웠다. 그러나 워낙 귀족이나 황실에서 옥을 귀하게 여기고 선호하므로 정교한 공예품을 만드는 장인을 만날 수도 있으리라 짐작된다.

산과 굴, 바위 계곡에 산재해 있는 옥 광산 주변 초입에 다다르자 마당에서부터 옥으로 만든 포대화상이나 달마상이 객을 맞아준다. 연꽃무늬와 거북, 새, 두꺼비 모형의 옥 제품이 진열되어 있다. 주인을 찾으니 집안에서 노인이 젊은 여자의 부축을 받으며 나온다. 낯 선 객을 경계하지도 않고 안으로 안내한다. 넓은 실내에는 나무로 만든 진열대가 있는데 벽마다 옥공예품이 전시되어 있다.

"어서 오십시오. 난리 통에 손님의 발길이 뚝 끊어져서 적막강산이었습니다."

"옥 제품이 대단합니다."

"저희 가문은 선조 대부터 삼백 년 동안 옥제품을 생산해왔습지요. 바다 건너 월나라 북부나 왜나라 구주, 본토, 운남, 광동성 등지에 우리 옥이 퍼졌고 한족 제품만 받던 황실이 우리 가문의 물건을 받기 시작한 건 일백 년이 조금 넘었지요. 귀양 왔던 황실 왕제에게 옥기를 바친 게 인연이 되어 나중에 복권되면서 명 황실에 납품했는데 요즈음 전쟁이 일어나서 그 일도 뚝 끊겨 있던 참이지요."

노인은 힘겹게 설명을 하는데 손을 조금씩 떨고 있다. 젊은 여자가 뜨거운 차를 내와서 한 잔씩 따라준다. 노인의 설명은 계속 이어진다. 두 아들은 광산에서 임시 거처에 머물고 있다고, 일꾼을 시켜 옥을 캐는 일을 관리하고 있다고 자랑스럽게 말한다. 뜨거운 자스민 차를 마시고 나서 세 사람은 전시된 옥기를 살핀다. 향이는 주로 그릇에 눈이 가있다. 노인 앞에는 나무 탁자가 있는데 황제의 장난감을 만드는 중이며 3대째 미완성이라고 말한다. 정교하기가 이를 데 없다. 노인 대에서도 완성을 못하면 4대째 가서 완성을 할 것 같다고 말한다. 노인이 3대째 만든다는 황제의 장난감은 아주 작은 옥 안에 또 다른 모양이, 그 안에 또 다른 모양이 들어 있는, 보기에도 정성이 엿보이는 작품이다. 하지만 황실에 납품하는 작품은 일반 백성이 가질 수도 없고 살 수도 없다. 군데군데 탄탄한 나무 받침대에는 청녹, 황녹, 적색, 담백색의 외관이 가공되지 않은 돌덩이가 놓여져 있다. 왕 씨는 멀리 돌덩이에 불과한 바위산을 올려다본다.

난아는 봉황문, 수련, 인동초, 새, 나뭇잎, 물고기 문양의 옥 제품 목록을 적어나간다. 비녀, 빗, 반지, 발찌, 팔찌, 허리띠, 술잔, 술병에 이르기까지 다양하다. 왕 씨는 노인 앞에 은자 일만 냥을 턱 내놓고 계약서를 쓰자고 한다. 노인이 젊은 여자를 부른다. 며느리인 듯 젊은 여자가 붓과 벼루를 가져와 먹을 갈아 계약서를 작성한다. 수공예품인 옥은 왕 씨에게 판매한 제품을 똑같은 모양을 만들지 않는다는 게 주요 골자요, 일순위로 옥 제품을 살 수 있는 자격을 부여해 달라는 게 그 두 번째 내용이다. 대금 지급은 은으로 하되 여의치 않을 시에는 포목이나 쌀로 하는 조건을 달았다. 옥패를 비롯한 촛대 장식이나 제기, 보관함과 붓걸이에 이르기까지 귀족들이 선호할 만한 물품을 사서 말 잔등에 싣고 돌아오기까지 스무날 남짓 걸렸다.

강빈은 약속대로 왕 씨와 향이를 고향으로 보내준다. 수레에 혼수품을 가득 실어 보내는 강빈의 마음이 감회에 젖어 속눈썹이 떨렸다. 난아는 출발을 앞둔 향이 손을 놓지 못하고 울먹인다.

"언니, 잘 살아, 나 잊지 말고."

"다시는 안 볼 사람처럼 굴지 말고 복숭아 익을 때 삼월이와 다녀가."

"왕 아저씨, 언니 위해주고 잘 사세요."

"그려, 떠도는 것도 힘들어. 복숭아농사 지으며 고향에 정착할 생각을 하니 가슴이 다 떨려. 난얼, 꼭 놀러 와."

"네 아저씨, 언니, 잘 가요."

난아는 대문 밖 멀리까지 배웅을 하며 아쉽게 손을 흔들었다. 언제 또 만날 지 알 수 없었다. 시절이 어수선해서 내일을 기약할 수 없었다. 난아는 향이 얼굴 가득히 피어난 미소에 마음이 넉넉해진다. 사나운 눈매로 쳐다보던 예전의 향이를 떠올려본다. 여자와 남자가 함께 한다는 것의 의미가 새롭게 다가온다. 난아는 잊혀진 얼굴, 리빈과 마삼화를 잠깐 떠올리고는 뒤돌아선다. 한때 난아의 인생에서 지나간 사람들이다. 고통스러운 인연이었을지라도 지나간 그림자이기에 추억으로 흔들린다.

지난 밤 삼월이는 울기만 했다. 만나자 이별이라고 삼월이가 우는 바람에 모여 앉아 술을 마시다가 세 사람이 끌어안고는 한바탕 눈물바람을 보인 연후에야 진정을 하고 후일을 기약했다. 주점 주인은 삼월이가 되었고, 가끔 난아가 찾아가 도와주며 머무르기도 하였다.

강빈의 심관은 다시 무역을 하는 공간으로 바빠졌다.

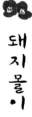

돼지몰이

전쟁이 끝난 이후부터 패전국은 고달프다. 승자가 요구하는 끝도 없는 전쟁 배상금과 불합리한 조건들. 조선은 전쟁 이후부터 전쟁을 치러야 했다. 소현세자 내외와 봉림대군 부부가 볼모로 잡혀 간 상황에서 청은 교묘히 인조와 소현세자 사이에 갈등을 유발시켰다. 조선이 명나라와 몰래 교류를 하고 명나라를 배후에서 돕는다고 생각한 청은 여차하면 왕을 밀어내고 소현세자를 왕위에 올릴 수도 있다는 암시를 줌으로써 본격적인 인조의 의심이 시작되고 세자관은 감시망에서 자유로울 수 없었다.

청 황제의 본격적인 겨울사냥이 시작된다. 팔기군의 깃발이 선봉에서 펄럭이고 그 뒤를 이어 한족, 몽골족, 조선의 깃발이 따라가고 보급이 그 뒤를 잇는 사냥규모는 전쟁을 방불케 한다. 세자관에도 연락이 와서 채비를 하는데 준비를 마친 봉림대군이 아직 기운을 다 차리지 못한 소현을 바라본다.

"저하, 이번 사냥은 소인이 갈 터이오니 저하께오서는 쉬시옵소서."

"아니다. 내 저들의 사냥을 봐 둘 터이니."

"저하가 심히 염려되어서……."

"걱정할 것 없다."

소현세자와 봉림대군의 수행 규모도 황제 본진에 비례해서 컸다. 양식 20일 분, 인원은 금군禁軍, 의관, 통역, 호종군, 몰이꾼, 말 다루는 태복시원 등 모두 145명이고, 말 92필, 양 2필, 소 1필, 낙타 9필이 등장하는데 소는 식용이고 낙타는 보급품을 운반하는 데 쓰였다. 몰이꾼은 특별히 몽골인을 데리고 갔다.

황제의 진영은 수천 명이 이동한다. 험준한 산악지대가 있는 북쪽으로 몇 시간을 가면 바로 얼마 전까지 명나라가 지배하던 땅이 나오고 무너진 성터가 있으며 전쟁 통에 민가는 비어 있다.

아침 해가 떠오르기 시작하면서 사냥이 시작된다. 군졸들을 풀어 앞장 세우니 그들이 짐승을 쫓아 골짜기와 계곡과 험준한 산령을 누비는 모양새가 날렵한 야생짐승 같다. 소현세자와 봉림대군은 감히 쫓아가질 못한다. 봉우리에 올랐다가 다시 골짜기로 내려갔다가 계곡물을 건넜다가 산을 오르는 청나라 군졸의 재빠르기가 놀랄 정도여서 소현은 이 장면을 지켜보다가 깨닫는다. 청병이 전쟁에 나서서 그렇게 빠른 속도로 도성을 점령하고 조선

왕궁이 무너진 게 늘 궁금했는데 이날 그는 그 이유를 알았다. 사냥은 바로 전쟁 연습이고 전쟁놀이였던 것이다. 조선의 험악한 산과 계곡을 종횡무진 말을 달려 번개같이 왕궁을 점령한 비결이 바로 이것이었음을 소현은 눈으로 보고 직접 경험하면서 경악한다. 고스란히 당할 수밖에 없었다.

정오에 군사를 거두고 말을 쉬게 하며 준비한 음식을 먹었다. 과일과 미숫가루와 삶은 고기를 나누어 먹고 다시 사냥에 오른다. 봉림대군은 힘겨워하는 소현세자에게 돌아가기를 종용하나 소현은 끝까지 남겠다며 황제의 사냥을 따라간다.

사냥은 해가 질 무렵까지 이어진다. 민가에 이르러 지나온 길을 돌아보니 성에서 6리나 떨어진 곳이다. 이날 움직인 거리는 60리쯤 된다. 사냥은 매일 이렇게 행해졌다. 해 뜰 무렵 시작하여 해 질 무렵 끝이 나는 사냥이 보름이나 계속된다. 하루에 산과 들판을 60리쯤 달리는데 짐승을 쫓는 군졸들의 사기는 하늘을 찌를 듯하다. 황제는 노루, 멧돼지, 꿩 등을 소현에게 하사했다. 소현은 황제가 하사한 짐승을 잡아 삶은 후 수행원에게도 나누어주고 봉림과 함께 간이 식탁에 둘러앉아 먹는다. 청병의 기동성은 사냥터에서 길러진 것이었다. 소현은 전쟁놀이를 하듯 사냥을 하는 청병의 모습에 놀라 가슴을 쓸어내린다. 그건 전쟁놀이였고, 군사 조련이었다. 하루 80리, 어떤 날은 130여리를 말을 타고 내달리며 산짐승, 들짐승을 쫓는 병사들의 고함소리가 골짜기에 울려퍼진다. 지칠 줄 모르는 청병의 사냥은 열흘이나 보름씩 이어진다. 소현은 으음, 신음을 내뱉는다. 조선인은 사냥감이었고, 저들은 조선인을 쫓는 청병이었다. 조선이 짐승처럼 당할 수밖에 없었던 현실을 소현은 그제서야 직시한다.

골짜기와 계곡을 오르내리며 소현은 사냥을 따라 다니느라 지쳤다. 나뭇가지에 살갗이 스쳐 핏방울이 맺히기도 하고 말에서 넘어지기도 하며 숨을 가쁘게 몰아쉬는 소현을 보고 봉림이 간곡하게 아뢴다.

"저하, 그만 쉬시옵소서."

"아니다."

"소인이 남아서 저들을 안심시키겠나이다."

"내 다 뜻이 있어 그러니 대군은 말리지 마라."

"황공하옵니다."

봉림은 더 이상 말을 꺼내지 못하고 걱정스럽게 소현을 바라본다. 소현세자 일행이 사냥 중간에 쉬고 있을 때다.

"저하, 살려주소서."

"우리를 버리지 마소서."

"저하, 제발 고향으로 돌아가게 해주소서."

"처자식과 늙은 부모가 기다리는 고향으로 가고 싶습니다."

어디선가 한 떼거리의 조선인이 나타나 세자 일행 앞을 가로막으며 울부짖는다. 세자와 대군 일행이 지나간다는 말을 듣고 몰려온 것이다.

"그대들은 어디서 온 자들이냐."

"저희는 선천宣川 일대에서 포로로 잡혀 왔사옵니다."

"내 그대들의 처지는 알겠다. 부디 몸을 잘 보존하고 기다려달라."

세자는 조선인 포로들에게 기약없는 약속을 한다. 전쟁이 끝난 지 5년. 조선인 포로들이 이역만리에 끌려와 아직도 유랑하며 떠돈다 생각하니 소현의 마음이 갈기갈기 찢어지는 듯하다. 소현은 그날 저녁 천막 안에서 아무것도 입에 대지 않고 누워만 있다.

'내 백성들이 이곳에서 아직도 떠도는구나.'

소현은 힘없는 나라 백성으로 산다는 것이 얼마나 수치스러운지 얼마나 불쌍한 삶인지 아랫입술을 지그시 깨문다. 소현은 다시 한 번 힘을 길러야겠다고 부강해져야겠다고 다짐한다. 벌판을 헤매거나 인근 부락과 농촌의 농막 등에 기식하며 조선인 포로들은 질긴 목숨을 이어갔다. 조선 조정에서도 도와 줄 수 없어 버려진 이들은 도시로 흘러가 노동자가 되거나 청나라 농촌 마을에 머물며 농사를 거들어주거나 그렇게 살다가 잊혀진 존재가 될 운명이다.

일찍이 청태조 누르하치는 조선인이 만주족과 같은 핏줄이라며 호의를 갖고 비교적 온건하게 대했으나 홍타이지는 달랐다. 그는 조선이 여전히 명과의 관계에 집착하며 청과 형제관계를 맺었음에도 청을 무시하고 오랑캐 취급한다는 것을 알고 있었다. 명에 대한 조선의 지극한 정성은 재조지은을 떠나 뿌리부터 골수에 박혀 있었다. 홍타이지는 조선을 굴복시키고 명나라보다 청이 우세함을 보여주고자 했다. 병자호란이 끝나고도 조선은 청 몰래 명나라에 사신을 보내고 부자관계를 돈독히 하며 명나라와의 군신의 예를 다하고자 했다. 조선인의 뿌리에는 명을 거역할 수 없는 근원적인 문제, 유가와 성리학이 있었고 이러한 이념은 명을 부정하는 순간 조선 기득권층의 근간을 부정하는 것이고 뿌리가 흔들리는 것이다.

홍타이지가 팔기군을 앞세워 번개같이 조선을 점령하며 한양을 향해 내려올 때 명은 조선이 청과 손을 잡고 앞장 서서 자기들을 친다고 의혹의 눈초리를 보냈다. 청은 또 명을 정복함에 있어서 조선이 배후에서 칠 거라고 의심하고 믿을 수 없어 했다. 청은 조선에서 오래 머무를 수 있는 상황이 아니었다. 청은 순식간에 조선을 정벌하고 화친을 한 후 물러간 이면에는 명과의 전투가 기다리고 있었기 때문이다. 조선을 완전하게 굴복시킨 청은 안심하고 명나라를 향해 남진하기 시작한다.

청이 조선에 파병요청을 본격적으로 하기 시작한 것은 이성량이 패하고 이자성의 농민반란군을 진압한 후 이제 북경을 향해 가는 일만 남았을 때다. 만주 여러 곳에 흩어진 부족들을 통합하여 나라의 기틀을 세운 청황제 누르하치의 뒤를 이어 홍타이지는 이제 선조대의 숙원대로 북경을 향해 팔기군을 선봉에 세워 깃발을 드높인다. 홍타이지는 소현에게 함께 출병할 것을 요청했고 세자는 어쩔 수 없이 상국으로 모시던 명나라 수도를 향해 남진해야 할 운명에 처했다. 소현은 새로 즉위한 순치제의 섭정 예친왕 도르곤의 파병요청으로 조선 승정원에 장계를 올린다.

- 요사이 제가 길에서 하는 말을 들으니 황제께서 징병을 거스른 데 대해 화를 내어 군대 출행에 세자를 데리고 가려 한다고 했습니다. 앞으로의 일에 대한 근심은 이루 말할 수 없습니다.

세자는 첫 번째 장계를 올린 이틀 후에 다시 장계를 올린다.

- 한편으로는 장계를 올리고 한편으로는 공문을 보냈으나 어떻게 할 것인지 아직 모르니 애가 타고 망극합니다.

본국에 올린 장계에는 답장이 없고 본국의 답변을 받지 못한 세자는 불안과 초조에 시달린다. 도르곤은 골칫거리였던 가도의 모문룡을 제거하기로 하고 정벌 명령을 내렸다. 광해군 시절, 조선으로 건너와 청나라와의 관계를 불편하게 했던 인물 모문룡을 가도로 들어가게 한 것은 차선책이었다. 모문룡 휘하 장병들이 조선 백성들을 수탈하고 여인들을 겁탈하며 조선 조정에 온갖 요구를 하자 광해군은 고민 끝에 그를 섬으로 들여보내는 게 좋겠다는 판단을 하고 가도로 인도했다. 이후 모문룡은 가도에 진을 치고 청나라를 토벌하는 선봉대 노릇을 하겠다며 명나라 본국에 물자와 군사를 요청하여 지지를 받는가하면 시도 때도 없이 조선 조정에 그들이 먹을 군량과 군마, 조총, 병선을 보내라고 해서 골칫거리였다. 조선은 황제의 명을 들먹거리며 조선에 온갖 군비를 요구하는 모문룡으로 인해 곤란한 지경에 놓이게 된다. 청나라의 의심은 짙어지고 결국 병자호란을 야기하는 빌미가 된다.

모문룡으로 인해 청나라 사신이 조선에 올 때나 조선 사신이 청에 갈 때도 멀리 돌아가야 했으므로 청으로서도 골칫거리였다. 이제 모문룡의 진지는 거대한 성이 되어 성주인 모문룡은 싸울 의지도 없고 호위호식하며 거짓 보고를 올렸고 청나라와도 밀무역을 하는 등 명 본토와는 연관이 없는 채로 시간을 끌었다.

명 조정에도 우둔한 인물들만 있는 게 아니어서 모문룡의 거짓 술수를 꿰뚫어 본 인물이 원숭환 장군이다. 그가 모문룡을 쌍도로 불러내고 청 태종이 가도의 동강진을 정벌하기까지 17년간이나 지속되었던 조선의 골칫거리가 해소되면서 또 다른 복병이 등장한다. 청의 병력 파병 요청이다. 이제 청은 종이호랑이에 불과한 명을 한 방에 쓰러뜨리기 위해 조선의 정예병을 선봉에 세우려 했고 다름 아닌 화살받이로 조선병사를 쓰겠다는 의도였다.

소현은 대답없는 본국의 답변을 기다리느라 지치고 도르곤의 독촉에 지치며 중간에서 이러지도 저러지도 못하는 신세가 되었다. 예친왕 도르곤은 한 밤중에 측근을 시켜 소현을 부른다. 명목은 사냥터에서 돌아온 후 몸이 불편했던 소현을 위로하는 자리라고 하지만 파병에 대한 조선의 의도를 묻고자 함이다.

소현은 도르곤의 궁으로 불려갈 때도 주위 눈이 두려웠다. 도르곤의 측근을 먼저 내보낸 후 뒤따라 가겠다고 한 것은 이러한 주위 눈을 피하기 위한 방편으로 소현은 오래 전부터 부왕 인조가 자신을 못미더워한다는 사실을 알고 있었다. 부왕의 명으로 청황실에 공물을 가져온 사신단도 노골적으로 소현을 견제하고 의혹의 눈초리를 던졌다. 다음 왕위 서열인 소현에게 그들이 이렇게 무례하게 구는 것은 앞날을 알 수 없기 때문이며 어쩌면 부왕의 눈밖에 났다는 징조였다. 소현은 부왕과 헤어지던 날을 떠올렸다. 부왕 인조의 침통한 얼굴과 대소 신료들이 도열한 가운데 소현은 창경궁에서 부왕에게 이별을 고했다. 부왕은 두 아들을 따라 창릉 근처까지 배웅하며 안타까운 이별을 했다. 부왕이 도르곤에게 왕자들의 안전을 간곡히 부탁하는 장면이 어제일인 듯 소현의 기억을 흔들었다. 부왕의 애통해하는 심경은 보통의 아비가 갖는 심정이었으리라. 소현은 부왕 인조의 질책을 사신으로부터 들을 때마다 이별하던 그날의 기억을 떠올리며 쓸쓸한 감회에 젖었다.

"몸은 쾌차하셨소?"

"예, 덕분에."

도르곤은 날카로운 매의 눈빛을 빛내며 소현을 살핀다. 소현은 도르곤 앞에서 최대한 예를 갖추어 인사를 하고 자리에 앉는다. 원탁에는 양고기구이와 돼지고기 볶은 것과 소고기 육회가 준비되어 있다. 고기를 즐기는 유목민의 피가 흐르는 도르곤은 술을 한 잔 하자고 가끔 한 밤중에 소현을 불렀다. 그때마다 풍성하게 차려진 식탁에는 종류별로 고기가 그득했다. 소현은 조선의 들과 산에서 나는 산야초를 잠시 떠올렸다. 봄이면 식탁에 간장과 된장과 고추장에 무친 산나물들이 종류별로 올라와 입맛을 돋우곤 했다.

"조선이 명과 짜고 청을 치자는 소문이 있던 데 사실이 아니겠지요?"

술이 한 순배 돌자 도르곤이 의미심장하게 웃는다. 소현은 놀라 도르곤을 쳐다보며 무슨 말이냐는 듯 묻는다.

"그럴 리가 있겠습니까? 뭔가 오해가 있으신 듯 합니다. 조선은 명의 연호 숭정崇禎을 버리고 청의 연호 숭덕崇德을 사용하고 있지 않습니까?"

"흠, 조선이 국제정세를 읽는다면야 어떻게 돌아가고 있는지 알겠지요. 황제의 명이 떨어지면 만리장성쯤은 거뜬히 넘을 테지요."

"……."

소현은 술이 확 깨는 느낌이다. 도르곤의 여유만만한 자세에서는 이미 대세가 굳어지고 있음을, 명의 운명이 바람 앞에 등불임을 느끼기에 충분하다. 소현은 사냥터를 따라다니며 충분히 청의 무서운 저력을 엿볼 수 있었다. 여름 사냥의 무더위 속에서도 지치지 않고 겨울 추위 속에서도 주저함이 없는 저들의 저력은 부족들의 통합으로 대국 명을 순식간에 무너뜨리는 힘에서 이미 백성들과 군사의 사기는 하늘을 찌를 듯했다. 시종일관 화기애애한 분위기를 이끌어가는 도르곤의 풀어진 듯한 자세에서도 소현은 집요한 눈초리로 상대방을 제압하는 왕제의 매서움을 읽는다. 어린 순치제 대신 섭정을 하는 도르곤의 권력은 아무도 넘볼 수 없는 성역이다.

"이렇게 추운 날 밤이면 조선이 생각나겠구려."

"황공하옵니다."

"아, 그렇게 예의 차릴 것 까지야. 내 그 처지를 이해하오. 조금만 기다리시오. 곧 귀국 길이 열릴 터이니."

소현은 아주 짧은 순간 도르곤의 말이 진심일지도 모른다고 생각한다. 진심이 아니더라도 이 깊은 밤 누군가의 위로가 간절히 그리운 소현이다.

"적적할 때 계집이 위로가 될 터인데."

소현은 도르곤의 말을 어렴풋이 짐작하며 어두운 창 밖을 내다본다. 지난 번 사냥에서 돌아왔을 때에도 도르곤은 청나라 계집은 조선여자와 다르다고 말한 적이 있다. 아주 사납고 날래며 웬만한 사내는 감당하기 어렵다고 말하고는 크게 웃던 도르곤의 태도에서 소현은 정치에 깊이 몰입하지 말고 계집과 한 시절을 보내라는 뜻인지 청 계집을 품어보라는 말인지 아리송했다.

겨울밤이 깊어간다. 도르곤은 취해서 비스듬히 늘어지고 소현은 조용히 일어나 예를 표하고 자리에서 물러나온다. 소현은 파병에 선뜻 임할 수 없는 조선의 사정을 누구보다 잘 알고 있었지만 도르곤에게 설명할 수 없었다. 소현은 휘하에 둔 병사들과 그 동안 노예속환으로 심관에 머물러 있던 조선인 장정들을 데리고

스스로 나설 수밖에 없었다. 조선은 오랜 전쟁과 청나라와 명에 바치는 조공으로 백성들의 삶은 피폐하고 민심은 극도로 흉흉했다. 소현은 삼 년 전 청 태종이 금주를 공격하기 위해 조선군이 출병했던 전후사를 더 이상 되풀이하고 싶지 않았다.

그때 조선군은 상장 임경업이 40여 척의 병선을 중도에서 빼돌리고 남은 80여 척의 배만 이끌고 대릉하, 소릉하 하구를 거쳐 개주에 도착했지만 더 이상 나아가지 않고 명과 청군의 대결을 지켜보며 관망했다. 임경업은 뼛속까지 반청친명 인사였다. 청 태종이 임경업에게 조선 전함 3척을 명과의 경계선인 등주 앞바다에 척후로 내보내 명군의 움직임을 살피게 하자 임경업은 명군 장수에게 은밀히 연락하여 청군의 동태를 전하고 조선의 출병이 부득이함을 알렸다.

청 태종은 조선군을 믿지 못해 감시하고 있었다. 임경업의 반청 행위는 청 태종의 첩보망에 고스란히 노출되었고 그는 청군에 체포된다. 청 태종은 조선 조정에 강화조약의 불이행을 언급하며 압박했다. 조선 조정은 2000여 명에 달하는 포수, 기병, 마부 등을 파병하고 군량미를 제공했음에도 청나라는 여전히 조선을 의심하고 감시의 끈을 놓지 않았다. 조선군은 청 태종 앞에서 사열하고 청군과 함께 보리꽃이 익어가는 오월에 금주 싸움에 동원되나 조선군 지휘관 유림은 병을 핑계로 출전하지 않고 명과 청의 전투를 지켜볼 뿐이었다. 청나라는 다시 지휘관 교체와 함께 포수 500여 명의 증원을 요구했고 조선 정부는 통제사 유정익을 유림의 후임으로 삼아 포수 500여 명을 추가로 증원하여 파병했다. 전투에 임하는 조선군의 자세는 소극적일 수밖에 없었다.

청 태종은 조선의 태도가 미온적임을 알면서도 명과의 관계를 끊어놔야 한다는 절박함이 있었고 또 조선을 길들이려는 포석이 우선이었다. 청은 서서히 조선을 길들여갔다. 소현은 그 중심부에 서 있었다. 나라가 유린되고 외세에 의해 짓밟히는 수모를 겪으면서도 성리학에 매달려 그들만의 안위를 꿈꾸는 조선 사대부는 오로지 명나라만이 절대고 은인이며 정신적 지주였다. 소현은 나라 밖에서 조선을 바라보며 답답함을 느꼈다. 청 태종은 부족들을 통합한 후 명을 정벌하기 전에 몽고와 조선을 굴복시키고 명을 정복하려는 야심찬 꿈을 하나씩 실현해가는 중이었다. 이제 선대조가 품었던 원대한 야망은 목전에 실현되기 직전이고 모든 백성을 청나라로 규합해야할 시점이었다.

이듬 해 봄.

연두빛 새순이 생명을 노래하는 4월, 드디어 청은 북경으로의 진출을 선포하고 팔기군의 깃발을 앞세워 진군의 나발을 분다. 소현은 700여 명의 조선군을 이끌고 북경군 전투에 참가함으로써 청의 신임을 얻는다. 도르곤은 괄시받고 무시당하던 여진족 추장이 어떻게 명과의 전투를 치르는지 조선 왕자와 대신들에게 보여주고 싶고 명에 충성하는 조선에 대해 경고의 의미를 담으려는 뜻이 담겨 있음을 노골적으로 드러내었다. 바람 앞의 등불인 북경은 파죽지세로 사냥몰이 하듯 밀려오는 청군을 당해낼 수가 없었다. 명망 있는 대신이나 장수는 청군의 칼과 화살 앞에 기꺼이 마지막 명조에 대한 충성을 목숨으로 바쳤고 간신과 국정을 농단하던 환관들은 숨겨놓은 재물을 미처 거두지도 못하고 숨거나 피난가기에 바빴다. 하루 130여 리를 달려와 북경을 손에 넣은 청군은 지치지도 않았다. 사기는 하늘을 찔렀다. 소현은 봉림대군과 천막 안에서 잠시 쉬고 있었지만 두 사람은 아무도 먼저 입을 열지 않았다. 남의 나라 땅에서 벌어지는 이민족간의 싸움에 구왕 도르곤은 동참을 요구하였고 군사를 정렬하여 기꺼이 동참한 터였다.

"저하, 명황조는 이제 어떻게 되나이까."

"으흠."

소현은 봉림이 묻는 의도를 간파하고 신음을 내뱉는다. 조선이 상국으로 떠받들던 명나라가 바람 앞에 등불로 그 운명의 날을 맞이하고 있는 순간이다. 조선의 대신들은 아직도 명과 몰래 내통을 하고 연줄을 갖고 있으며 은혜니 예니 떠벌리는 이 순간에도 청은 승승장구하며 주변국을 복속하고 명황조의 운명을 손에 쥐고 있다. 바로 눈앞에서 이러한 사실을 직접 목격한 소현과 봉림은 앞으로의 조선과 청나라와의 관계를 근심해야 했다. 청은 무서운 기세로 커가고 저력 또한 만만치 않았다.

북경은 어이없이 무너졌다. 병사들을 지휘해야 할 장수들은 이미 죽거나 충신은 모함을 받아 처형당하고 간신 모리배들만이 남아 있다가 항복하거나 도망치기에 바쁘다. 너무나 쉽게 북경을 손에 넣은 구왕 도르곤은 그날 저녁 말과 소, 양을 잡아 잔치를 베풀어 군사들을 베불리 먹였다. 소현과 봉림이 머무는 천막에도 푸짐한 고기가 상으로 내려졌으나 두 사람은 먹을 수가 없다. 앞으로의 운명, 조선과 두 왕자의 운명이 어떻게 흘러갈 지 아무도 모르기 때문이다. 술과 고기로 병사들을 먹이고 침상에 드러누웠으나 대륙의 봄밤은 춥기만 하다. 솜바지를 입었다고는 하나 옷섶을 파고드는 밤바람이 잠을 설치게 했다. 군막 앞에 보초를 서는 경비병이 천막에 그림자로 움직인다.

북경을 확실히 장악한 도르곤은 소현에게 동화문 안 문연각에 머물도록 하고는 소식이 없다. 봉림과 함께 부마 후씨 집에 머무는 소현은 이전보다 훨씬 호의적인 구왕 도르곤의 태도에서 안도감을 느꼈다. 적대적이던 이전과 달리 한결 부드러워진 그의 이면에는 오랜 볼모 생활로 지친 소현에 대한 연민과 함께 해온 세월의 무게가 작용했는지도 모를 일이다.

여인

"소녀 인사 여쭈옵니다."

"그대는 누구인가? 이 시간에 어인 일로 이곳에 있는가?"

소현은 지난 밤 달빛에 취해 술을 마신 기억과 겨우 처소로 돌아온 기억이 어지럽게 흔들렸다. 여인의 얼굴은 갸름하고 피부는 까무잡잡한 게 건강해 보인다. 소현은 아무리 생각해도 계집을 들인 기억이 없어 당황스럽다.

소현은 자신의 벗은 몸을 보고 기겁하여 황급히 이불자락으로 몸을 가린다. 계집이 호호, 웃는다. 얇은 비단 속옷 차림을 한 여인의, 곡선이 드러나는 몸이 한 마리 암노루 같다. 가지런한 눈썹과 수려한 이목구비, 선이 가는 어깨가 가냘퍼 보인다.

"경비병은 무엇을 하고 있었기에……."

"……."

"여기가 어딘지 아느냐."

"……."

"노래를 불렀더냐."

"그러하옵니다."

"꿈은 아니군."

소현은 혼잣말로 중얼거리고는 여인을 뚫어져라 쳐다본다. 여인은 대담하게도 그 눈을 마주 바라본다. 소현이 슬그머니 눈을 돌려 버렸다. 머리가 깨어질 듯 아프다. 여인이 일어나 꿀물을 타주는데 그 손길이 싫지 않다. 소현은 그대로 누워 있다가 해가 중천에 떴을 때야 옷을 갖춰 입고 일어나니 여인은 사라지고 없다. 도깨비에게 홀린 기분이 드는데 묘하게 허전한 느낌이 든다. 소현은 음, 하고 신음을 내뱉는다.

"외로웠음이야."

소현은 지난 밤 일을 복기하며 기억을 되살리려 했으나 여인의 노랫소리를 들었으며 그 다음은 전혀 알 수가 없어서 답답하다.

"여인은 누구였을까."

소현은 하루종일 여인 생각에 골몰해 있다. 저녁을 먹고 처소에서 두보 시를 뒤적이며 어젯밤 일을 생각하는데 나인이 용골대가 왔다고 이른다. 소현은 의복을 정제하고 예를 갖추어 용골대를 맞아들인다.

"숙소는 편안하십니까. 지나가다가 차 한 잔 같이 하고 싶어

들렸소이다."

"어서 오십시오. 누추한데 어인 걸음이시옵니까."

"하하, 지난 밤에는 잘 주무셨습니까?"

"어인 말씀인지……."

소현은 돌연 얼굴이 화끈거리며 붉어졌다. 용골대가 밖을 향하여 나직하게 소리친다.

"들어오너라."

소현이 용골대가 말하는 방향으로 시선을 돌리자 꿈속에서 침상에 같이 있던 여인이 아닌가. 소현이 당황해하는 가운데 그녀가 다소곳이 고개를 숙이고는 부복해 있다.

"저하께서 적적해 하길래 저 아이를 보냈습니다. 곁에 두고 돌보아 주셨으면 하오."

"송구하옵니다."

소현은 지난 밤 일이 자꾸 걸려 몸 둘 바를 모르는 데 용골대는 빙글빙글 웃기만 한다. 차茶를 준비하라는 용골대의 말에 여인이 나인을 불러 차를 준비하는 동안 두 사람은 개인사적인 이야기를 나눈다. 용골대는 소현의 처지를 이해하고 도와주려고 애쓰는 편이었다. 소현이 처한 입장, 인조와 소현과의 관계도 소상히 알고 있었다. 이전에는 용골대의 관심이 전쟁이 끝난 후의 영토 회복과 백성의 마음을 통합하여 달래는 일과 정치적인 내용에 있었다면 이 날의 만남은 조금 의외다.

"잠을 잘 못 잔다고 들었소이다."

소현의 등이 축축해진다. 처소에 눈이 있고 귀가 있단 말인가. 소현의 일거수일투족이 그들에게 보고되는 것 같아 간담이 서늘하다.

"곧 좋은 소식이 있을 것입니다. 밤에 잠이 안 올 때는 계집이 최고지요."

용골대는 찻 잔 안에 뜨는 꽃잎을 손가락으로 건져내고는 매화차를 마신다. 소현은 후후 불어서 천천히 마시는데 용골대는 한숨에 마셔버리고는 성곽을 둘러보러 간다고 일어서서 가버렸다. 문 앞까지 배웅을 하고 돌아오니 여인이 빤히 쳐다보다가 시선이 마주치자 고개를 숙인다.

"지난 밤 부르던 노래를 다시 불러보아라."

"지금은 싫습니다."

"싫다고?"

"그렇습니다. 저하가 먼저 시를 읊어주신다면 소녀도 부르겠어요."

맹랑한 계집이다. 어느 누구도 소현 앞에서 거절하는 사람은 없었다. 오랑캐 계집이라 법도를 모르는 것인가. 소현은 여인에게 말을 시켜보고 싶어서 이것 저것 질문을 던진다.

"이름이 무엇이냐."

"유잔일하."

"성은?"

"푸차."

"유잔일하 푸차."

"여진의 계집이구나."

"그러합니다."

"무슨 뜻이냐."

"들꽃."

"들꽃이라, 내 너를 이제부터 야화野花라 부르리."

청황실의 성姓이 아이신 기오로였던가. 소현은 아이신이 쇠와 금에서 비롯되었음을 예친왕으로부터 들은 적이 있었다. 나라, 둥기야, 구왈기야, 푸차, 뇨후루, 제주…… 소현은 아주 천천히 낮은 소리로 청의 8개 성씨姓氏를 읊조린다.

소현은 당돌한 오랑캐 계집을 골려주고 싶어 의미심장한 웃음을 짓는다.

"지난 밤, 너와 내가 동침하였더냐."

"호호, 그건 왜 물으십니까. 아니라 하면 돌려보내실 겁니까?"

"그렇다면 어떻게 할 테냐."

"소녀는 저하가 좋습니다. 내치셔도 저하 곁을 떠나지 않을 거예요."

소현의 눈이 둥그렇게 떠진다. 갈수록 안하무인이다. 좋아한다는 표현을 거침없이 하다니, 감정 표현을 억누르고 살아가는 것을 최고의 덕목이라 여기는 조선의 여인들과 근본적으로 다른 오랑캐 계집이다.

"나가보아라."

소현은 계집을 내보내고 나서 기분이 그리 나쁘지만은 않다. 오후 내내 책을 붙들고 있었지만 눈에 들어오지 않는다. 계집의 모습이 떠나지를 않고 눈앞에 아른거린다. 소현은 책을 덮고 차를 마시며 머리를 식히고 둥근 원탁 주위를 돈다. 7년 간의 세월은 길다면 긴 기간이다. 그 기간에 소현은 서책을 읽고 오랑캐 말을 배우고 그들의 문화를 받아들이며 친분을 쌓는데 적극적이었다.

해가 지고 나서 소현은 저녁상을 물리고 찬바람을 쐬러 뒤뜰로 나가 서성인다. 보름달이 차츰 이지러지고 있다. 조선의 명운도 저렇게 이지러지고, 명도 이지러져서 그믐밤이 되었다 생각하니 술 생각이 간절하다. 소현은 처소로 돌아와 나인을 시켜 술상을 내오라 시킨다. 나인은 어디 가고 계집이 술상을 들고 온다.

"너는 누구냐."

"왜 자꾸 물으십니까."

'예친왕이 보낸 간자더냐?'

소현은 묻고 싶은 말을 속으로 꿀꺽 삼키고는 술을 따라 마신다. 계집이 자신에게도 한 잔 달라며 잔을 내민다. 소현은 이미 놀랄 만큼 놀랐는데도 잔을 내미는 계집을 빤히 바라다본다.

"그래, 오늘 밤 너와 마시자꾸나."

소현은 계집의 잔에도 가득 술을 부어주고 자신의 잔에도 술을 채운다. 밤이 이슥해지자 계집이 술상을 물리고 소현을 부축하여 침상으로 인도한다. 계집의 무르익은 살냄새가 술취한 소현의 호

흡을 통해 훅 끼쳐온다. 소현이 옷을 벗는 것을 계집이 도와주고
는 냉큼 이불 속으로 들어오는데 알몸으로 옆에 눕는다. 소현은
술김에도 계집의 살내음이 주는 향취에 몽롱하게 젖어들고 부드
러운 살결에 온 시름이 녹는 듯하다.

계집의 가늘고 긴 손가락이 돌연 소현의 배 아래를 슬금슬금
기어간다. 소현은 자기도 모르게 아이쿠! 비명소리를 내며 자지
러진다. 소현은 일방적으로 계집이 이끌어 가는 대로 가만히 누
워 따라가면서도 깜짝 깜짝 놀란다. 계집이 소현의 배위에 냉큼
올라타고는 손가락으로 가슴을 꼬집거나 비틀어대거나 잡아당
겨서 소현은 다시 깜짝 놀라거나 비명을 내지른다. 소현은 당황
하여 음음, 잔기침을 내며 술 취한 척 눈을 감고 있다. 괴물 같은
계집이로고. 소현은 나른해지는 몸과 마음을 이완시키며 달콤한
잠에 빠져든다.

아침에 눈을 뜨자 계집이 안보인다. 소현은 멀거니 지난 밤 일
을 떠올리자 얼굴이 붉어진다. 청나라 계집은 다 그런 건가. 거침
이 없고 침대에서 밤일에 적극적이다. 소현은 계집에게 일방적으
로 당한 것 같아 낯이 화끈거리지만 묘한 기분이 든다. 계집을 떠
올리자 아랫도리가 움찔거리며 뻣뻣해진다.

밤이 되자 계집이 다시 침대로 기어들어온다. 소현은 일부러
술을 마시지 않고 기다리는 중이다. 지난 밤 실수를 설욕하려고
벼르는 소현에게 계집은 아무 일도 없었던 듯 생뚱맞은 얼굴로
생긋 웃으며 다가온다. 소현은 다시 몽롱해지며 꼼짝없이 계집의

그물에 사로잡히는 물고기 신세가 된다. 계집은 소현의 옷을 능숙하게 벗기고는 아직 등잔불을 끄지도 않았는데 자신의 옷도 훌렁훌렁 벗어제낀다. 쑥스러운 기색이라고는 없다. 계집의 가슴과 허리와 엉덩이를 이어주는 부드러운 곡선이 시선을 사로잡는다. 매끄러운 옥돌 같은 계집의 몸은 날렵하고 섬세하며 물찬 제비 같다. 소현은 뜨거운 입김을 계집의 목덜미에 쏟으며 동그란 젖무덤에 코를 박고는 살냄새를 들이마신다. 벌렁거리는 계집의 심장박동이 빨라진다. 소현은 상체를 계집의 몸에 얹고 가만히 엎드려 있다. 문득 서글픔과 회한이 밀려온다. 계집이 저하, 작은 소리로 부른다. 소현은 계집의 동그란 귀를, 얇따란 입술을 손으로 어루만지다가 입술을 갖다 댄다. 어여쁜 한 마리 암노루 같은 계집이다. 소현은 천천히 계집의 몸 속으로 자신의 중심을 실어 움직인다. 계집이 입을 벌리고 괴성을 내지른다. 계집의 기괴한 소리에 소현은 더욱 몸이 빨라지고 흥분이 머리끝까지 뻗친다. 지난 밤 일을 설욕하려던 소현은 다시 한번 무너지며 계집의 몸 위에 가만히 엎드려서 그녀의 심장 소리를 듣는다.

새벽녘 소현은 자기 몸을 타고 누르는 계집을 보고 눈을 번쩍 뜬다. 지치지도 않는 계집의 끈질김은 어디로부터 오는 걸까. 소현은 계집의 허리를 두 팔로 끌어안으며 다시 눈을 감아버린다. 계집의 숨이 가파르게 차오를수록 소현의 호흡도 거칠게 달아오른다. 내내 불면증에 시달렸는데 계집이 온 후로는 깊은 잠에 빠져든다.

봄밤이 소리없이 흘러간다. 담장을 타고 넘는 봄의 정취는 꽃향기를 흩뿌리며 나그네의 마음을 사로잡는다. 울적한 심사를 달랠 길 없어 소현은 뒷짐을 지고 먼 담 장 밖 어두운 하늘을 하염없이 쳐다본다. 아바마마는 어찌 지내시는지, 파병요청에도 묵묵부답인 부왕의 태도에는 소현에 대한 괘씸함과 억눌린 감정의 싹이 도사리고 있음이리라. 소현은 부왕을 둘러싸고 저물어가는 명황조에 대한 애끓는 심경을 감추지 못한채 아직도 청을 향한 적개심으로 똘똘 뭉친 조선의 사대부들을 생각하면 한숨부터 절로 나온다. 그들은 왜 조선이 쉽게 정벌당했는지 알지 못할뿐더러 알려고 하지도 않고 이해하지도 못할뿐더러 예와 덕을 따지고만 있으니 답답한 노릇이다.

"저하, 예서 무엇하시옵니까."

청나라 계집이 소현의 넓은 소매 속으로 팔을 쑥 집어넣으며 묻는다. 소현은 빙그레 미소지으며 돌아본다.

"달빛 구경을 하고 있었느니라."

"달을 즐기시나 봅니다."

"말하는 본새가 제법이로구나. 달을 즐기다니."

"자주 달을 쳐다보니 드리는 말씀입니다."

"달빛 아래 드러난 네 모습이 한 떨기 해당화 같구나."

"호호. 그렇사옵니까."

"들에 피는 꽃이라."

"제 마음에는 안 들지만 저하가 좋으시면 그리 부르시오소서."

"고얀 것,"

"마음에 듭니다. 그러니 노여움을 푸소서."

"니가 나를 놀리느냐."

"그럴리가요."

"허허."

"호호."

소현은 야화의 웃음소리에 시름이 싹 가신다.

"밤기온이 차다. 들어가자꾸나."

소현이 야화의 팔을 잡아끌고 안으로 들어가는데 부복해 있던 궁인들이 뒤에서 지켜보며 수군거린다. 소현은 잠깐 빈궁을 떠올리며 눈살을 찌푸린다. 소현은 청 계집과 더불어 열락에 빠져들며 괴로운 심정과 시름을 내려놓는다. 빳빳하게 풀을 먹인 이불 홑청이 살갗에 닿는 서늘한 감촉과 야화의 뜨거운 살의 감촉 사이에서 소현은 근심을 덜어내고자 더욱 계집에게 몰두한다. 착 휘감겨오는 계집의 부드러운 곡선과 피부는 탄력이 넘치고 귓가에 와닿는 교성은 사내의 혼을 빼놓는다.

지난 밤 계집과 사선을 넘나드느라 제대로 잠을 못 이룬 소현은 해가 중천에 떠올랐을 때야 눈을 뜬다. 봉림이 와서 소현이 일어나기를 기다리며 손님방에서 기다리고 있다. 옷을 추슬러 입고 나오자 봉림이 부복하여 아뢴다.

"저하, 안색이 좋지 않사온데 잠자리가 불편하시옵니까. 아직도 불면으로 힘드시옵니까."

"괜찮다. 무슨 일이더냐."

"송구하오나 양식이 떨어져서 다시 심관으로 돌아가야 할 듯합니다."

"얼마나 남았더냐. 열흘 치가 못되옵니다."

"내 미처 살피지 못했구나."

소현이 예친왕을 따라 북경에 입성한 후 동화문 안 문연각에 머문지도 꽤 되었다. 봉림이 찾아와 심관으로 돌아간다고 하니 아쉬움이 남았다. 소현과 봉림 사이에 침묵이 흐른다.

봉림은 부스럭거리며 침소에서 나오는 계집을 흘낏 쳐다본다. 소현의 눈과 봉림, 그리고 계집의 시선이 얽힌다. 소현은 얼굴이 붉어지며 헛기침을 흠흠 한다. 계집이 나가기를 기다려 봉림이 조심스럽게 운을 뗀다.

"예친왕이 제 처소에도 계집을 보냈사옵니다."

"대군에게도?"

"그러하옵니다. 전쟁이 승리로 끝나 위로의 의미로 보낸듯한데 조심하옵소서. 간자일 수도……."

소현의 낯빛이 어두워진다. 봉림이 말꼬리를 흐린다.

"알았으니 물러가라."

"송구하옵니다. 신 물러가옵니다."

봉림이 물러가고 소현은 한동안 가만히 있는다. 예친왕은 소현과 봉림의 일거수일투족을 모두 꿰고 있다. 굳이 여인이 아니더라도 시시콜콜 근황이 보고되고 있으며 소현의 근황은 부왕 인조에게도 시시콜콜 잡다한 것들까지 보고된다. 같은 보고이지만 정작 문제삼는 것은 부왕 인조다. 예친왕은 이제 소현과 봉림을 향한 경계를 늦추고 집안단속에 나서고 있다. 동국에서 온 세자 소현은 청황제나 예친왕에게 위협이 되지 않는다는 것을 그들은 안다. 도르곤이 용골대를 통해 계집을 보낸 것은 순수한 의미로써 위로하고자 함이다. 청국에서 보낸 7년의 세월이 무의미하게 흘러간 것만은 아니다.

소현은 봉림이 전한 말을 다시 곱씹어본다. 간자라……. 첩자를 쓰기에 소현은 그만한 가치가 있을까. 이제 저들은 명황조의 항복한 대신들, 환관, 귀족을 감시하리라.

20여일 만에 소현이 심관으로 돌아가자 무사히 돌아온 것을 축하하는데 난데없이 데리고 온 계집으로 시끌시끌하다. 말에서 내리는 청국 계집을 먼저 발견한 것은 난아다. 난아는 청 계집을 유심히 살펴보는데 묘한 미소를 짓는다. 보통의 계집이 아니다. 까무잡잡한 피부에 매끄러운 살결과 야무지게 닫은 입술과 날렵한 허리는 사냥으로 다져진 건강한 몸을 고스란히 드러내고 있다. 소현을 뒤따라 처소로 들어가며 강빈이 계집을 노려보자 계집은 눈 하나 깜짝 안하고 마주 쳐다본다. 내 저것을. 강빈이 아랫입술을 깨물며 눈꼬리를 치뜬다.

"전쟁터에 계집을 끼고 다니시옵니까."

"허허, 질투하시는 거요?"

"신첩은 오직 정화수 떠놓고 저하의 무사 강건함을 빌고 또 빌었나이다."

"북경을 손에 넣은 후 예친왕이 보낸 계집이오."

"어쨌거나 신첩은 불쾌하옵니다."

"너무 그러지 마오. 예친왕이 보낸 계집이니 살살 다루오."

"벌써부터 편드시옵니까."

"아아, 아녀자의 마음은 복잡해서 도통 모르겠소. 그깟 계집 하나로 빈궁이 그리 사색이 되다니 평소 내가 알던 빈궁이 맞소?"

강빈의 얼굴이 붉어졌다가 하얘졌다가 하며 감정의 굴곡이 오르락내리락 한다. 난아는 강빈 옆에서 이를 지켜보며 얼굴에 먹구름이 피어난다. 그날 밤 강빈은 몸단장을 하고 난아에게 술상을 딸려 소현 처소로 발걸음을 향한다. 남쪽에서 온 상인으로부터 사들인, 조선에서는 볼 수 없는 과일 안주를 곁들였다. 틈틈이 강빈은 남쪽에서 올라오는 무역 물목 중에서 달콤하고 과육이 풍부한 과일을 선호해서 사들이는 편이다. 과일을 사서 북쪽 지방의 고관대작이나 조선 사신편에 보내기도 하며 강빈은 안팎으로 무역과 소통에 힘쓰는 중이다. 소현 처소 앞에 이르러 강빈은 발길을 멈춘다. 안에서 울려오는 웃음의 파장은 강빈의 심장을 멈추게 하고 정신이 아득해지는 충격에 빠뜨린다. 사태를 파악한 난아가 주변 나인을 불러 급하게 강빈을 밖으로 모신다. 강빈은 분을 못참겠다는 듯 거친 호흡을 내뿜으며 난아를 돌아본다.

"너도 보았느냐, 그 계집을."

"네, 마마."

"그년 치마속에 아홉 마리 여우꼬리를 감춘 게 틀림없다."

"마마, 고정하소서. 이런다고 해결될 일이 아니옵니다."

"저하 웃음소리를 들었느냐. 참으로 오랫만에 들어보는 웃음인데 기꺼워해야지 하면서도 슬퍼지니 어인 일이냐."

"마마의 심정은 당연지사이옵니다."

"네가 내 심정을 아느냐."

"아옵니다."

"기특하구나."

난아는 남편 마삼화를 몸종 동동에게 빼앗겼을 때의 참담함이 새삼스럽게 아픔으로 다가온다. 눈앞에서 남편이 다른 여자와 알몸으로 뒹구는 것을 직접 눈으로 겪은 여인의 심정을 그 누가 알아주리. 난아는 그 힘들었던 시절을 생각하니 새삼스럽게 강빈의 일이 가슴 아프다.

"마마, 남녀의 정분이란 것은 한 순간이옵니다. 멀리, 길게 내다보옵소서. 마마에게는 원손아기씨와 왕자마마와 공주 아기씨가 있지 않사옵니까."

"그래, 네 말도 일리가 있다."

"하오니 저하를 평소와 같이 대해 주시옵고, 청나라 계집에게는 마마의 너그러운 아량을 베푸시옵소서."

"어떻게 말이냐."

"비단옷을 내려주소서. 조선 의복으로 갈아입게 하고 조선 문

화와 조선 풍습을 익히게 하면 예와 도를 깨달아 자신의 처지를
알 것이옵니다."

"옳거니, 네 말이 맞다."

강빈은 난아 손을 덥석 잡으며 감격해한다. 강빈 눈에 눈물이
맺혀 금방이라도 터질 듯 고여 있다. 난아는 강빈을 어떻게든 위
로하고 싶어서 지나간 일들을 들려준다. 그동안 심관을 경영하느
라 눈코 뜰새 없이 바쁜 강빈이었던지라 이렇게 가까이서 나란히
마주보고 이야기를 나눌 짬이 없었다. 난아는 양대감 댁에서 있
었던 일, 양대감 부인과 리빈 일, 마삼화와 혼인을 맺고 살아오며
동동의 아기를 거둔 일까지 담담히 털어놓았다. 강빈의 눈이 커
졌다 작아졌다 하며 놀라 입을 다물지 못한다. 급기야 강빈의 두
눈에서 눈물이 떨어진다.

"난아, 니가 마음고생이 심했구나. 그런 사정이 있는 줄도 모
르고 나는 그저 호위호식하며 잘 지내는 줄로만 알았다."

난아와 강빈이 서로 껴안고 울음을 터뜨린다. 주변 나인들이
무슨 일인가 싶어 들여다보고는 고개를 갸웃거리며 물러난다. 강
빈은 그날 밤 한숨도 못자고 비단 천을 가져다 바느질을 한다. 난
아가 곁에서 바느질을 돕는다. 낭군의 애첩을 위해 옷을 깁는 여
자의 마음이 호롱불처럼 커졌다 작아졌다 하며 바람결을 따라 들
쭉날쭉한다.

다음날 강빈은 소현과 차를 나누어 마시며 지난 밤 일을 캐어
묻는다.

"지난 밤, 오랜만에 저하의 웃음소리가 들려 신첩은 안도의 마음이었습니다."

"그리 말하니 고맙구료."

소현은 강빈을 마주 쳐다보지 못하고 얼굴이 붉어진다. 불같은 성격의 강빈이 혹여 지난 밤 일을 트집 잡아 물고 늘어질까 염려했는데 별다른 내색을 하지 않아 다행이라 생각하며 한편으로는 조금 미안한 심경이다. 북경에서 돌아온 첫 날이라 강빈 처소에 들르려 했으나 어느 사이 쪼르르 달려온 야화를 보는 순간 소현의 마음은 걷잡을 수 없이 빠져들었다. 그러나 눈 앞의 강빈을 보자 지난 밤 일은 까맣게 잊고 다시 연민의 마음이 생긴다. 어린 나이에 함께 오랑캐 땅에 와서 고생을 나눈 조강지처가 아니던가. 소현은 강빈의 손을 슬그머니 잡아당긴다. 강빈은 마지못한 듯 소현이 이끄는 대로 그의 품안으로 들어온다. 함께 외로움과 고생을 나누며 금슬 또한 남부럽지 않은 부부였다. 소현은 피곤이 가시지 않은 몸으로 강빈을 안는다. 서로를 너무도 잘 아는 몸이 먼저 열어 상대방을 받아들인다. 밀거나 당기거나 하는 일을 생략한 채 두 사람은 적조했던 시간을, 그리움의 시간을 함께하며 열락에 빠져든다. 함께 산 세월만큼이나 편안한 관계다.

정오가 지나 저녁 나절이 되자 난아는 야화를 불러 강빈 처소로 안내한다. 난아가 야화에게 예를 갖추라고 말하자 야화가 부복하고 선다.

"네가 전장에 지친 저하 곁에서 위로가 되었으니 내 너에게 의복을 하사한다. 앞으로는 조선의 풍습을 익혀 저하의 심기를 어지럽히는 일이 없도록 하여라."

"네에."

야화는 짧게 대답하고 의복을 받아들고 물러난다. 난아는 의복 속에 가려진 야화의 몸과 굴곡을 엿보며 강빈의 앞날이 순탄치 않겠다는 의혹이 들어 마음이 무겁다. 이른 저녁을 먹고 강빈은 난아에게 남쪽에서 온 과일을 소반에 들려 소현 처소를 찾는다. 소현은 난아가 갖다놓은 과일을 보며 신기한 듯 들여다본다. 강빈은 눈짓으로 난아를 내보내고 소현과 둘이 남는다. 이 일 저 일 그동안 소현이 예친왕을 따라 전장에 나간 사이 있었던 일과 무역으로 벌어들인 일, 조선 포로 노예를 속환한 일 등을 조곤조곤 나누다가 강빈은 돌연 훌쩍훌쩍 운다. 소현이 왜 그러느냐며 강빈을 달랜다.

"지난 해 아버님이 돌아가셨을 때가 떠올라 가끔 잠이 안 오고 머리가 어지럽사옵니다."

"그 일은 황망하게 되었소."

친정 아버지 강석기의 부고를 받고 청나라 황제의 허락을 얻어 6년 만에 조선 땅을 밟았으나 부왕 인조는 곡을 못하게 했다. 그 일로 강빈은 내내 속앓이를 하였다. 소현이 청나라를 인정하고 청나라에 완전히 돌아섰다고 믿는 부왕 인조는 세자가 밉다 못해 원망스러운 아들이었다. 청에서 혹시 인조를 볼모로 데려가고 소현을 왕위에 앉힐까봐 전전긍긍하는 인조로서는 세자 부부가 미울 수밖에 없었다. 인조의 분노가 극에 달해 있을 즈음 강빈의 친정아버지 우의정 강석기가 죽자 청에서는 잠시 조선 땅을 밟을 기회를 주었고 와중에 상곡을 못하고 그냥 돌아온 소현 부부는 한동안 자신들의 처지를 비관하고 어두운 전망을 하며 보냈다. 돌아가도 걱정이요, 남아 있어도 걱정인 두 사람의 마음은 서로에 대한 측은지심으로 뭉쳐 있었다. 소현이 청나라 계집에게 빠져 지내면서도 강빈을 무시하지 못하고 밀어내지 않은 것은 이러한 측은지심이 밑바탕에 깔려 있어서다.

소현은 강빈의 손을 잡아주고 등을 두드려주며 위로하는데 강빈의 흐느낌이 처소 밖에서 기다리는 난아 귀에도 들린다. 난아는 야화를 기다리는 중이다. 밤이 되자 야화가 화사한 복장을 하고 나타나 소현 처소로 무작정 들어가려하자 난아가 가로막는다. 야화가 눈을 가늘게 뜨고는 난아를 쳐다보며 무슨 일로 앞을 가로막는 거냐고 따지고 든다. 난아가 쉿 손가락으로 조용히 하라는 시늉을 하며 안의 동정을 살피자 상황을 파악한 야화가 샐쭉하게 서 있다가 휙 하고 가버린다. 난아는 이 모든 것을 강빈이 계획한 것임을 짐작하고는 혀를 내두른다. 강빈은 결코 한낱 오랑캐 계집에게 소현을 빼앗기지 않겠다는 듯 적극적으로 대처한다. 난아는 일방적으로 당하기만 하다가 미쳐버린 자신을 돌아본다.

야화는 며칠이 지나도록 보이지 않았다. 밤이 되자 강빈이 어제와 마찬가지로 과일을 담아서 난아에게 들려 소현 처소를 찾는다. 문밖에 서 있던 나인이 허리를 깊이 숙이며 고한다.

"안에 계시느냐."

"저하께서 몸이 불편하시어 일찍 침소에 드셨습니다."

"알겠으니, 저하를 잘 뫼시거라."

"네, 마마."

강빈은 소현이 일부러 피한다는 것을 알고 일단 그냥 물러선다. 강빈이 물러나자 소현은 서책을 읽다가 일어났다 앉았다 하며 안절부절 못한다.

"아무도 없느냐."

"저하 하교하소서."

"아니다."

소현은 뜰을 거닐며 적적한 소회를 풀어내려 애쓴다.

"고얀 것 같으니라고."

소현은 야화를 기다리다가 혼자 침대에 누웠다. 예친왕이 데리고 있던 계집이라 하였다. 예친왕이 어려서부터 사냥에도 데리고 다니며 귀애했다고 하였다. 예친왕에게 돌아간 야화는 이틀이 지나고 사흘째 되는 날 밤에 돌아왔다. 소현은 야화가 없는 동안 온갖 상상을 하며 그녀를 기다렸다. 잠자리에 누우면 야화의 교성이 들리는 듯하여 전전반측하며 뒤척였다.

"야화가 돌아왔다고?"

소현은 체면도 염치도 팽개치고 야화 손을 덥석 잡았다. 야화가 그 손을 뿌리치며 허리를 비틀고는 아랫입술을 뾰족하게 내밀어 불만을 표시한다. 그 모습이 더 없이 사랑스럽고 앙증맞다. 소현은 야화 손을 다시 잡아 끈다.

"업어주랴?"

"됐습니다."

"그럼 안아주랴?"

"제 발로 걸어갈 것이옵니다."

야화가 먼저 날렵한 동작으로 처소에 뛰어들자 소현은 대뜸 야화의 허리를 번쩍 들어서 침대에 눕힌다. 야화는 발그레해진 볼과 입술로 앙탈을 부리다가 소현이 간지럼을 태우자 웃음을 참지 못하고 데굴데굴 구른다. 소현이 옷을 채 벗기도 전에 야화는 빠르게 옷을 벗고 이불 속으로 다람쥐처럼 기어들어가 눕는다. 소현은 야화의 살갗이 닿는 곳마다 잔털이 부스스 일어서는 것 같고 잠자던 용암이 지표면을 뚫고 불기둥으로 치솟아오를 것만 같다.

"내 너를 기다렸다."

"거짓말 마소서."

"거짓말이 아니니라."

"정말 소녀를 기다렸사옵니까."

"그렇대두 그러는구나."

밤은 길다. 야화와 소현은 긴 밤을 서로에게 기대어 새벽이 올 때까지 한 쌍의 원앙이 되어 논다. 어루만지고 쓰다듬고 핥고 서로 얽혀 남자와 여자, 밤과 어둠, 하늘과 땅의 경계를 허문다.

봄의 들녘은 온통 연두빛 푸르름으로 가득하다. 소현은 야화와 나란히 말을 타고 들판을 달린다. 앞서거니 뒤서거니 하며 말을 달린다. 시종 나인 몇이 따라왔으나 도중에 두 사람을 놓치고 만다. 야화의 날씬한 허리와 탄탄한 허벅지와 동그란 엉덩이는 말 위에서 더욱 또렷한 곡선을 선보이며 내달린다. 말고삐를 다 부지게 움켜잡고 지평선에 먼지를 날리며 달리는 야화는 야생녀라 할 만하다. 소현은 야화 뒤를 따르며 한 마리 날렵한 야생 암말의 건강함에 매혹된다. 의기소침해 있던 소현의 내부에서 야화를 향한 욕망이 끓어오른다. 야화가 말에서 내려 말에게 신선한 풀을 뜯어먹게 한다. 소현이 뒤따라 말에서 내려 야화를 마주본다.

"너를 못당하겠구나."

"수십일 씩 사냥터에도 나갔는데요."

"사냥을 해보았느냐."

"우리 여진 처녀들은 모두 사냥을 할 줄 아옵니다."

"조선 여인네와 많이 다르구나. 이방의 풍습은 기이하기도 하지."

소현은 풀밭에 드러누워 숨을 다독인다. 하늘에는 구름이 한가롭게 흘러가고 그 구름을 바라보는 소현의 마음이 평화로 가득하다. 지평선을 따라 하늘과 땅의 모호한 경계를 바라보는 소현은 현실을 잊고 자연속에서 범부로 살고 싶은 바람을 해본다. 복잡한 정치문제도 잊고 왕자의 신분도 잊고 오로지 사랑하는 여인과 이름없이 살다가는 인생도 괜찮을 것 같다. 비록 꿈일지라도 꿈꿀 수 있는 이 순간이 소현은 행복하다.

야화가 옆에 와서 드러누우며 소현의 팔을 잡아당겨 팔베개를 한다. 야생초 향기가 훅 끼쳐온다. 소현은 상체를 들어 야화 얼굴을 내려다보다가 그녀 입술에 입술을 포갠다. 다시 그녀 목덜미와 앞가슴과 배 위로, 다시 아래로 내려간다. 야화가 못 참겠다는 듯 소현의 목덜미를 끌어안고는 두 다리를 들어 허리를 꽉 조인다. 소현과 야화는 푸른 풀밭에 천진난만한 아이들처럼 뒹굴며 간지럼을 태우며 놀고 있다. 인기척이라고는 없는 들판에 오직 바람소리와 야생초 향기만이 떠다닌다. 원시의 땅에 살아남은 첫 남자와 첫 여자가 내뿜는 가쁜 숨소리만이 적막을 깨뜨린다.

강빈은 나인들로부터 소현과 야화가 말을 타고 나간 일과 들판에서 늦도록 돌아오지 않은 일과 별들이 돋을 무렵 돌아왔다는 소식을 듣고 화가 머리끝까지 뻗쳐서 나인들을 닦달하는 중이다. 해가 지고 별들이 들판에 점점이 빛을 뿌릴 때에야 두 사람은 처소로 돌아왔다. 강빈은 당장 야화를 데려오라고 노발대발이다. 난아가 야화를 부르러 간 사이 강빈은 분을 참지 못해 숨소리가 고르지 못하다. 난아 뒤에 따라오는 야화가 철없는 아이 같은 얼굴로 쳐다본다.

"네 이년, 요즘 저하 심기가 불편하여 내 처소에 발길을 삼갔더니 오랑캐 계집이 저하의 심기를 어지럽히다니 어디 혼쭐이 나야 알겠느냐!"

"……."

"여봐라. 저 년을 묶어서 매우 쳐라."

"마마, 고정하소서."

난아가 옆에서 말렸으나 이미 눈이 뒤집힐 대로 뒤집힌 강빈의 귀에 난아 말이 들릴 리가 없다. 야화가 밧줄에 묶인 채 강빈 앞에 무릎이 꿇려지고 강빈의 서슬에 아무도 나서지 못한다. 야화가 몸을 빼려 뒤틀지만 탄탄한 밧줄은 그녀 몸을 휘감아 꼼짝할 수 없다. 야화가 눈을 매섭게 뜨고 쏘아본다. 강빈의 분노는 더욱 타오른다. 야화가 널빤지에 묶여 비명을 내지르는 시각 소현은 나인으로부터 야화 일을 보고 받고는 득달 같이 안채로 달려온다.

"이 무슨 소란인가?"

"보다시피 저 오랑캐 계집이 저하 심기를 어지럽혔기에 예법을 가르치고 있사옵니다."

강빈이 독기 품은 눈길로 소현을 쏘아본다. 소현이 주춤 한다. 며칠 동안 몸이 아프다는 핑계로 강빈을 물리친 일이 걸렸기 때문이다. 소현은 사태를 알아채고 야화를 풀어줄 명분을 찾는다.

"내가 빈궁의 마음을 헤아리지 못했나보오. 아랫것들 눈도 있고 하니 저 아이를 풀어주고 이야기합시다."

"아녀자의 일은 안에서 처리할 것이옵니다. 저하께서는 괘념치 마소서."

강빈은 한참 시간이 지난 후에야 야화를 풀어주라고 이르고는 안으로 들어가버린다. 소현은 야화에게 달려가 일으켜 세우며 괜찮으냐고 묻고는 나인들을 시켜 치료해주라고 말하고 무거운 발걸음을 돌려 천천히 처소로 돌아온다.

그날 밤 일 이후 소현은 야화도 강빈도 한동안 들이지 않고 홀로 지낸다. 공연히 입방아에 오르내리며 부왕의 귀에 들어가 오해를 살만한 일을 벌이기 싫어서다. 소현은 가끔 쓸쓸해진다. 쓸쓸해지면 봉림을 불러 술을 마시거나 혼자 술을 자작하곤 한다. 강빈의 처지를 이해 못하는 바는 아니나 이미 체면이 구겨질 대로 구겨져서 소현은 자중하는 중이다.

난아는 심관에서 일어난 일로 한동안 삼월이를 못 보고 지냈던 터라 남쪽에서 올라온 과일 몇 개를 싸들고 삼월이를 찾아간다. 향이가 있을 때보다는 못하지만 그럭저럭 꾸려가고 있다. 난아는 삼월이와 과일을 까먹으며 그동안 있었던 일을 이야기하며 회포를 푼다.

어디선가 구슬픈 연주 음악이 들려온다. 난아는 이야기를 하다 말고 귀를 기울여 듣는다.

"가끔 달 밝은 밤이면 들려오는 음악이야."

"누가 연주하는 거야?"

"어떤 총각이 사랑하는 사람을 그리워하며 연주하는 음악인데 장님이야."

"장님? 그래서 구슬프구나."

"주점 앞 담 밑에 거적때기를 깔고 앉아 가끔 사람들 운세도 봐주고 악기도 연주하고 해서 몇 번 국밥을 말아줬어. 그랬더니 나 보고 슬하에 자식을 다섯이나 둔다나. 웃고 말았지만 듣기 싫지는 않았어."

난아는 삼월이를 빤히 쳐다본다. 그래, 삼월이도 짝을 찾아줘야 되겠구나. 난아는 강빈 마마에게 일러 삼월이 얘기를 해야겠다고 속으로 생각한다.

"마음에 두는 남자 있니? 있으면 말해 봐."

"글쎄, 워낙 험하게 살아온 팔자라서 나 같은 년이 무슨 복을 타고 났다고……."

"혹시 아니? 자식을 다섯이나 둘 지."

"그랬으면 얼마나 좋겠니. 그나저나 저 장님 총각, 생김새는 멀쩡한 데 안됐어."

"건강하다면야 눈이 안 보인다고 문제가 되니. 떠돌이 악사에게 딴 마음을 품어봄직 하잖아."

"얘는."

삼월이가 눈을 흘긴다. 삼월이는 창 밖에 귀를 기울이며 장님 총각 이야기를 하다가 잠이 든다.

이슥한 밤, 창문가에 달빛이 어리고 음악소리가 머문다. 삼월이는 코를 골며 자고 난아는 잠이 오지 않아 뒤척이다가 살며시 일어나 밖으로 나온다. 음악소리는 끊어질 듯 이어지며 가늘어지다가 뚝 끊긴다. 난아는 주위를 두리번거려 살핀다. 담밑에 웬 거지가 거적때기를 둘러쓰고 앉아 있는데 악기를 주섬주섬 싼다. 난아가 가까이 다가가 묻는다.

"당신이 악기의 주인인가요?"

"……."

"당신이 음악을 연주한 그 분이 맞나요?"

"……."

거지와 난아 사이에 침묵이 이어진다. 거지는 봉두난발을 하고 기워진 옷을 입었으나 몸집이 꽤 있는 총각으로 보였다. 그런데 움직임이 부자연스럽다. 난아는 더 가까이 다가간다. 거지는 앞을 못 보는 장님이다.

"당신이 악기를 연주한 그분인가요?"

"……."

난아가 반응이 없는 거지를 이윽히 바라보다가 발길을 돌리려는데 총각이 입을 뗀다.

"목소리가 귀에 익어요. 혹시 전에 우리 만나지 않았던가요?"

"그럴 리가요?"

"아무튼 소저의 목소리가 귀에 낯익어요. 분명 전에 어디서 만난 적이 있을 겁니다."

난아는 거지 총각을 자세히 살펴본다. 남의 나라 땅에서 난아를 아는 인물이라면 혹시……. 난아는 장님의 둥그런 코와 두툼한 손과 달빛에 비치는 다갈색 피부를 보며 머리를 스치고 지나가는 인물이 있다.

"리빈?"

"……."

"리빈, 맞지요?"

"난얼."

난아는 리빈의 손을 맞잡는다.

"세상에나, 리빈을 여기서 만나게 될 줄이야."

난아는 리빈을 일으켜 세워 악기를 챙겨주고 주점 안으로 데려온다. 비어 있는 객방으로 안내하고는 차를 끓여내간다. 밤은 깊어 바람소리도 잦아든다. 난아는 따뜻한 차를 잔에 따라 리빈 앞에 놓아주며 그간의 사정을 물어보나 리빈은 엉뚱한 대답을 하며 난아의 신상에 대해서만 알려고 한다.

"난아 목소리에서 세월이 보여. 얼마나 힘겹게 살아왔는지 다 보여. 앞을 못 보는 대신에 나는 사람의 마음을 읽는 재주를 받았어."

"그러면 우리 저하와 강빈 마마 앞날을 좀 봐 줘."

난아의 청에 리빈은 고개를 가로젓는다. 천기누설을 함부로 발설할 수 없다며 난아가 오래 장수할 운세라고 말해준다. 길고 질기게 살아남으나 몇 번의 가슴에 멍울이 맺힐 운세이므로 미리 굳건하게 마음을 간직하고 있으라고 말한다.

"양 대감 댁에서 무슨 일 있었지? 그렇지? 대충 들은 적이 있어."

"그렇다면 굳이 내가 말하지 않아도 되겠군."

"그 말이 사실이었구나. 세상에나."

난아는 양대감이 하녀에게 행하였던 일과 안방 여주인이 한 일, 그게 리빈이 눈을 멀게 된 일과 관련이 있으리라고는 듣고도 믿지 않았다. 무서운 사람들이다. 난아는 리빈의 두 눈을 안쓰럽게 바라본다.

날이 부옇게 밝아올 때까지 두 사람은 찻잔을 비우며 지나간 추억을 이야기한다. 측간에 가려고 일어났던 삼월이 두 사람이 머무는 객방으로 오더니 합석을 한다.

"내 동무, 삼월이야. 두 사람 알지?"

"고마운 분이지."

"삼월이 운세를 봐줬다면서?"

리빈이 희미하게 미소를 짓는다. 그 미소는 씁쓸하면서도 서글프다. 삼월이는 막상 리빈 앞에서 할 말을 제대로 않고 조용히 앉아 있다. 삼월이 리빈을 심중에 담고 있다는 것을 난아는 알아차렸다. 리빈의 음악은 사람의 마음을 위무하고 안정시키는 약초라고 삼월이 말한 것을 기억해낸다. 리빈에게 자리를 비켜주고 난아는 삼월이와 함께 부엌으로 나와 그날 하루치 음식 준비를 한다.

"삼월아, 너 리빈 좋아하니?"

"얘는, 내가 언제."

"귀신을 속여도 날 못 속여."

"그냥 그의 음악을 들으면 마음이 평화로워져. 지나간 상처와 설움이 눈 녹듯이 사라져. 가끔 그가 주점 앞에 와서 연주를 하면 가슴이 설레고 그가 안 오는 날이면 허전해."

"고백하지 그랬니."

"겁이 나."

"어차피 인생은 흘러가는 거야. 나중에 후회할 거니?"

"그분의 마음이 어떠한지, 다신 안 올까봐 겁나."

"바보."

"그래, 난 바보야."

"마마께 말씀드려서 너의 진로를 함께 고민해보자."

삼월이 난아 손을 꼬옥 잡는다. 난아가 삼월이 어깨를 감싸주며 안아준다. 추운 겨울, 열 살 안팎의 어린 소녀들이 두려움을 안고 압록강을 건너던 일이 엊그제처럼 두 사람을 하나로 묶어준다.

한낮이 되어 일어난 리빈에게 삼월이는 따뜻한 밥과 양고기꼬치구이와 돼지고기볶음을 가져다준다. 리빈은 따뜻한 음식을 먹고 주점 앞에서 다시 악기를 켠다. 리빈이 알려준 대로 난아는 '셩'이라고 발음해본다. 조선말로는 생황이라는 악기다. 눈을 감고 입으로 악기를 부는 리빈의 옆모습이 세상의 인연을 초월한 듯한 풍모가 느껴진다. 저녁이 되자 난아는 리빈에게 술을 권하고 삼월이를 부른다. 앞치마를 두른 삼월이가 주춤주춤 다가와 쑥스러운 듯 서서 난아에게 눈을 흘긴다.

"리빈, 어떤 사람에게 당신의 음악은 상처를 치유하는 약이 될 수 있어요. 가만히 생각해보세요. 당신의 음악은 악기 자체가 아니라 당신의 마음이 내는 소리 같아요. 당신의 음악을 듣고 상처를 치유받은 사람이 삼월이에요. 평생 그의 곁에 함께 있어줄래요?"

"……."

"물론 금방 대답하라는 것은 아니에요. 생각할 시간을 줄게요."

"난아, 고맙지만 나 같은 사람이 어떻게……."

"삼월에게는 당신이 필요해요. 당신도 삼월이가 싫지 않지요?"

"삼월이가 난아 벗이라니 뜻밖이야. 좋은 동무를 뒀어. 삼월이는 따뜻한 여자야. 나에게 항상 친절하지."

"맙소사, 리빈, 그건 친절 그 이상이야."

"난아, 뭐가 뭔지 모르겠어. 난 혼란스러워. 나는 한 사람을 사랑한다는 것은 이 생에서는 불가능하다고 생각했어."

"리빈, 당신은 충분히 한 여자를 위해 살 수 있어요."

"정말 그럴까. 아아, 난 정말 모르겠어 난얼, 난……."

리빈의 눈에서 굵은 눈물방울이 떨어져 내린다. 리빈은 어깨를 떨며 조용히 흐느낀다. 삼월이가 안타깝게 바라보다가 그의 뒤로 돌아가 허리를 껴안는다. 난아는 두 사람을 남겨두고 조용히 일어나 심관으로 돌아온다.

보리밭에 종달새가 날아다니는 오월은 사랑의 계절이다. 곤충도 새들도 암수가 어울려 노래하고 짝짓기를 하고 새끼를 기른다. 온갖 꽃들이 피어 세상을 갖가지 색채로 표현하는 계절이다. 복사꽃 살구꽃이 진 자리에 오월의 들꽃 향기가 떠다닌다. 난아는 삼월에게 들렀다가 리빈이 먼길을 떠났다는 것을 듣고 놀란다. 리빈은 지나간 사랑의 상처에 사로잡혀 헤어나지 못한다. 한 세상을 주유한 후 마음이 바뀌면 다시 오겠다고 말했다 한다. 삼월은 리빈의 소식을 전하며 울어서 눈이 퉁퉁 부어 있다. 리빈은 그 몸으로 어디를 간 것일까.

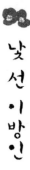

낯선 이방인

277년 동안 황위를 이어오던 명조明朝는 문을 닫고 청조清朝 시
대가 본격적으로 열렸다. 늦더위가 물러가고 들판의 나락이 태양
볕에 말라가던 9월, 청의 세조가 북경으로 천도하자 소현세자도
북경으로 거처를 옮긴다. 그해 동짓달 초하루, 청 세조는 북경 천
단에 제사하고 등극을 반포하여 천하의 주인임을 대내외에 알렸
다. 소현과 봉림도 이 행사에 참예했다. 오랜 조선의 상국으로 군
림하던 명황조는 이로써 막을 내리고 청황조가 들어섰다.

강빈은 함께 따라가지 못함을 아쉬워하다가 난아를 딸려 보냈
다. 난아를 보내는 이유는 자명하다. 강빈의 마음을 누구보다 정
확히 읽고 있는 난아를 소현 옆에 붙여둠으로써 홀로 타지에서
생활하는 소현이 몸가짐을 바르게 하기를 바라는 바가 첫 째요,

둘째는 믿을만한 사람이 필요해서였다. 또 오랑캐 말을 잘 알아듣는 난아가 소현 옆에서 안팎으로 궁인과 청나라 귀족들과의 관계를 잘 조율해주리라 믿는 마음이 컸다. 명나라 수도 북경으로 거처를 옮기면서 소현은 마음을 터놓을만한 사람이 귀했고, 난아가 함께 오자 안도한다. 물론 소현은 예친왕과 용골대의 배려로 청나라 말을 익히기도 하고 한족이 사용하는 명의 말을 알아듣고는 있다. 동화문 안에 있던 문연각에 머물며 소현은 새로운 강자 청나라의 동태를 살펴 조선에 보고한다.

'아, 이제 어떻게 될 것인가.'

소현은 변방의 오랑캐이며 한낱 부족에 지나지 않았던 여진족이 후금에서 청으로 이름을 바꾸고 동북아에서 새롭게 강자로 떠오른 사실에 참담함을 느낀다. 조선이 이를 감지하지 못한 것은 실수라 해도 같은 실수를 반복하면 안되는데 조선 조정에서는 현실 인식이 희박하다. 누르하치가 이끌던 건주여진의 정체는 이미 임진왜란 때 싹이 보였다. 그 세력이 서서히 커지고 있었음에도 일개 부족의 추장으로만 비하하고 싶은 조선조정은 실체를 인정하고 싶어 하지 않았다. 임진왜란이 닥쳤을 때 누르하치가 위기에 처한 조선에 사신을 보내 원병 파병을 제의 했으나 조선은 건주여진을 건주오랑캐(健胡), 달로(㺚虜) 등으로 지칭하며 멸시했다. 그 결과가 오늘에 이르렀다 생각하니 소현은 잠을 이루지 못했다. 방심이 화를 부른 셈이다.

청이 얻은 가장 큰 결과물은 노예였음을 소현은 뒤늦게야 깨달는다. 겨울 사냥터에서 우르르 몰려와 소현 앞에 울부짖던 조선인 포로들의 환영이 밤마다 소현의 잠을 깨운다. 불면에 시달리는 소현의 환영 속으로 압록강을 건너던 포로들의 울부짖음과 폐허에서 포개어진 시신들 사이로 기어다니며 울던 서너 살 아이들의 처참한 장면이 자꾸 눈에 밟혀 밥을 먹다가도 차를 마시다가도 튀어나와 그를 어지럽혔다. 속환시장에서 포로 노예들이 속환되었다고는 하나 그 인원은 남아 있는 수십만 명의 조선인 포로 노예들에 비하면 조족지혈鳥足之血이었다. 힘없고 가진 것 없는 일반 조선인 포로 노예들은 청나라에서 평생 노예로 살아갈 것이다. 청의 포로에 대한 집착은 노골적이어서 조선으로 피난 온 한족을 모조리 청으로 돌려보내라고 압력을 넣었던 전례를 봐서도 조선인 포로들은 청에 여러모로 엄청난 이익을 가져다주는 존재였다. 명을 정벌한 청나라는 인구수를 불리는 게 급선무였다. 인구수 뿐만 아니라 넓은 영토를 개간하고 활용할 노동력이 필연적으로 필요했다. 조선인은 성실하고 인내심이 강해 어떤 환경에서도 살아남는다는 게 청의 계산이었다. 홍타이지의 포로에 대한 열망은 금이나 은, 폐백을 많이 얻는 것보다 오직 사람을 많이 얻는 게 더 기쁘다고 할 정도였으니 조선인 포로는 치밀하게 준비된 계획이었다. 청이 병사들에게 포상의 선물로 조선인 포로를 주는 것은 사기를 진작시켜 분전토록 하기 위한 수단이었다.

항복과 더불어 전쟁이 끝난 것은 아니다. 전쟁은 그 이후부터 시작되고 있었다. 청병이 철수하면서 경작하던 농민과 부녀자와 어린 계집아이들을 무차별적으로 끌고 갈 때 그 선봉에 몽골군이 있었다. 소현은 강빈과 봉림부부와 강화도에서 잡혀 부왕 앞에 끌려올 때도, 부왕에게 이별을 고하고 용골대를 따라 떠나올 때도, 전쟁은 진행 중이었다. 강원도와 함경도 서북지역은 인간사 냥을 하려는 일부 청병과 한인 병사와 몽골 군인들의 살육과 약탈과 방화로 곳곳에서 피냄새가 진동했다. 몽골 병사들은 마을을 불태우고 가축마저 싹쓸이해갔다. 아비규환의 지옥이었다. 몽골 인이 속속 청에 귀순하고 일가족이 새로운 강자 청나라에 몰려오자 청은 그들에게 생활의 방편을 마련해주기가 쉽지 않아 조선에 압력을 넣어 식량원조를 요구하던 때였다. 전쟁은 몽골인의 생활 방편을 마련해주지 못하는 청나라의 형편과 맞물려 몽골인의 조선에 대한 약탈은 적극적인 재산 및 노예 탈취로 이어졌다. 소현은 눈을 뻔히 뜨고 그 광경을 고스란히 가슴에 담아야했다. 조선 백성의 고통은 수시로 소현의 꿈자리를 어지럽게 했다. 청군 병사들이 포로 사냥에 광분해 날뛰는 고을마다 단말마의 비명이 귀를 찢었다. 소현은 밤이면 독한 백주를 마시고 술에 취해 잠이 들었다.

달이 휘영청 밝은 밤이면 소현은 더욱 쓸쓸한 심경에 젖었다. 소현은 오랜만에 뜰에 나와 소쩍새 울음소리를 들으며 달의 정취에 빠져든다. 초가을의 바람이 선선하게 불고 나뭇잎이 여기저기 흩어져 뒹구는 밤이다. 강빈의 모습과 야화의 얼굴이 차례로 스쳐가며 더욱 외로움이 짙어져 온다.

옥 같은 이슬이 단풍 숲을 시들게 하여
산과 계곡에 가을 기운 소슬하네
장강 파도는 하늘높이 용솟음치고
변방 바람과 구름이 땅에 드리워 음음하네
타향살이 2년에 향수의 눈물 흘러내리고
강가에 매인 외로운 배만이 내맘을 알아주네
겨울 옷 장만위해 곳곳에서 바느질 재촉하고
백제성 높은 데서 저녁다듬이 소리 다급하게 들려오네.

그때 홀연히 어디선가 꾀꼬리 같은 노랫소리 들려온다. 가늘
고 높은 여인의 노랫소리는 나뭇잎을 따라 굴러왔다가 바람결을
따라 사라지며 끊어졌다 이어지기를 반복한다. 소현은 주위를 두
리번거린다. 바깥 대문을 열고 난아가 들어온다. 소현 가까이 다
가온 난아가 용골대가 왔다고 전한다. 난아가 고하고 조금 후 용
골대가 나타난다.

"저하, 잘 지내십니까."

"이게 누구십니까, 용골대 장군이 아니오? 야심한 밤에 무슨
일이십니까?"

"제가 어디 못 올 데를 왔습니까, 허허."

"안으로 드시지요."

"됐습니다. 황제의 명으로 예까지 왔습니다."

"황제께서요?"

"아시다시피 자금성에 입성하고 나서 우리 황제께서 천단에 고하고 등극하신지 시간이 꽤 되었고, 저하의 노고를 미처 치하하지 못하였음을 아시고 친히 선물을 내려주셨소이다."

"황공하옵니다."

"방금 노랫소리 들으셨지요? 이보시게, 인사 여쭙게."

"……."

어둠 속을 향하여 용골대가 부르자 발걸음 소리도 없이 여인 하나가 나타나 읍소한다. 소현은 잠시 당황한 표정을 짓는다. 얼핏 바라본 여인의 얼굴이 백옥 같이 희다. 가지런한 눈썹이며 오뚝한 콧날, 깊은 눈망울과 가늘고 긴 목은 한 마리 학 같다. 맵시 또한 물결처럼 부드럽다. 궁녀 복장을 입은 그녀의 흰 옷자락이 날개가 달린 듯 날렵하다. 천상에서 하강한 선녀처럼 고결한 품격이 느껴지는 자태다. 소현이 얼이 빠져 바라보고 있자니 용골대가 한 마디 거든다.

"황제께서 전승을 기념하기 위하여 친히 황제의 시녀들 중에서 빼어난 미모의 소유자를 보냈습니다. 옆에 두고 거느리시지요."

소현은 거듭 황공함을 표현한다. 여인이 공손히 허리 숙여 절을 한다. 용골대는 물러가고 소현은 여인과 단 둘이 남아 어색한 분위기를 추스른다.

"방금 전 그대가 부른 곡이더냐?"

"그러하옵니다."

"두보의 '가을흥취'를 그대가 안다니 놀랍구나."

"황공하옵니다."

"이름이 무엇이냐?"

"소인이 무슨 이름이 있겠습니까. 굴 씨가의 여식으로 어려서 황궁에 들어 황후마마를 모시던 몸이옵니다."

"여진인인가?"

"한족이옵니다. 명황실에서 오랫동안 주황후마마를 모셨습니다."

"놀라운 일이구나."

굴 씨가 그때 검지손가락을 치켜세우자 새 한 마리가 날아와 앉아 지저귄다. 새는 날아가지 않고 굴 씨 손가락에서 꼬리를 까닥거리며 놀고 있다. 그 모양이 놀라워 소현이 감탄을 한다.

"그대는 놀라운 재주를 지녔구나. 새의 말을 알아듣느냐?"

"그렇사옵니다. 기르던 가축이 몸이 아프면 아픈 이유를 짐작하옵고, 새들의 언어를 알 듯 하옵니다."

"허어, 그런 일이?"

"송구합니다."

"내가 누군지 아느냐?"

"조선국 왕자가 아니시옵니까."

"내 처지도 잘 알겠구나."

"……."

"앞으로 너를 규 소저로 부를 것이다."

"황공하옵니다."

"물러가 있거라."

규 소저가 물러가고 소현은 잠시 침묵에 잠긴다. 청황제가 자신의 시녀 중에서 특별히 출중한 인물을 뽑아보냈다니 감사해야 할 일이나 이를 순순하게 받아들이기에는 현실이 녹록치 않았다. 시녀는 품위 있고 아름다웠으며 예절이 반듯하여 손색이 없어보였다. 강빈과 야화가 어떻게 받아들일지도 의문이지만 부왕이 이 사실을 알면 뭐라 설명할 것인가.

소현은 난아를 부른다. 난아는 강빈의 사람이지만 소현은 그녀를 잘 안다. 무슨 방도를 찾아내지 않을까. 소현은 넌지시 난아에게 묻는다.

"황제가 보낸 시녀의 거처는 마련했느냐."

"네, 저하. 심려 마오소서."

"……."

"저하, 하교하오소서."

"내 마음을 읽는구나. 새로 온 여인의 인물됨이 어떠하더냐? 내 말은, 앞으로 강빈과 야화와 잘 지낼 것 같더냐?"

소현은 군주로서의 체통을 저버리고 난아에게 솔직한 심경을 말한다. 난아는 소현의 마음을 짐작하고 조심스럽게 대답한다.

"소인이 보기에 단아한 미모와 인물됨이 남다르다 사료되옵니다. 하여 우선은 저하를 모시다가 빈궁 마마가 돌아오시면 빈궁 마마 처소에 두고 시중을 들게 하심이 옳은 줄로 아옵니다."

"옳거니! 그거 좋은 의견이로구나."

소현은 만족한 웃음을 지으며 난아더러 오늘 밤 규 소저를 침소에 들이라 명한다. 난아는 허리를 숙여 절을 하고 물러나와 규 소저 처소로 향한다. 난아의 심경은 복잡하다. 아직 왕이 되지 않은 세자의 몸으로 오랑캐국의 여인들로 하여금 시중을 들게 함이 과연 옳은 일인지 어떤 결과를 초래할 지 심히 염려스러웠다. 강빈의 얼굴이 떠올랐다. 난아는 한숨을 쉬며 규소저의 목욕물을 준비하라 나인들에게 이르고 몸단장을 시킨다.

소현은 규 소저와 더불어 두보의 시를 읊고 당시唐詩를 이야기하는 즐거움에 푹 빠져 지낸다. 여인은 음전했으며 교양 있고 기품이 넘쳐흘렀다. 강빈과도 다르고 야화와는 또 다른 매력이 있었다. 소현은 봉림과 사신단이 신경 쓰였지만 밤마다 규 소저를 들여 시를 읊게 하고 노래를 부르게 하며 시름을 달랜다. 두보의 '가을 흥취'는 조선백성을 생각하며 눈물 짓는 소현의 마음을 더욱 애달픈 정조로 몰아간다.

"동족에게 전해 내려오는 노래이온데 대대로 유목을 하며 떠돌아다니는 노래를 조상들이 불렀다 합니다."

순간 야화와 함께 보낸 시간과 그녀의 말이 생각난다. 강빈과 사사건건 문제를 일으키고 부딪치는 야화를 소현은 잠시 머물다 오라고 친정에 보냈는데 그녀 생각을 미처 하지 못했다. 그런데 그녀 목소리가 뜰안에 부드럽게 흩어져서 소현은 반가운 마음이 든다.

"왔느냐. 놀리지 말고 나오너라."

"저하."

화사한 옷차림을 한 야화가 이전보다 더 야윈 얼굴로 소현 앞을 막아선다. 소현은 반가워서 저도 모르게 손을 덥석 잡는데 야화가 그 손을 뿌리치며 옆으로 돌아선다. 샐쭉하니 토라진 모양새가 소현을 다시금 애틋한 심경으로 이끌어내며 그녀와 더불어 보냈던 밤의 기억을 되살려낸다. 소현은 야화를 데리고 들어와 자리에 앉자마자 근황을 묻는다.

"어떻게 지냈느냐? 나를 원망했더냐."

"소녀 저하를 어찌 잊사옵니까. 저하께서 소녀를 잊으신 게지요."

야화가 뾰로통해서 대답한다. 소현은 흡족한 미소를 띠며 야화에게 다가와 그녀의 풍성한 머릿결과 매끄러운 볼을 어루만진다. 야화가 언제 토라졌는지 잊어버렸다는 듯이 어리광을 부리며 무르팍에 얼굴을 묻는다. 소현은 야화의 윤기 흐르는 머리카락을 쓰다듬으며 코를 박고 숨을 들이마신다. 야생초 향기가 풍긴다. 그녀 몸에서 풍겨오는 아찔한 야생의 냄새는 잊고 있었던 소현의 욕망을 깨우며 살아난다. 소현은 오랜만에 측근을 물리고 일찌감치 야화와 함께 침상에 든다. 오랜만에 품어보는 야화의 날렵한 허리와 엉덩이 아래로 뻗어나간 곡선미가 소현을 흥분시킨다. 늦가을의 선선한 바람이 분다. 풀벌레 울음소리 사방에서 들려오는 적막한 밤, 소현은 야화와 더불어 못다한 회포를 푸느라 어둠이 깊어가는 것도 새벽이 다가오는 것도 모르고 서로 은밀함을 나누고 있다. 다시 만난 야화는 조금 야위었으나 밤의 침대에서는 여전히 능동적이다. 야생 암말로 돌아간 듯 지치지 않았다. 말을 타고 사냥터를 누빈 여진 계집 야화의 종횡무진에 소현은 정신을 차릴 수가 없다. 소현은 다시 이전의 시간으로 돌아가 한동안 야화의 품에서 헤어나지 못했다.

소현은 그 이상한 사내의 미소를 떠올린다. 소현에게 허리를 굽혀 인사를 하던 그가 독일인 신부神父라고 했던가. 생김새가 조선인과는 다른 그는 소현에게 미소를 지으며 차를 권했다. 낯선 이방인의 미소가 따스한 가을볕 같아 소현은 의아하게 생각했다.

아담 샬.

소현은 입 속으로 그의 이름을 중얼거려본다. 이름도 생김새도 이상한, 먼 서역에서 온 사내. 소현은 북경에 입성한 얼마 후 도르곤의 초청으로 그를 따라 간 자리에서 서양인 신부를 처음 만났다. 사내는 키가 크고 상체가 우람했으며 서툰 명나라 말을 하고 있었다. 붉은 빛이 나는 차를 권해서 마셨더니 홍차紅茶라고 화선지에 한자를 써서 보여주었다. 사내는 명나라의 문화에 심취한 듯 했다. 벽에는 큰 붓과 작은 붓이 여러 자루 걸려 있고 책장에는 사서삼경, 명심보감, 시경이 꽂혀 있었다. 탁자에는 읽다 만 서책이 눈에 들어오는데 송시宋詩와 당시唐詩 서책이다. 소현은 이 이방인 사내에게 호기심이 당겼다.

"저하는 동국에서 왔다고 들었습니다. 저하의 나라는 어떤 나라인가요?"

"대대로 백성은 농사에 전념하고 사대부는 詩文과 예禮를 숭상하며 인간의 도리를 지키며 살고자 하는 사람들이 살고 있지요."

"인간의 도리를 지키고자 하는 것, 그게 이 지상에서 실현된다면 그건 바로 낙원이겠지요. 동방에서 말하는 무릉도원이기도 하고요."

"그렇다면 공께서는 인간의 도리를 구현하고자 이 먼 곳을 오셨소이까."

"신이 전하려는 것은 인간의 도리 뿐만 아니라 신神의 도리, 즉 하늘의 도리를 전하려는 것입니다."

"서역에도 그런 가르침이 있소이까."

"물론입니다. 저하, 일찍이 지중해를 끼고 있는 반도에서 태어난 성인이 있는데 그분이 바로 신의 도리를 몸소 실천하였지요."

"그 성인은 어찌 되셨소."

"어리석은 백성들의 사주로 억울하게 죽으셨지만 그 분의 죽음으로 구원의 섭리가 이루어졌지요."

"복잡하고도 난해한 경전이요. 죽음으로 구원의 섭리가 이루어지다니 말이요."

"앞으로 차차 알게 될 것입니다."

소현은 푸른 눈의 신부神父를 뚫어져라 쳐다본다. 큰 코와 백자 도자기처럼 흰 피부, 갈색 곱슬머리의 이방인은 아주 정중하고 친절하게 소현을 대해준다. 동국에서 볼모로 와있던 소현과 선교사로 온 아담 샬의 첫 만남은 서로의 호기심과 기대 속에 다음을 기약한다. 아담 샬의 거처는 소현과 지근거리에 있었다. 소현은 답답하거나 지루하면 이 이방인을 찾아갔다. 북경으로 천도 후 예친왕은 소현을 집중적으로 감시하던 대상에서 벗어나 방임하는 수준에 이르렀다.

소현은 같은 동화문 안에 거주하며 문연각에서 가까운 아담의 거처에 수시로 찾아가 서역에 관해 질문을 던지거나 앞 선 문명을 접목하려 애썼다. 때로는 아담이 문연각으로 소현을 만나러 왔다. 두 사람은 서로 오가며 우정을 쌓았다. 아담 샬에게 소현세자와의 만남은 조선에 천주교를 전할 수 있는 호기였고, 소현세자에게 아담 샬은 서양의 문명과 서학을 접할 수 있는 절호의 기회였다. 머나먼 이국에서 온 푸른 눈의 선교사와 볼모로 잡혀온 남다른 처지의 소현은 서로에게 이색적인 감회를 불러일으켰다.

"공이 말한 대로라면 그대의 나라는 꽤나 과학에 대한 연구가 활발하오. 공의 나라에도 가보고 싶소."

"저하, 영광이옵니다."

아담은 호기심이 많은 동방의 왕세자에게 직접 번역한 서적과 직접 쓴 천문, 산학, 성교정도와 여지구(지구의) 및 천주상을 선물로 주었다. 소현이 특히 관심을 표한 분야는 천문학이며 천주교에 대해서도 많은 질문을 한다. 남천주당의 황비묵 신부가 두 사람의 만남을 지켜보고 자리를 만들어주었다. 소현의 이 같은 행보는 주변 인물들의 견제와 걱정을 하게 만들었다. 김신국은 소현에게 다음과 같은 글을 올려 자제를 당부한다.

- 지금 이역에 억류당하시어 곤욕을 치르시는데, 원컨대 자주 신료들을 불러 경적을 토론하시고, 세월을 허송하지 마시옵소서.

난아는 소현을 찾아온 아담을 처음 보고는 호기심을 느껴 그의 주위를 맴돈다. 난아가 니하오, 하고 낮인사를 건네자 아담이 두 손을 마주 잡고 니 하오, 하고 어색한 발음으로 따라 한다. 다소 어색하고 경직되어 있던 난아의 마음이 따뜻하게 풀어진다. 난아는 외출한 소현을 대신하여 그에게 인삼차를 내어주고 직접 만든 약과와 찰떡을 권했다. 아담은 마다하지 않고 젓가락을 서툴게 쥐고는 끝까지 찰떡을 먹어보고는 어깨를 으쓱하며 음음, 한다. 그리고는 쎄쎄, 쎄쎄, 하며 웃는다. 난아는 이상하게 생긴 아담에게 지극한 정성을 기울이며 그와의 만남을 즐거워한다.

"당신이 떠받드는 하느님은 어떤 분이신가요?"

"모든 인간은 평등하다는 가르침입니다. 노예도 왕도 신하도 여자도 남자도 모두 신이 주신 고귀한 생명체이며 모든 생명을 가진 자연물은 신이 창조한 것이지요."

"모든 것을 가능하게 하는 신이라면 인간의 죽음은 왜지요?"

"죽음 이후에도 다른 세상이 있습니다. 죽음은 끝이 아니라 시작이지요."

"어떻게 시작이란 건가요?"

"인간은 죽음 후 혼과 백이 분리되어 다른 차원의 세상으로 넘어갑니다."

"그렇다면 굳이 이 세상에서 아등바등 살 필요가 없겠어요."

"오우, 정말 어려운 질문이에요. 소저께서는 지혜가 충만합니다."

아담의 볼이 발그레 상기된다. 소현이 돌아와 두 사람의 대화를 궁금해 한다. 아담은 긴 시간 토론하고 이야기를 나누다가 저녁을 먹고 어두워져서야 돌아갔다. 소현은 아담과 대화를 할 때마다 조선의 앞날을 걱정하고 염려한다. 소현은 부왕을 생각하면 가슴이 답답하고 숨이 막힐 것 같다. 원손 석철을 청에 대신 볼모로 두고 부왕 인조의 와병을 문안하러 갔던 때 인조는 어떠하였던가. 청으로 다시 볼모살이를 떠날 때 부왕인조는 기어이 소현을 믿지 못해 환관 김엄겸을 간자로 딸려보냈다. 김엄겸은 사사건건 소현 주변을 감시했다. 아담 샬을 자주 만나는 소현의 행보는 인조 및 서인들에게 낱낱이 보고되고 그들은 더욱 소현을 못 믿을 세자로 인식하고 있었다.

소현은 점점 더 우울해져서 남천주당을 찾아갔다. 난아가 소현을 뒤따른다. 서양식 건물로 지은 천주당의 높은 천장과, 천장에 그려진 화려한 색채의 벽화, 유리문에 그려진 남색, 적색, 치자색, 가지색 등 온갖 색깔의 그림에 햇볕이 비치자 아름다운 빛이 천주당 내부를 은은히 비추어준다. 지극한 평화로움이 감싼다. 난아는 마치 옥황상제가 계신 하늘나라 같다고 중얼거리고 소현은 음, 하고 신음을 토해낸다. 때때로 신자들이 모여 제대를 향해 미사를 지내는 풍경은 생소하지만 호기심이 일어났다.

"제사를 지내는 제대에 왜 제물이 없지요?"

"그건…… 피를 흘리는 산 제물이 무슨 소용이 있습니까. 썩어 없어질 물질보다 인간의 마음을 담아 드리는 제사가 참된 제사가 아니겠습니까."

다소 의아하여 던진 질문에 대한 아담 샬의 대답에 소현은 깊은 감명을 받는다. 남천주당 측면에는 아름다운 부인상이 있다. 성모聖母라고 하며 신의 아들을 낳은 여인이다. 소현과 난아는 호기심이 번뜩인다. 신을 낳은 어머니인 성모는 불교의 관세음보살과 많이 닮아 있다.

"성모는 단지 어머니인데 왜 신도들이 기도하나요?"

"이 세상에서 고통받는 사람들이 성모님에게 부탁하여 아들에게 대신 간구하여 달라는 기도입니다."

"직접 신에게 기도를 하면 되지 않아요?"

"어머니의 마음으로 신에게 간구해달라고 부탁하는 거지요. 세상의 모든 어머니는 관음보살처럼 자비와 자애가 넘치죠."

서양인 신부의 이야기는 난해하다. 난아는 인간의 죄를 대신하여 죽는 신은 어떤 분일까. 몹시 궁금하다. 죽었다가 살아났다는 내용보다도 인간의 구원을 위해 자신을 희생한 이야기는 난아를 사로잡기에 충분하다. 난아는 자주 남천주당을 찾아간다. 어려서 고아가 되어 의지할 곳 없이 지내오던 터에 난아는 뭔가 맹목적인 사랑, 부모의 자식에 대한 사랑이건 인간에 대한 신의 사랑이건 누군가를 위하여 목숨을 내놓고 사랑한다는 이야기에 가슴이 먹먹하고 울컥 목이 메인다. 난아는 특히 아담 샬의 인품에 반해 그를 자주 찾아가 질문을 하고 설명을 듣고 깊은 공감을 하며 돌아오는 날이 잦다. 난아가 신앙에 대해 관심이 많다면 소현은 과학이나 천문, 지리, 수학 등 서양의 앞선 문명에 눈을 돌리고 질문을 하고 궁극적으로는 왕도 정치를 고민한다.

소현이 남천주당에서 돌아오자 용골대가 기다리고 있다가 예친왕 도르곤의 말을 전한다. 소현은 드디어 올 것이 왔다는 신호를 감지하고 긴장한다.

– 북경을 얻기 이전에는 우리 두 나라가 서로 의심하여 꺼리는 마음이 없지 않았으나, 지금은 대사가 이미 정해졌으니 피차가 서로를 신의로써 믿어야 할 것이다. 또 세자는 동국의 왕세자로서 여기에 오래 머물 수 없으니 지금 의당 본국으로 영원히 보낼 것이다.

용골대는 그간 미운정 고운정이 들었는지 소현에게 의미 심장한 말을 던지고는 손을 흔들어주고 가버린다.

"니 이띵 야오 훠저."

(너는 꼭 살아 남아라)

소현은 용골대의 그 말이 가시가 되어 목구멍에 걸린다. 도르곤을 비롯한 용골대 및 청나라에서도 조선과 인연이 있는 인사들은 소현과 부왕 인조와의 관계, 소현과 서인들과의 관계를 손바닥 보듯 들여다보고 있다. 용골대는 그런 뜻에서 소현에게 마지막으로 진심이 담긴 말을 전했다. 귀국이 정해지자 소현은 괜스레 두려움이 밀려와 잠을 잘 이루지 못한다. 소현은 야화와 더불어 밤을 함께 보내도 예전처럼 즐겁지가 않다. 소현은 봉림을 불러 술을 마신다. 분위기는 무겁고 침울하게 가라앉아 있다. 심양으로 전갈을 보냈으니 강빈도 준비를 하리라. 강빈은 부랴부랴 심관에 쌓아놓은 곡식을 시장에 내다 팔려고 했으나 시일이 촉박하여 난아에게 남으라고 하고는 소현이 있는 문연각으로 달려온다.

난아가 창고에 쌓아놓은 곡식을 살펴보니 4,700여 석이나 보관되어 있다. 그 많은 수량을 강빈이 언제 모아두었는지 난아로서는 놀라 입이 다물어지지 않았다. 이럴 때 왕 씨가 있었다면 수월할 텐데 난아는 난감해한다. 이미 소문이 났는지 상인들은 제 값을 주려고 하지 않았다.

소현은 그동안 알게 모르게 도와준 귀족들, 청나라 대신들, 환관 등을 찾아 인사를 했다. 마지막으로 아담 샬 신부에게 편지를 한 통 써서 인편에 전한다.

— 공이 준 여지구와 과학에 관한 서책은 정말 유익했습니다. 그중 몇 권의 책을 보았는데 그 속에서 덕행을 실천하는 데

적합한 최상의 교리를 발견했습니다. 천문학에 관한 책은 귀국하면 곧 간행하여 널리 읽히고자 합니다. 이것은 조선인이 서구과학을 습득하는 데 큰 도움이 되리라 믿습니다. 서로 멀리 떨어진 나라에서 태어난 우리들이 이국 땅에서 만나 형제와 다름없이 서로 귀하게 존중하고 사랑하여 왔으니 하늘이 우리의 인연을 맺어준 것 같습니다. 이제 본국으로 귀국하기에 앞서 그간 보여준 우의에 감사드리고 여지구 및 서책은 잘 간직하여 널리 읽힐 것이며 천주고상과 교리서는 돌려보냅니다. 조선에서 다시 만날 수 있다면 공의 도움으로 선진 문명을 접목시킬 텐데요…….

드디어 멀고 길었던 볼모 생활이 끝나는 순간이다. 청에서 소현을 귀국시키는 이유는 구왕 도르곤의 말대로 '북경을 얻어 대사가 이미 정해졌기 때문'이다. 더 이상 세자를 붙잡아 둘 필요성이나 명분이 없었다.

드디어 꿈에도 그리던 귀국이다. 소현이 짐을 꾸려 귀국길에 오를 때 아담 샬 신부가 보낸 천주교 신자인 환관과 궁녀들이 왔다. 이방송, 장삼외, 유중림, 곡풍등……. 소현은 그들과 함께 9년간의 볼모 생활을 접고 귀국길에 오른다. 소현은 이방인 아담 샬과 함께 떠나지 못함을 아쉬워한다. 그는 조선에 천주교를 전파시키고 싶어 했다.

귀국이 정해지고 나서 얼마 후 소현은 아담 샬을 찾아갔었다.

소현은 귀국길에 천주교 신부를 대동하고 싶다고 말했다. 아담이 침묵하자 소현은 다시 신부를 한 명 달라고 요청했고 아담은 놀라 눈을 크게 떴다. 청나라에도 신부나 선교사가 모자라서 아담 샬은 몹시 실망하는 빛을 보였다. 대신 소현의 귀국길에는 천주교 신자를 함께 보내겠노라 약속했다.

소현은 북경에서 몇 백 년을 이어온 명왕조가 무너지고 새로운 왕조가 들어서는 것을 눈으로 직접 목격한 후 세계 정치 판도의 변화를 가슴 떨리게 경험했다. 천단을 향하여 제사를 지낼 때의 자신감과 환희에 찬 예친왕의 표정은 막 일어서는 용의 꿈틀거림을 연상케 했다. 이무기가 되어버린 조선의 운명과 비견되는 그날의 장면은 소현의 가슴 속에서 결코 잊혀지지 않을 광경이었다. 그날 밤 예친왕이 보낸 고기와 술을 봉림과 마주 앉아 먹고 마시며 소현은 현실을 직시했다. 울분을 쌓기에는 현실은 냉엄했다. 소현은 북경에서 활동하는 서역의 신부와 선교사들의 학문과 지혜를 받아들여 벼슬을 주는 명이나 청국의 개방성에 대해서도 느낀 바가 컸다.

9년이었어.

소현은 혼잣소리로 중얼거려본다. 긴 세월이었다. 9년간의 볼모 생활은 소현의 사고를 적지않이 흔들어놓았다. 조선에서 아무리 서인이나 부왕 인조가, 멸망한 명에 집착하고 청을 외면하려해도 이제 청의 실체를 인정하지 않을 수가 없었다. 소현은 지그시 이를 악물었다.

원수의 개념은 일차원적이라는 것을 소현은 너무나 잘 안다. 청에 대해 원수의 개념을 버리고 웅비하는 대륙의 새로운 세력으로 보게 만든 이는 구왕 도르곤이다. 그는 순치제를 옹립하며 섭정을 맡은 후 태종의 왕비였던 형수를 아내로 맞는다. 첫 사랑 여인이 형과 혼례를 치를 때 마음속으로 피눈물을 흘리며 고심하던 그였다. 태종이 죽고 나서 첫 사랑이던 형수를 되찾으며 순치제의 부황父皇이 된 그는 거칠 게 없었다. 소현은 도저히 조선에서는 상상도 할 수 없는 도르곤의 이런 사정까지도 받아들이며 새로운 세계관에 눈 뜬다.

　소현은 야화를 데려가려다가 봉림의 만류로 다음 기회로 미룬다. 무엇보다도 강빈이 결사 반대를 할 게 뻔했다. 규 소저는 강빈 처소에 있었으니 그녀의 시녀 자격으로 함께 가게 된다. 소현은 지난 밤, 야화와의 이별식을 치렀다. 서로의 몸을 어루만지고 쓰다듬고 애간장이 녹는 시간을 보낸 후 소현이 야화의 턱을 쳐들고 진심으로 당부한다.

　"니 비에 딴신."

　(걱정하지 마라)

　"워 야오 덩 션머스호우 니?"

　(언제까지 기다려야 하나요)

　소현은 야화를 끌어안는다. 야화의 눈에 눈물이 가득하다.

　"워 커이 아이 샹 니마?"

　(내가 당신을 사랑해도 될까요?)

야화가 소현 품에서 울먹이며 사랑한다고 고백하자 소현은 그녀를 더욱 꼭 끌어안으며 볼을 맞대고 비빈다. 야화의 흐느낌이 울음으로 바뀐다. 소현은 야화의 머릿결을 쓰다듬고, 등을, 잘록한 허리를, 탄력 있는 엉덩이를 쓰다듬는다. 참으로 날렵한 야생 암말 같다가도 때로는 풀밭에서 앙증맞게 뛰노는 암노루 같고 들판에서 자라는 야생초 향기 같은 여인이다. 여인으로 인해 소현은 불면의 밤을 다독였고 여인으로 인해 시름을 잠재웠으며 여인으로 인해 기쁨을 알았다. 주머니에 넣고 다니고 싶을 정도로 사랑스러운 오랑캐 여인, 야화였다.

소현이 말에 올라 타자 정원의 나무 뒤에 서 있던 야화가 소리친다.

"워 덩니."

(당신을 기다릴게요)

소현은 천천히 말고삐를 잡으며 야화가 한 말을 가슴에 새긴다.

당신을 기다릴게요.

소현은 남의 땅에서 또 하나의 인연으로 맺어진 여인을 남겨두고 먼 도정에 오른다. 일차로 소현 내외와 아담 샬이 보낸 환관과 궁녀들, 심관에 함께 머물던 호종 경비와 나인들이 앞에 서고 그 뒤를 속환된 조선인 노예포로들이 뒤따른다. 속환된 포로의 규모는 일만 삼천여 명이고 그동안 늘어난 식구들을 합하여 긴 행렬이 장도에 오른다. 봉림 내외는 남았다가 뒤에 따라오기로 한다.

난아는 소현 일행이 귀국길에 오른 후 쓸쓸한 심경을 다스리지 못해 뜰을 거닐거나 시장거리에 나가 싱싱한 채소와 과일을 구경하다가 돌아오곤 한다. 가족이 없는 나는 쓸쓸하구나. 난아는 조선에 돌아간다 하여도 아무도 반겨주는 이가 없다. 부모 복은 없더라도 자식 복이라도 있다면 얼마나 좋을까. 허전함이 밀려든다. 난아는 자식들을 많이 둔 강빈을 볼 때마다 부러움이 앞섰다. 난아는 한숨을 쉬다가 문득 떠오른 얼굴이 있다.

솔이는 어떻게 되었을까. 멸망한 왕조의 후궁이 되었으니 지금 솔이의 신분과 처지를 알 수가 없다. 멀리 황궁이 바라다보이는 위치에 서서 숙원마마로 만났던 솔이를 생각하다가 난아는 양대감과의 날들이 기억의 갈피를 헤집고 나타난다. 난아와의 혼례를 서둘러 정하고 치르게 한 이면에는 부인의 입김이 작용했으리라는 것은 난아도 알았다. 부인의 말이라면 데려온 딸까지도 내치는 양대감이 아니던가. 기억은 몹시 쓴 독초와 같이 난아를 괴롭혔다. 난아는 자신이 황궁 가까운 곳에 살고 있음을 깨닫는다. 그분은 잘 계시겠지? 부인을 사랑하여 부인의 불륜까지도 묵인하고 용서해준 양대감이 난아는 문득 그리워진다. 그립다 생각하니 마음은 더욱 바쁘게 과거로 달려간다.

난아는 기억을 더듬어 오래된 골목을 헤매기 시작했다. 몇날 며칠이 걸리더라도 난아가 어린 시절을 보낸 그 집을 찾고 싶다. 오동나무 가지가 담장을 타고 넘는 집, 정원에 연못이 있고 구름다리가 있으며 수양버들이 휘청 가지를 늘어뜨린 연못가를 다시

한 번 거닐고 싶어졌다. 열 살 무렵의 난아는 아직 어렸고 고향이 뭔지도 모른 채 고향 하늘을 바라보며 그리워했다.

칼칼한 바람이 골목을 휘젓고 다니며 대문을 흔든다. 음식점들이 밀집해 있는 골목마다 대문에 내건 붉은 등이 꽃샘추위에 떨고 있다. 꼭 닫힌 대문에 줄줄이 매달린 붉은 등이 그나마 사람이 살고 있다는 것을 알려줄 뿐 모래먼지가 회오리를 몰고 다니는 골목은 적막강산이다. 난아는 태어난 곳을 찾아 물살을 거슬러 오르는 황어처럼 추억을 찾아 골목을 헤맨다. 그렇게 찾아 헤맨지 사흘째. 어렴풋한 기억 속을 헤매다가 난아는 낯익은 만두 가게를 발견한다. 집에서 가까운 곳에 송나라 때부터 만두를 팔았다는 집을 기점으로 담장 끝에 있던 마구간과 그 길을 따라 이중대문이 있던 집이다.

난아는 열린 대문 안을 들여다보고는 놀라서 입을 다물지 못한다. 인적이라고는 없는 텅 빈 집은 폐허로 변해 있다. 그 옛날 하인들과 손님들로 북적이던 뜰은 바람의 거처가 되어 있다. 검은 고양이 한 마리가 마당을 지나 굴뚝 쪽으로 사라진다. 불에 타 뼈만 남은 기둥은 검게 그을음이 묻어 있고 담은 무너져 많은 식구들이 살았던 흔적은 어디에도 남아 있지 않다. 난아는 마당을 가로질러 뒤채로 돌아가 본다. 정원의 형태는 그대로인데 연못의 물은 말라 있고 구름다리만이 썰렁하게 남아 있다. 연못 바닥에는 바위와 돌멩이와 모래가 남아 버석거리고 겨울을 견디던 물고기의 자취도 없어졌다.

난아는 지붕이 무너지고 타다만 나무 기둥이 곳곳에 서 있는 집을 나오며 양대감의 안위가 걱정되어 골똘히 생각에 잠긴다. 청나라에 패한 명나라 환관으로 제대로 재물을 건사하지 못했으리라는 짐작이 간다. 난아는 만두집으로 가서 만두 한 접시를 시켜 먹으며 주인이 나타나기를 기다린다. 만두집 안에는 사람들이 모여 긴 대나무 젓가락으로 만두를 먹으며 이야기하고 있다.

"저 혹시, 요 이웃에 살던 양대감 댁 일을 아시나요? 화재가 났는데, 어떻게 된 일이죠?"

난아가 사람들을 향해 말하자 많은 시선들이 이야기를 중단하고 난아를 돌아본다. 아무도 대답하는 이가 없다.

"양대감댁이 어떻게 되었는지 모르세요?"

"부인이 미쳐서 날뛰었대. 불이 났는데 부인이 타죽었지 아마. 한동안 거지가 된 양대감인가 뭔가 하는 노인이 폐허가 된 그 집을 떠나지 않고 서성거리는 걸 봤다는 게야."

"그럼 양대감은 살아 있나요?"

"그야 모르지, 지난 해 봄에도 빈 집에서 부인을 기다리는 걸 본 사람이 있다는데."

"불이 나고 한동안 그 집 주위에 성이라는 악기소리가 들렸다네."

"부인이 미쳐서 불을 질렀다고도 하고, 누군가가 일부러 불을 질렀다고 하고 아무튼 그 흉가에는 아무도 안 가요. 가끔 그 흉가에서 성인가 뭔가 하는 악기를 부는 귀신을 보았다고 그래."

"그럼 그 귀신이 불을 질렀을까요."

"그건 모르지. 아후 무서워."

난아는 고맙다고 절을 하고는 만두집을 나와 다시 빈 집을 찾아간다. 대문을 들어서니 시커면 기둥 옆에 갈대 모자를 눌러 쓴 노인이 누더기 옷을 걸친 채 앉아 있다. 난아가 인사를 해도 노인은 대답이 없다. 노인이 두른 목도리에 꼬질꼬질 때가 껴 있다. 숨을 쉴 때마다 호흡이 부자연스러워 보인다. 입춘이 지나고 경칩이 다가왔는데도 봄볕에 묻어오는 바람끝에는 아직 겨울의 찬 기운이 따라온다. 난아는 노인 옆에 바짝 다가가 말을 건넨다.

"혹시 이 집안과 인연이 닿는 분인가요?"

"……."

"저는 오래 전에 이 집에 살았었지요."

"……."

"영감님은 가족이 없어요?"

"……."

난아는 대답이 없는 노인을 가까이에서 바라본다. 노인은 손을 떨고 있다. 그런데 어디에선가 본 듯한 모습이다. 모자 속에 가려진 얼굴은 자세히 볼 수 없지만 난아는 자신이 찾는 사람일지도 모른다고 생각한다.

"제 이름은 난아예요."

노인의 기척이 느껴진다. 그러나 곧 노인은 미동도 안하고 다시 나무토막처럼 기둥에 등을 기대고 가만히 있다.

"제 고향에서 여기까지 무척 멀었어요. 다리가 아프고 발이 아파 올 것 같았고, 같이 온 동무들이 없었다면 더 힘들었겠죠. 그런데 그 동무들은 어디로 갔는지 궁금해요. 혹시 알 수 있을까요? 어렵겠죠? 삼월이와 향이와 솔이……. 그 아이들도 나처럼 큰집으로 갔을까요? 죽은 막달과 장미가 생각나요. 죽지 않을 수도 있었는데. 죽은 그 아이들의 영혼은 어디로 갔을까요? 가끔 죽음을 생각하면 슬퍼져요. 저에게도 그런 날이 오겠죠? 그런데 이 집은 정말 커요. 이게 다 대감님 것인가요? 안국동 본가는 이것에 비하면 정말 작아요. 저는 안국동 본가가 큰집이라고 생각했거든요. 궁금한 것은요. 대문과 기둥에 왜 붉은색을 입히죠? 지붕 기와도 붉고 옷도 붉고 모두모두 붉어요. 귀신을 쫓기 위함인가요? 우리나라에서는 붉은색이 귀신을 쫓는다고 했거든요……."

난아는 노인을 뚫어져라 쳐다보며 잊고 있었던 조선말을 중얼거린다. 이상한 일이다. 십 년이 훨씬 지난 지금 지하수가 터지듯 잊고 있었던 조선말이 술술 나와서 난아는 스스로도 놀라며 계속 말을 쏟아놓는다. 아주 오래 전 열 살 무렵 말이 통하지 않아 답답한 남의 나라에서 혼자 중얼거리던 말들을 자꾸 중얼거린다. 노인이 움찔 움직인다. 노인의 두 눈에 눈물이 흘러내리는 것을 난아는 본다. 난아의 가슴이 먹먹해진다. 난아는 다시 노래를 부른다. 찬모 덕순이가 불러주던 자장가다.

살으리 살으리라

청산에 살으리라

머루랑 다래랑 먹고

청산에 살으리라

얄리얄리 얄랑셩 얄라리 얄라

울어라 울어라 새야

자고 일어나 울어라 새야

너보다 시름 많은 나도

자고 일어나 울고 있다

얄리얄리 얄랑셩 얄라리 얄라

"고려의 노래예요. 우리 조상들의 나라. 뜻은 모르지만 슬픈 노래랍니다."

난아는 오랫동안 잊고 있던 고려의 노래를 부르는데 처연한 심정이 된다. 난아는 손에 끼고 있던 반지를 빼고 팔찌와 발찌를 풀어 비단 주머니에 넣어 노인 앞에 놓아두고 일어선다. 봄의 초입에서 부는 바람이 폐허 위를 나뒹군다. 대문 밖으로 나오다가 난아가 뒤돌아본다. 방금 전까지 기둥에 등을 기대어 앉아 있던 노인이 사라지고 없다.

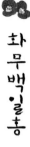

"세자 저하가?"

난아는 믿을 수가 없다. 소현을 따라 갔던 환관과 궁녀가 다시 돌아와 전한 소식에 난아는 넋을 놓는다. 오랑캐 계집과 들판으로 말을 몰고 나가 새벽 이슬을 맞고 돌아올 정도로 강건하던 분이었다. 독실한 천주교 신자였던 환관과 궁녀 일행은 조선에서 맞은 비극에 어찌해볼 엄두도 못낸 채 돌아와 소현이 머물던 공간에서 명복이라도 빌어주려고 왔다가 난아와 맞닥뜨렸다. 그들은 작은 소반에 십자고상을 올려놓고 소현의 영혼을 위해 기도를 하고 남은 가족을 위해서도 축원을 한다. 난아는 바로 어제와 같이 작별 인사를 했던 소현 일행인 중국인 환관과 궁녀들을 보자 낯빛이 하얗게 질리며 두 다리를 후들후들 떤다. 불안정한 표정의 강빈이 난아에게 당부했던 말들이 귓전에 맴돌며 자꾸 혼몽한 정신에 빠져든다.

심관 앞에는 조선인들이 우 몰려와 소현의 죽음을 애통해하며 곡을 한다. 소현이 독살을 당했다는 소문이 빠르게 번진다. 다른 한편으로는 인조가 던진 벼루에 맞아 즉사했다는 소문도 돌고 있다. 난아는 소현 일행이 떠나던 날의 풍경을 떠올려본다. 헤어지던 날의 기억이 어제처럼 생생한데 이 무슨 날벼락인가.

소현과 강빈이 탄 말과 수레가 길을 떠나던 날 심관 앞에는 수많은 조선인들이 몰려와 울부짖으며 길을 가로막아 섰다.

"저하, 저희는 어찌하고 가십니까."

"빈궁 마마, 저희도 데려가소서."

"저하, 저희를 이 오랑캐 땅에 두고 가시옵니까."

"마마, 저희는 어떻게 살라 하십니까."

소현 일행의 앞을 가로막은 조선인들의 울부짖음으로 잠시 행로가 지체되었다. 소현은 그들을 보며 애통해하다가 겨우 한 마디 던진다.

"부디 살아 있으시오."

강빈이 소맷부리로 눈물을 훔치고 소현이 침울한 표정으로 조선인들을 바라본다. 겨우 길을 터준 그들 뒤로 소현의 안부와 무사히 귀국하라는 말들이 무성하게 돌아다닌다.

'착한 조선 백성들. 귀국하는 세자를 위해 무사하라고 축원하

는 저 백성들을 나라는 힘이 부쳐 내팽개쳤구나.'

소현은 멀리 하늘 끝자락을 바라보며 눈물을 삼켰다. 2월의 바람이 매섭게 살을 파고들었다. 오래 전 볼모로 끌려올 때도 지금처럼 북풍이 매섭게 몰아치던 2월이었다. 대륙의 바람은 칼끝으로 저미는 듯했다. 추운 길을 걸어 귀국하는 소현의 마음이 무거웠다. 이국에 그냥 남아 있는 게 어쩌면 더 편안하리라는 내심을 누구에게도 발설하지 못했다. 서양인 신부와의 짧고도 강렬한 만남이 소현에게 아쉬움을 남겼다. 두 달여 남짓한 기간이었다. 소현은 아담 샬과의 교류를 더 이어가고 싶었다. 그를 통해 서양의 여러 나라들, 하늘에 대한 이치, 그들이 믿는 신의 존재, 천문에 관한 지식, 그의 인품과 깊은 소명. 하늘을 향한 겸손한 자세. 낮은 자세로 백성들을 마주한다는 그의 식견과 태도에 소현은 깊은 감명을 받았다. 그가 믿는 하늘의 주인과 그것을 실천하려는 아담 샬의 태도는 성리학을 신처럼 믿는 조선의 사대부와 비견된다. 진리는 어디에나, 어떤 이념에도 깃들어 있고 참된 진리는 어느 곳에나 통한다는 이치를 소현은 어렴풋이 깨닫는다. 진리에 경계가 없다는 것이 또한 소현의 생각이다. 조선은 동방에 웅크린 작은 나라임을 소현은 잘 알았고 강한 나라 사이에서 웅비하려면 그들과의 활발한 교류와 그들을 알아야한다는 인식을 가진 터였다. 집안 싸움을 하며 서로에게 상처를 입히는 작금의 조선은 빛이 보이지 않았다.

두 달여에 걸쳐 소현 일행이 도성에 도착하자 수많은 백성들과 유생들과 벼슬아치들이 몰려나와 마중을 한다. 여기저기에서 길거리를 가득 메운 백성들이 소현 일행을 향해 절을 하기도 하고 눈물을 흘리기도 하며 환호한다. 조선인 포로 1만 3천여 명을 인솔하여 돌아오는 소현의 인기는 가는 곳마다 하늘을 찌른다. 소현과 강빈의 눈에도 눈물이 맺힌다. 가슴이 먹먹해지고 슬픔이 북받친다.

'내 나라, 착한 백성들.'

소현은 목이 메어 아무 말도 못하고 길을 메운 인파 사이로 천천히 말을 몰고 간다.

"저하."

"저하."

여기저기서 부르는 소리가 소현의 등 뒤에 따라온다. 장인 강석기의 부고를 접하고 청황제의 허락을 얻어 일시귀국 했을 때 거리에 쏟아져 나와 마중을 하던 백성들의 기억을 소현은 잊지 못하고 있다. 이름없는 백성들과 유생들이 길가에 도열하여 절을 할 때 소현은 가슴이 먹먹하고 울음이 차올라서 어찌할 수가 없었다.

그 백성들이다.

일 년 전에도 마중을 나와 거리에 도열하여 절을 하고 울어주던 착한 백성들. 소현은 아랫입술을 꼭 깨물고 뛰는 가슴을 진정시키며 부왕이 있는 궁을 향해 가고 있다. 옆에서 한 발자국 뒤에 처져 따라오는 강빈의 얼굴은 눈물자국으로 붉게 변해 있다. 소현은 귀국한 그날 밤부터 측근 나인들이 모두 바뀌어 있고 새로운 얼굴들이 궁 주변에 머무름을 의아하게 생각한다. 소현은 청에서 가져온 서양의 서책과 물건들을 인조에게 내보였다가 심한 거부감으로 내치는 바람에 바짝 경계하고 있는 중이다.

소현이 귀국한 두 달 후 원인 모를 고열에 시달렸다. 인조는 의관 이형익을 보내 치료하게 하나 나흘동안 침을 맞은 소현은 홀연히 눈을 감았다. 창경궁 환경당에서 33세를 일기로 이 세상을 하직하자 대소신료들은 다투어 의관 이형익의 책임을 물으라고 주청한다.

"대사헌 김광현 아뢰옵니다. 전하, 세자 저하의 사인을 규명하시어 치료를 맡은 의관 이형익의 책임을 물으소서."

"세자는 본디 허약해서 올 것이 오고야 말았다."

"전하, 종실 진원군 이세원이 말하기를 세자저하의 시신이 새까맣게 변해 있었고 일곱 구멍에서 혈이 쏟아졌다 합니다. 이는 필시 독에 의한 사인이 분명하옵니다. 그 책임을 물으소서."

"의관은 할 도리를 했을 뿐이다. 강빈의 친정에서 이 사건을 사주하여 들쑤시는 게 틀림없으렷다."

인조가 화를 벌컥 내며 강빈 친정을 거론하자 더 이상 이 일을 재론하는 신하가 없었다. 소현의 장례 예법을 두고도 인조와 대신들간에 한동안 논쟁이 끊이지 않더니 무덤 이름을 원자 대신 묘자를 쓰게 하고 1년간 입어야할 백관의 복제를 3개월로 당겼으며 3년상을 7일상으로 짧게 끝내버렸다.

논란이 많던 소현의 장례가 끝나자 대전에서 중신회의가 열렸다. 초여름으로 막 접어들기 시작한 유월 초이튿날의 바람이 언덕을 넘고 강을 건너 달려오자 들판에 나락이 쑥쑥 자라고 자연은 생명을 노래했다. 어전회의 분위기는 밝은 햇볕과는 반대로 어둡고 긴장감이 가득했다.

"전하, 천 년 사직이 후손 만대에 보전되려면 무엇보다도 다음 후계자를 세워야 할 줄로 아옵니다."

"누구를 후계로 삼으면 좋겠소?"

소현의 첫째 아들 석철이 당연히 불려지기를 기대했던 대신들은 의아해서 왕을 쳐다본다. 다른 왕손을 염두에 두고 계심인가? 좌의정 홍서봉이 부복하여 아뢴다.

"옛 역사를 상고해보면 태자가 없으면 태손이 뒤를 이었으니 이것이 바꿀 수 없는 떳떳한 법입니다. 상도를 어기고 권도를 행하는 것은 국가의 복이 아닌 듯합니다."

"전하, 좌의정의 말이 백번 지당하옵니다."

이에 다른 신하들이 한 목소리로 좌의정 홍서봉을 지지하고 나서자 영의정 김류가 나서서 반론을 제기한다.

"세조의 둘째 아들로 보위를 이은 예종이 있고, 덕종의 둘째 아들 성종이 왕위를 이은 전례가 있습니다. 불가한 것은 아닌 줄 아옵니다."

가만히 지켜보고 있던 우찬성 이덕형이 나서서 신하들을 비판하고 나선다.

"성상께서 종사를 위해서라고 말씀하시지만 갑자기 원손의 명호를 바꾸려고 하시는데 신하들이 모두 이리저리 쏠린다면 장차 저런 신하들의 충정을 기대하겠습니까."

그러자 인조의 낯빛이 구겨지며 불만에 가득찬 어조로 단호한 의지를 표명한다.

"전하의 깊은 의중을 살펴 왕통을 잇게 하심이 가한 줄로 아옵니다."

영의정 김류와 낙흥부원군 김자점이 인조를 지지하고 나서자 다른 대신들이 일제히 반대 의견을 올린다.

"전하, 종통실서宗統失序임을 어찌 모르시나이까. 세손으로 정위하는 게 합당한 줄 아뢰옵니다."

"전하, 소현세자마마의 정통 혈육을 부정하고 다른 사람을 세자로 책봉하심은 후일에도 문제를 일으킬 소지가 있사오니 재론하여 주시옵소서."

"신 대사간 여이징 올립니다. 원손 아기씨 보령 아직 어리시나 충분한 자질이 되오니 부디 정위하소서."

"신 공조판서 이시백 몇 자 올립니다. 사직을 온전히 보전하기 위해서는 장자계승 원칙이 지켜져야 후일에도 안정적인 왕통 보전이 이어지리라 사료되오니 통촉하소서."

좌의정 홍서봉을 위시하여 우찬성 이덕형, 이조판서 이경석, 병조판서 구인후, 공조판서 이시백, 대사간 여이징, 부제학 이목이 원손을 폐하고 새로 세자 책봉을 반대하는 상소를 올렸으나 인조의 의지는 강경하다.

"그대들은 하나만 알고 둘은 모르는 구려. 불안한 시기에 어린 임금이 즉위하면 사직이 위태로울 것이니 원손은 거론치 말라."

낙흥부원군 김자점이 때를 놓칠세라 가세한다.

"이 일은 성상의 깊고 원대한 생각에서 나온 것이니, 의당 속히 결정해야 할 일인데 어찌 우물쭈물 미룰 필요가 있겠습니까."

"그 말이 옳다."

인조가 맞장구를 치자 영의정 김류가 한 술 더 거든다.

"지금은 신하와 백성들의 기대가 원손에게 있는데도 전하께서 이러시는 것은 반드시 깊은 뜻이 있음이옵니다. 성상의 뜻이 이미 정해졌다면 어찌 감히 다른 말이 필요하겠습니까."

"……."

"……."

"대신들의 뜻이 모두 일치하는가?"

"이의가 없는 듯합니다."

인조가 묻고 김류가 빠르게 대답한다. 반론을 더 이상 허용하지 않겠다는 단호한 의지가 엿보인다.

"자식이 둘인데 그 중에 나은 사람을 결정하라."

좌의정 홍서봉이 아뢴다.

"대군을 신하들이 접한 일이 없는데 그 우열을 어떻게 가리겠습니까. 이는 성상의 간택에 달려 있습니다."

"짐은 그 중에 장자를 세우고자 하는데 어떤가?"

"장자로 적통을 세우는 것이 사리에 합당합니다."

김류가 얼른 맞장구친다.

"봉림대군으로 세자를 삼노라."

인조의 어명이 떨어졌다. 세자 책봉에 관한 의견이 분분한 가운데 인조는 봉림대군으로 세자를 봉한다. 봉림은 이로써 소현의 뒤를 이어 세자가 된다.

난아는 정신을 수습하고 삼월이를 찾아가 믿을 수 없는 소식을 전한다. 그날 밤 난아는 삼월이와 일찍 주점 문을 닫고 객방에 빈소를 차려 제시 음식을 장만한다. 그렇게 허무하게 가실 줄 알았으면 차라리 볼모 생활이 더 길어져서 영구히 귀국을 안하는 게 좋았을 것이라는 생각이 자주 든다. 난아는 정성스럽게 제수를 준비하여 삼월이와 절을 하고는 향을 피운다. 강빈의 안부가 더 궁금해진 난아는 마음이 급해진다.

"삼월아, 여기 일 접어두고 강빈 마마 뵈러 갈까."

"좀 더 지켜 보자."

"지금은 상황을 알 수가 없으니 답답하네. 원손 아기씨와 왕자님들도 무사해야 할 텐데."

난아와 삼월이는 소현 일가를 걱정하느라 저녁 끼니도 거르고 한숨만 내쉰다. 담장을 타고 넘어오는 초여름의 꽃향기가 밤을 수놓는다. 궁 밖 들녘에는 농부들이 허리를 숙이고 일을 하는 모습이 하얀 찔레꽃 사이로 드러나고 이름 모를 야생화들이 벌과 나비를 유혹한다. 난아가 들락거리는 심관 정원에는 강빈이 손수 심고 가꾼 오동나무가지에 보라색 꽃송이가 매달려 주인 잃은 집 안을 덩그러니 밝혀준다. 주위는 꽃들로 화사하나 난아는 계절이 오는지 가는지도 모른 채 애간장이 탄다.

"왕자 아기씨를 부탁하셨네."

소현의 명부를 빌어주러 들렀던 궁녀 곡풍등은 특별히 강빈 마마의 전언이라며 누가 들을세라 낮은 목소리로 소근거렸다. 난아는 더욱 불안이 가중되어 갈증이 난다. 강빈 주위에는 목숨을 다해 모시는 궁녀도 있고 친정도 있고 형제자매가 있는데도 멀고 먼 오랑캐 땅에 머무는 난아에게 부탁하다니, 그만큼 주위에 믿을 사람이 없다는 것인가. 난아는 심장이 급박하게 요동친다. 난아는 활달한 강빈의 품성을 알고 있기에 더욱 불안하다.

강빈의 분부대로 심관 앞에서 솥단지를 걸어놓고 죽을 끓여 조선인들에게 나누어주는 일도 난아가 맡아서 이어가고는 있지만 언제 그 일을 접을 지 알 수가 없다. 남루한 옷차림으로 몰려와 한 끼를 얻어먹고 가는 조선인들의 표정은 어둡다 못해 비관적이다. 소현이 있을 때와 없을 때는 청나라 초병들이 대하는 태도에서도 확연히 드러난다. 그들은 조선인을 거지 떼 취급하며 밥그릇을 엎어버리거나 지나가는 길에 방해된다고 멱살을 잡거나 걷어차거나 행패를 부렸다. 아무도 반항하지 못하고 당하기만 하는 조선인의 입장은 남의 나라에 포로 노예로 끌려와 갖은 고생을 하며 살아가는 일이 만만치 않다는 것을 보여준다. 조선인들의 숫자는 자꾸 줄어든다. 포로로 이역만리에 끌려온 처지이긴 하나 그래도 소현이 있을 때는 정신적 지주였고, 의지처가 되었고, 소현이 머무는 건물 지붕만 쳐다보아도 위로가 되었는데 주인이 없는 심관은 이제 적막강산이다. 조선인들은 한 끼 끼니를 때우러 온다기보다는 정신적 허기를 때우러 찾아왔고, 왕세자가 그들 곁에 있다는 사실만으로도 힘든 현실을 견딜 힘이 되어 주었다. 조선인들은 부모 잃은 심정으로 심관 앞을 기웃대다가 그곳을 떠나 이국을 떠돌며 목숨을 부지하고 있었다.

삼월이와 함께 있던 난아는 심관으로 돌아온다. 난아가 문을 밀고 안으로 들어가려는데 문앞을 지키던 청나라 병사 둘이 앞을 가로막는다.

"무슨 일이에요?"

"들어갈 수 없다!"

"여기는 저하의 집이고 마마가 남겨둔 재산이 있어요."

"말이 많다. 이 집은 청황제 것이다."

"안에 물건이 다 있단 말이에요."

"못들어 간다면 못들어 가는 줄 알아!"

청병이 칼을 뽑아든다. 금방이라도 칠 기세다. 대문에는 긴 나무도막을 어긋나게 대고 대못으로 고정시켜 놓았다. 그제서야 난아는 심관 앞 마당에 임시로 마련된 아궁이가 무너져 있고 솥단지가 아무렇게나 나뒹구는 것을 본다. 난아는 기가 막혀 청병을 노려본다. 지나가던 사람들이 흘깃거리며 쳐다볼 뿐 아무도 난아를 도와주는 사람이 없다. 난아는 힘이 빠진 다리로 터덜거리며 걸어서 주점으로 돌아온다. 이런 상태라면 주점도 위험하다. 난아의 예감은 적중해서 주점에 도착하자 삼월이가 문밖에 나와 서서 울고 있다.

난아가 주점 안으로 들어가자 뚱뚱한 한족 사람이 탁자를 탁 치며 흥분해서 소리친다.

"아저씨, 무슨 일이에요? 삼월이한테 무슨 짓 한 거죠?"

"가게를 내놓으라 했다. 뭐가 잘못됐어?"

"그렇더라도 갑자기 나가라고 하면 어떻게 해요? 말미를 주셔야죠."

"우린 그런 것 모른다."

"아저씨, 관에 고발할 거예요."

"뭐야? 조선계집애가 어디서 협박이야?"

"고발할 거예요."

"맘대로 해 봐. 우리 한족도 먹고 살기 힘든데 어디 조선 계집애가 남의 나라에 와서 설쳐대."

"아저씨, 진짜 나쁜 사람이네. 말을 고따위로 밖에 못해요. 그런 아저씨는 이 나라가 뭐 아저씨네 나라예요? 여진족 나라죠."

"뭐야? 안그래도 울화통이 터지는데 어디서 온 계집이 주둥이를 함부로 놀려!"

뚱뚱한 한족 남자가 난아 멱살을 잡고 위로 들어올리니 난아 발이 공중에 떠 있다. 그때 청나라 병사들이 들이닥쳐 뚱뚱한 한족에게 창끝을 겨눈다.

"꼼짝 마!"

뚱뚱한 남자가 놀라 난아를 놓아주자 청병들 뒤로 야화가 나타나 난아에게 한쪽 눈을 질끈 감는다.

"이봐 뚱보! 어디서 행패야? 조선인이나 한족이나 다 똑같은 처지에 잘 지내야 되지 않겠어?"

청병들의 창 끝이 한족 남자의 옷자락에 닿아 있고 한족 남자는 벌벌 떨며 얼굴이 새파랗게 질려서 두 손을 모아 비빈다.

"찌우밍 아."

(살려주세요)

"니 팡 카이 워."

(제발 보내주세요)

한족 남자가 싹싹 빌자 야화가 한족 남자의 무릎을 세게 걸어찬다. 한족 남자의 무릎이 꺾이며 그 자리에 털썩 무너진다. 한족 남자가 무릎을 꿇은 채 두 손을 모아잡고 애원한다.

"팡카이 타!"

(보내줘라)

난아가 명령을 내리자 병사들의 창끝이 거둬지고 한족 남자가 절룩거리며 도망치느라 바쁘다.

"어떻게 된 일이야?"

"소식을 듣고 와 봤어."

난아가 묻자 야화가 대답한다. 두 사람은 한동안 아무 말도 안하고 각자 시선을 다른 곳에 둔다. 밖에서 울던 삼월이가 안으로 들어오더니 두 사람을 보고는 어리둥절한 표정이다. 난아가 야화와 삼월이를 소개하고 두 사람이 엉거주춤 목례를 한다. 식탁에 앉아 야화는 난아에게 좀 더 자세한 소식을 듣고 싶어한다.

"저하 일은 안됐어."

"그렇게 빨리 가실 줄은 몰랐어."

"……."

"……."

난아와 야화는 말문을 닫아버리고 술잔을 기울인다. 무슨 말이 필요할까. 이미 저 세상 사람이 된 저하를 앞에 두고 말이 필요없음을 누구보다 두 사람이 잘 알기에 조용히 술을 마신다. 열어놓은 창문으로 유월의 바람이 부드럽게 불어와 목덜미를 간질인다. 초여름의 바람이 주는 정취가 소현과 함께 밤의 들판을 노닐던 야화의 추억을 흔들어놓는다. 야화의 눈에 눈물 자국이 맺혀 있다. 소현과 보냈던 꿈 같은 시간들이 추억으로 남아 돌아올 수 없는 길로 가버린 지금 야화가 할 수 있는 거라곤 그를 추억하거나 잊는 것 뿐이다.

"그분을 사랑했니?"

"그럼 유희라고 생각했어?"

"사실 좀 요란했잖아."

"요란?"

"심관에는 소문이 파다해. 두 사람 미쳤다고."

"미치지 않고 사랑을 할 수 있니?"

"미쳐야 사랑을 할 수 있는 사이라."

난아는 마삼화와의 일들이 스쳐지나가며 그와 나누던 애욕의 시간들은 어떤 의미였을까 생각한다. 마구간에서 밤마다 그와 나누었던 은밀한 시간들은 아무 의미없는 유희에 불과했을까. 그때에는 난아도 미쳤었다. 다른 여자에게 마음을 준 남자를 되찾고 싶은 열망과 허기로 인해 미치지 않고는 견딜 수 없는 나날이었다. 어쩌면 난아가 마삼화와 보낸 시간은 허기를 충족시키려는 결핍이었고 사랑에 대한 갈망이었고 생에 대한 목마름이었다. 마삼화와 서로를 탐할 때 난아는 존재감을 느꼈고 그 순간 살아있음을 자각했다. 동동에게 빼앗긴 남자에 대한 애증과 결핍은 난아를 미치게 하고 죽을만큼 그와의 순간에 몰두하고 싶었다. 세월이 흐른 지금 난아는 고통스러운 시간도 그리움이 될 수 있다는 것을, 살아있기에 추억이 될 수 있다는 것을 알았다. 사랑이라고 감히 말할 수는 없지만 그 순간, 진심이 담겨 있었음을 부인하지 않는다. 난아는 야화를 이해한다. 강빈에게는 송구한 일이지만 야화의 미친 짓거리를 난아는 이해하기에 멀리서 다만 안타깝게 바라보았다. 이심전심일까. 야화는 난아에게 호감을 갖고 있다. 사랑을 떠난 보낸 두 여자가, 한때는 남자로 인해 미칠 수 있었던 두 여자가 봄밤에 취해 술을 마신다. 삼월이는 옆에서 분주하게 안주를 갖다주거나 하품을 하며 들락거리다가 구석방에 쓰러져 잠이 든다.

여름이 깊어가자 강빈으로부터 난아에게 한 통의 서신이 날아든다. 사은사를 따라오는, 이름을 밝히지 않은 관리가 전해준 서찰 내용은 주점을 지키면서 연락할 때까지 기다리라는 강빈의 친필이다. 강빈은 청나라를 오고 가는 사은사나 사신단 편에 청나라 비단을 선물하기도 하고 아랫 사람을 워낙 잘 챙겨서 신망이 두터웠다. 대신들 또한 강빈으로부터 은혜를 입지 않은 사람이 없을 정도였다. 본국과 청나라와의 조율이 잘 안될 때 본국에서 온 사신은 강빈을 찾아와 도움을 요청하면 청나라 고위귀족과 환관을 사귀어놓은 강빈의 공으로 난제가 풀리는 일이 다반사였다. 난아는 강빈의 서찰 중에 걸리는 내용을 다시 복기해본다.

– ·············· 난아, 어쩌면 다시 청으로 가서 장사를 해볼까 하네. 저하가 안 계신 조선은 이제 아무 의미가 없겠지. 날 미워하고 밀어내려는 세력 앞에서 한낱 힘없는 아녀자의 힘으로 무슨 일을 꾸밀 수 있을까. 예전처럼 상인이 되어 무역을 하며 세상을 돌아다니고 싶은 마음이 오늘 따라 간절하구먼. 기회를 봐서 연락할 테니 자매이자 동기간보다 더 의지가 되는 난아, 삼월이를 도와 주점을 지키며 자리잡고 있어다오.

<별궁 뜰에서 난향 씀>

난아는 강빈의 마음이 이미 그곳을 떠나 있음을 감지한다. 부왕 인조와, 부왕의 후궁 조씨의 끊임없는 감시와 견제 속에서 강

빈이 설 자리는 없을 것이다. 강빈의 소식을 모른 채로 언제까지 기다려야 하는지 난아는 초조하다. 난아는 심관에 마음대로 드나들지 못하게 된 후 주점에서 삼월이와 같이 지내고 있다. 가진 것을 모두 심관에 두고 와서 난아는 한 발자국 움직일 여력이 없다.

시장 거리와 큰 객잔에는 상인들이 들끓고 있다. 온 세상을 돌아다니는 상인들의 모습은 각양각색이다. 서역인도 있고 아랍인, 왜인, 조선인도 있다. 난아는 언제부턴가 큰 객잔에 와서 바람결에 묻어오는 소식에 목말라한다. 조선에서 들어오는 상인들을 통해 조선의 소식을 묻고 또 묻는다. 그들을 통해 강빈이 안팎으로 도전을 받고 있다는 사실도 알게 된다.

인간의 시름과는 상관없다는 듯 봄이 가고 여름이 가고 가을과 겨울이 차례로 지나간 후 다시 또 찾아온 봄, 난아는 삼월이와 소현의 일주기 제사를 올리며 명복을 빈다. 야화는 헤어진 후 한 번도 찾아오지 않았다. 소현의 일주기에는 오려나 했지만 끝내 나타나지 않았다. 기억은 기억 속에 갇혀 사는 법. 지나간 사랑은 다만 기억 속에 존재할 뿐이다. 물질로 싸인 인간은 만지고 느끼고 실체를 확인해야만 사랑한다고 믿는다. 기억은 소용없다는 것을 난아는 계절을 보며 알게 되었다. 첫 서찰을 보낸 후 강빈으로부터는 더 이상 연락이 없다. 난아는 객잔에서 장사꾼들로부터 얻는 정보를 통해 조선의 사정을 엿볼 수 있었다. 청나라에 오고 싶어도 올 수 없는 강빈은 이제 조선이라는 감옥에 갇혀 서서히 숨이 막혀 갔다.

인조의 조처로 소현의 장남 석철을 원손 지위에서 폐위하고 봉림을 세자로 앉힌 뒤 강빈의 일상은 더 고달프다. 세손의 자리는 봉림의 아들 이연에게 돌아갔다. 타국에서 9년 간 고생한 소현을 생각하며 강빈은 속으로 피눈물을 흘린다. 세자와 세손에서 한낱 왕실 종친으로 전락한 강빈 일가에 앞으로 또 무슨 회오리가 불어닥칠 지 알 수 없어 조마조마하다.

　강빈은 자신을 위해 입을 다물고 죽어간 최 상궁의 명복을 불전佛典에 빌어준다. 강빈을 죽이기 위해 이제는 측근을 잡아다가 고문을 가하는 부왕 인조가 언제 또 무슨 일을 벌일지 하루하루가 살얼음판이다. 차라리 오랑캐 땅에서 장사를 할 때가 훨씬 마음이 편안했다. 소현이 죽은 후 용골대가 석철을 데려다가 가르치며 키우겠다는 전언을 묵살한 인조는 청과 관계된 일이라면 아주 사소한 것까지 방해하고 발작적으로 싫어했다. 강빈과 떨어져 지내는 동안 원손 석철을 키우고 보살펴준 최 상궁은 주인에 대한 충성으로 목숨을 버렸다. 강빈은 가시방석에 앉은 나날을 보낸다. 최상궁을 비롯하여 심양관에서부터 데리고 있던 궁인들이 고문에 못이겨 죽어가면서도 강빈을 변호하자 인조의 분노는 극에 달했다.

　정월 초사흘, 인조는 수라상을 물리고 나서 시종을 부른다.

　"여봐라, 밖에 누구 없느냐."

　"전하, 대령했사옵니다."

　"수라상에 전복구이를 올린 궁녀가 누구더냐?"

"소주방 나인과 강빈 마마를 뫼시는 시녀들일 것이옵니다."

"며느리가 내 수라상을 챙기는 것까지야 뭐라 할 수 있겠느냐. 배가 꼬이는 듯 아프니 어인 일이냐."

"황공하옵니다. 어의를 부르오리까."

"어의가 중요한 게 아니니라. 소주방 나인들과 강빈의 시녀들을 잡아들여 내옥에 가두거라."

"전하, 망극하옵니다."

인조의 명에 따라 소주방 나인 천이, 일녀, 계미 세 사람과 강빈의 시녀인 애향이 옥에 갇혔다가 끌려나왔다. 인조가 직접 친국한다.

"누가 전복구이에 독을 쓰라 일렀더냐? 강빈이냐?"

"전하, 전혀 모르는 일이옵니다."

"사실대로 고하면 목숨만은 보전해주리라. 다시 묻는다. 강빈이 사주한 일이냐?"

"전하, 강빈 마마는 이 일과는 무관하옵니다."

"너는 강빈을 모시는 시녀가 아니더냐? 그런데도 무관하다고 거짓말을 하다니, 여봐라! 저년의 주리를 틀어라!"

"전하, 억울하옵니다."

"너희가 강빈의 사주로 국왕을 시해하려고 하지 않았느냐? 바른 대로 고하지 못할까?"

인조는 어떻게든 강빈을 엮어서 몰아내려고 안간힘이다. 아닌 밤중에 홍두깨 식으로 끌려온 소주방 나인과 강빈의 시녀들은 영문도 모른 채 고문을 당하다가 죽어갔다. 그들은 죽어가면서도 강빈을 보호하려 애썼다. 심양관에서부터 함께 고생하며 함께 견뎌 온 자애로운 상전인 강빈을 위해 기꺼이 목숨을 내놓았다.

자신의 뜻대로 자백을 받지 못한 인조는 화가 머리끝까지 뻗쳐서 펄펄 뛴다.

"여봐라! 국왕을 시해하려고 공모한 강빈을 후원 별당에 가두고 구멍을 뚫어 음식을 넣도록 하라. 시녀나 누구든지 강빈과 말을 나누거나 도와주려고 하는 사람은 친히 벌을 내리겠노라!"

후원 별당에 갇힌 강빈은 너무 기가 막혀 아무 말도 안 나온다. 그 경황 중에도 자식들의 안위가 염려되어 시녀가 올린 음식을 입에 댈 수가 없어 심장이 타들어가는 듯하다. 인조의 행위로 봐서 손자들까지도 그냥 둘 리 없음이다. 강빈은 그순간 난아를 떠올린다. 난아가 있었으면 도움이 되었을 것인가. 그러나 강빈은 고개를 절래절래 저으며 한숨을 쉰다.

인조는 대전에서 공공연하게 강빈이 자신을 시해하려 했다며 대신들에게 말을 했으나 누구도 그 말을 귀담아 듣지 않았다. 사실이라면 역모로 다스려야 할 사안이다. 다들 침묵하자 인조는 답답하다.

"소현세자가 심양에서 가져온 빨간 물고기에 독이 있었는데 강빈이 그 물고기를 이용해 나를 독살하려 했다는군."

인조가 강빈을 거론하자 대신들은 서로 침묵하며 외면하고 만다. 대신들의 반응이 없자 인조는 며칠 후 대신들 앞에서 또 다시 강빈을 입에 올린다.

"세자빈 강씨가 심양에 있을 때 왕위를 바꾸려 도모했고 왕비의 관복인 홍색 적의를 짓게 하고 내전의 칭호를 공공연히 사용했다. 지난해 귀국한 이후 분해하고 불평하며 이미 여러 날 동안 문안도 하지 않았다. 이를 어찌 참을 것인가. 이런 태도로 유추하건대 흉물을 매장하고 짐을 독살하려 한 것은 다른 사람이 아니다. 이로써 그 일을 발본색원하여 죄로 다스리려 한다."

"전하, 이미 세자빈 강씨 일은 지난 번 마무리하지 않으셨사옵니까? 궁인들을 취조해도 자백을 받지 못했사온데 어찌 죄를 물으십니까?"

"짐이 답답하도다."

"전하, 세자빈 강씨가 전하를 해할 의사가 없음이 만고에 드러났고 또 세자빈 강씨의 친정아비가 대대로 종사에 충성한 집안인데 어찌 그런 무모한 일을 도모했겠습니까? 통촉하소서."

"강씨가 청나라에서 가져온 비단을 대신들에게 주었다는데 무슨 일을 도모할 지 어찌 알겠는가? 이후로도 강씨를 두둔하거나 감싸고 돌면 같은 죄를 물어 다스리겠노라."

"전하, 세자빈 강씨를 죽일 작정이시옵니까?"

"……."

"아니되옵니다."

"죽어 마땅하다."

"불가하옵니다."

"그대들은 사사건건 이 일에 반대를 하니 심히 의심스럽구려."

"신 대사헌 홍무적 아뢰옵니다. 일찍이 세자빈 강씨가 청에 머물며 조선인포로 노예들을 속환하기 위해 자비를 턴 일도 있사옵고 종묘사직을 위해 애쓴 공을 저버리지 마소서."

"신 지평 조한영 아뢰옵니다. 세자빈 강씨를 사사하신다면 여러모로 전하께 누가 될 것이옵니다. 하나밖에 없는 전하의 맏며느리 아니시옵니까."

"신 정언 강호 아뢰옵니다. 앞의 두 분 신료의 말씀이 옳다 사료되옵니다. 통촉하소서."

"부제학 유백증 아뢰옵니다. 세자빈 강씨는 심양관에서부터 백성들의 신망이 두터운지라 혹여 민심이 이반될까 염려되옵니다."

"헌납 심로 아뢰옵니다. 세자빈 강씨는 조선 조정을 대신하여 청국에 볼모로 가서 긴 세월을 보냈습니다. 그 노고를 가상히 여겨 목숨을 거두는 일은 참으시옵소서."

"그대들이 더욱 강씨를 감싸고 도는 게 의심스럽소. 내 앞으로 일어날 역모를 미연에 방지하기 위해서라도 강씨를 살려둘 수 없소."

인조는 대간들의 상소가 빗발치자 오히려 역정을 낸다. 강씨에 대한 미움이 대간들의 상소로 더욱 증폭되어 인조의 분노는 하늘을 찌른다. 후궁 조소용의 얼굴이 스쳐지나간다. 강빈이 자신을 저주했다며 억울함을 풀어달라고 눈물로 호소한 조소용의 어여쁜 얼굴이 인조의 분노를 더욱 부채질한다. 대간들의 상소가 워낙 강경해서 인조는 강빈 형제인 강문성과 강문명을 불러들여 국청을 설치하고 곤장을 쳐서 죽게 한다. 강씨 형제를 죽인 인조는 심기가 더욱 불편하고 불안하다. 대소 신료들의 강빈을 싸고도는 꼴도 더 이상 보기 싫었고 조소용의 울먹이는 모습도 자꾸 눈에 밟혔다. 인조는 왕으로서의 권위를 세워야겠다고 결심한다. 남한산성 이후 인조는 밤마다 잠을 못이루고 불면에 시달려왔다. 대신들과 백성들이 자신을 무시하고 경멸한다는 피해의식이 점점 심해지고 소현에 대한 인기가 치솟자 인조는 아들에 대한 피해망상까지 생겨났다. 청나라에서 청의 고관대작들과 교류를 하고 서양 문물을 받아들이며 왕으로서의 자격을 착실히 쌓아가는 소현이 인조는 두려웠다. 소현에 대한 주변안팎의 칭찬, 청과의 껄끄러운 난제를 풀어낼 때마다 인조는 피해의식에 사로잡혔고 급기야 아들을 미워하기에 이르렀다. 지난밤도 인조는 잠을 못이루고 뒤척였다. 눈이 충혈된 인조가 승지를 불러 받아 적게 하고는 교지를 내린다.

"여러 번 독약을 써서 왕을 시해하려 하고 소용 조씨를 저주했으며 왕권을 위협한 그 죄, 종사를 어지럽힌 죄를 물어 세자빈 강씨의 지위를 박탈하고 서인으로 만드노라. 그러므로 서인 강씨를 사가로 내친다. 더 이상 종사를 어지럽히는 일이 후대에도 없도록 사약을 내린다."

승지의 명을 받은 내관과 금부도사들이 강빈이 머무는 별궁을

에워싸더니 전하의 교지를 내린다. 별궁 후원에 멍석을 깔고 소반이 놓여진다. 청색 적색 비단 보자기를 끄르자 두루마리가 펼쳐진다. 소복 차림의 강빈이 강녕전을 향해 큰 절을 하고 무릎을 꿇고 앉아 인조의 교지를 받든다.

강빈이 탄 흑색 가마가 선인문을 나선다. 소문은 빨라서 강빈의 소식을 들은 백성들이 구름떼 같이 몰려들어 호곡을 하며 가마를 뒤따른다. 강빈을 모시던 시녀들과 궁인들, 유생들이 가마 뒤를 따르며 흐느낀다.

"마마, 억울하옵니다."

"빈궁 마마, 억울하옵니다."

백성들이 뒤따르며 통곡하는 소리에 강빈이 옷소매로 눈물을 찍어낸다. 울지 않으려고, 몇 번이고 울지 않으려고 이를 악물었으나 눈물은 걷잡을 수 없이 볼을 타고 흘러내린다.

"아버님."

강빈은 돌아가신 친정아버지를 부른다. 아버지가 살아 있었다면 이런 참담한 일을 겪었을까. 전형적인 선비집안인 금천강씨衿川姜氏 문중에서도 기대를 모은 아버지 강석기는 대소신료간에 신망이 두터웠다. 강빈은 남편인 소현 보다 친정아버지 강석기가 몹시 그립다. 뒤따르던 백성들의 호곡소리가 멀어지고 먼 데서 개가 짖었다. 개 짖는 소리마저 먹구름 속으로 스며들어간 삼월 보름의 날씨는 더욱 우중충하다. 강빈의 가슴 속으로 회한이 회오리친다. 오랑캐 땅에서 양식이 떨어지자 양반의 체통도, 세자빈의 체통도 벗어던지고 팔을 걷어부치고 장사에 뛰어들었던 나날들이 어제인 듯 스쳐간다. 안국동 본가 담장 너머로 흰 목련꽃 봉오리가 꽃샘추위를 견디지 못하고 사방에 떨어져 나뒹군다. 봄이 오는가 싶던 들녘의 아지랑이도 이날만은 뿌연 모래 먼지 속에 용해되어 증발해버렸다. 병석에 누운 친정 어머니가 겨우 몸을 일으키려다가 강빈에게 사약이 내려졌다는 전갈을 받고는 졸도해버렸다. 사가에 오자마자 뒤이어 들이닥친 인조의 교서는 강빈을 사사하라는 명이다.

강빈은 통한을 안고 죽어 금천강씨衿川姜氏 문중의 선산에 안장된다. 소현 묘 옆에 묻히고 싶은 강빈의 마지막 염원마저 인조는 묵살하고 왕실의 인연과 매몰차게 끊어내려는 인조에 의해 죽어서도 지아비 곁에 묻히지 못했다. 강빈이 죽고 나서 인조는 살아남은 손자 석철, 석린, 석견이 신경쓰였다. 자신의 핏줄을 타고 난 손자이지만 성장해서 아비 어미가 죽은 원인을 캐다보면 인조가 연루된 사실을 자연스럽게 알게 될 것이었다. 인조는 손자들이 목에 가시처럼 걸려서 어떻게든 제거해야 했다. 인조는 강빈의 시녀들을 잡아다 내수사 부엌에 가두고는 고문을 해서 자백을 얻어낸다. 시녀 7명은 강빈 마저 비명에 간 터라 살 의욕을 잃고 그들이 요구하는 대로 자백을 하고 죽어나갔다.

제주도로 가는 뱃길.
포구는 안개가 자욱하다. 어린 세 왕자의 호위를 맡은 내관과 별장들과 나인은 네 살배기 석견이 어머니를 찾으며 울자 차마 바로 보지 못하고 돌아서서 먼 대양을 주시한다. 뱃전에 부서지는 파도소리가 요란하다. 일정한 리듬으로 커졌다 작아졌다 소리치는 파도소리는 인간의 희로애락은 대자연의 순환 앞에 아무것도 아닌 무위에 불과함을 일러주는 듯하다. 소현의 장자 석철이 어린 동생을 달래고 안아주려 하지만 석견은 막무가내로 울기만 한다. 여덟 살짜리 석린도 동생 옆에서 울먹이며 울음을 참다가 기어이 어머니를 부르며 운다. 그들을 호위하는 내관과 별장들과 나인은 애처로워 차마 아무런 제지도 못하고 내버려둔다. 초여름의 바닷바람은 시원하게 뱃전을 두드리며 제주를 향해 나아간다. 마포나루에서 출발한 배는 한강 수로를 따라 강화도 해안 쪽으로 밀려갔다가 깊은 바다 한가운데에 있다.

망망대해.

세 왕자의 앞날처럼 막막하고 검푸른 바다가 일행이 탄 배를 손바닥 위에 올려놓고 놀아난다. 높은 파도에 흔들리며 석철은 두 동생인 석린과 석견을 얼싸안고 눈물을 뿌린다. 네 살 석견은 어머니를 찾으며 우는데 호종하는 나인들이 모두 눈물을 흘렸다.

난아

강변의 연한 풀잎이 봄볕아래 윤기를 뿜어낸다. 겨우내 꽁꽁
얼어 있던 들과 산의 나무들, 강변의 모래와 자갈, 언덕을 가득
덮은 마른 갈대 사이로 부드러운 바람이 지나간다. 봄은 다시 살
아난 날들을 축복하듯 나날이 새롭다.

어부들이 먼 바다로 나아간 강은 잔잔하게 흐르다가 바람이 지
나가자 파동을 일으키고는 다시 잔잔해진다. 아지랑이가 아른대
는 봄날, 사공은 하품을 늘어지게 하고는 눈을 끔벅거린다. 그러
다가 돌연 눈을 크게 뜬다. 늙수그레한 사공의 시야에 유난히 까
만 눈을 한 여자가 들어온다. 그녀는 주위를 의식한듯 조심스럽
게 사방을 살피며 사공에게 다가오더니 엽전 꾸러미를 내밀며 강
건너 둑을 바라다본다. 사공은 고개를 끄덕이고는 닻을 올리고

밧줄을 풀어 배를 댄다. 사공은 낮은 소리로 알 수 없는 노래를 부른다.

"한양 소식을 알 수 있나요?"

한참만에야 여인이 조심스러운 목소리로 묻는다. 사공은 힐끗 쳐다보고는 노를 쥔 손에 힘을 준다. 강폭은 생각보다 좁다. 물결이 흔들리자 배도 덩달아 흔들린다. 얼마나 많은 조선의 백성들이 이 길을 따라 청국을 오고갔을까. 여인은 눈을 가늘게 뜨고 먼 산등성이를 바라다본다. 짐승의 등가죽처럼 구불구불한 등성이가 오늘 따라 순하게 엎드려 있는 듯하다. 여인은 희미한 웃음을 짓는다. 얼마만인가. 고향의 풀냄새, 흙냄새, 목덜미에 파고드는 바람의 결에서도 정다운 산천의 익숙한 냄새가 느껴지는 듯해 가슴이 부풀어오른다.

"여기서 한양까지는 얼마나 걸리나요?"

사공은 기척이 없다. 그제서야 여인은 사공이 귀가 어둡다는 것을 알아챈다.

배에서 내린 여인은 잠시 하늘을 우러르고 깊은 숨을 들이마신 뒤에 천천히 발걸음을 옮긴다. 나른한 봄기운이 몰려든다. 긴장한 탓인가. 여인은 어지러움을 참으며 갈대숲에 주저앉았다. 새들이 수런대는 소리가 가까운 듯 멀리에서 들려온다.

"도림아."

깜박 잠이 들었던 것인가. 여인은 누군가 부르는 소리에 눈을 뜬다.

"난향 아씨."

여인은 혼자 중얼거려본다. 주위는 어둡다. 갈대숲에 새들이
모여들어 소란스럽다.

도림.

여인은 낯선 이름을 천천히 중얼거려본다. 이름만을 남겨준 부
모는 일찍이 죽고 친척이 도림을 명망 있는 양반댁에 들여보냈다
고 얼핏 들은 듯하다. 난향이 그 이름을 불러준 것도 이상하거니
와 오래 전에 잊혀진 이름을 듣고 혹여 아씨에게 무슨 일이라도
생긴 게 아닌가 싶어 불길한 상상이 일어난다. 난향과는 연배가
엇비슷해서 동무처럼 지내왔고 몸종 도림이가 아닌 동무로서 수
를 같이 놓거나 책을 읽을 때 어깨너머로 글을 익히는 행운을 누
렸다. 친자매처럼 지내는 난향과 도림을 보고 난향의 자매 언니
인 난엽이 질투할 정도였다. 대여섯 살 무렵부터 열 살 남짓까지
함께 지냈으니 친동기간이라고 해도 믿을만큼 가까운 사이였다.

도림이 난아로 바뀐 건 운명인가. 정치적인 사건이 개인의 운
명을 한순간에 뒤집어 엎는 일은 이럴 때 쓰는 말이었다. 명나라
사신이 권력의 축에 있는 환관 양녀로 사대부가의 어린 딸을 요
구했을 때 조정은 발칵 뒤집혔고 다들 숨죽이고 눈치를 볼 때 부
승지로 있던 강석기가 나서서 도림을 양녀 난아로 둔갑시켜 보냈
다. 황제의 공적 요청이라기보다는 측근을 통해 사신편에 은근히
부탁을 넣은 터라 사신도 세세한 내력은 따지지 않았다. 다만 '영
특하고 재주가 많은 여아'라고 하기에 평소 도림의 명민함을 눈

여겨본 안방 부인이 천거하여 일이 성사됐다.

난향과 같은 돌림자를 넣어 새로 받은 이름 난아蘭雅.

난아는 주춤거리며 일어나 마을을 향해 걸어간다. 밥 짓는 연기 피어오르고 바람결에 된장국냄새가 버드나무 가지에 봄물이 차듯 코끝에 스며든다. 비로소 고향에 돌아왔음을 일깨워준다. 청나라 국경 책문을 벗어나기까지 병사들은 붙잡지 않았고 순순히 보내주었다. 난아는 새삼 달라진 풍경에 가슴을 쓸어내린다. 북경을 차지한 청나라는 이제 겁낼 게 없었다. 더욱 자신감을 회복했으며 볼모로 붙잡고 있던 소현세자와 그 일가家를 귀국시켰다. 예친왕 도르곤은 정치적으로 주변 나라와 부족을 관용으로 포용하려 했다. 대대적인 사면령이 내려지고 포로 노예들은 죄를 사면 받아 자유로운 신분이 됐다. 포로 중에는 가족 품으로 돌아가거나 대부분은 그대로 남았다.

이십칠 년만에 밟아보는 고국 산천은 익숙하면서도 낯설다. 오월 초순의 연두빛 푸르름이 햇볕을 받아 더욱 윤기가 살아난다. 연두빛 이파리에서도 아무렇게나 흔들리는 잡초에서도 난아는 가슴이 방망이질 치며 뭉클한 감회에 젖는다. 살아있음이 대견한 날이다. 살아있음이 다행이고 감사한 일이라는 생각이 든 것은 바람결에 흔들리는 푸른 잎사귀들을 보면서였다. 생명은 강렬함이다. 어릴 적 담장 밑에 돋아나던 햇쑥과 달래와 씀바귀 어린 순의 쌉싸름하면서도 달짝지근한 냄새, 밭두렁에서 나는 쇠똥거름 냄새, 치자꽃 향기와 팥배나무, 때죽나무에 핀 흰 꽃잎의 살랑거림마저도 난아에게 통한으로 다가왔다. 저 밝고 환한 빛은 생명을 지닌 것들의 축제이며 만찬인데 죽어 땅 속에 묻힌 소현과 강빈의 영혼은 어디를 떠돌며 빛나는 삶의 생동을 느낄 것인가. 난아는 너무나 억울하게 죽은 두 분의 사연에 보이는 모든 것들이 슬픈 풍경으로 바라다보였다. 그리운 고국 땅을 밟았지만 난아는 기쁨보다도 슬픔이 더욱 커간다. 현기증이 날 것 같아 난아는 잠시 숨을 가다듬었다.

난아는 주막으로 향하며 뒷수습을 맡기고 떠난 난향의 애끓는 심경을 헤아렸다. 왕자 아기씨들의 안부가 걱정스러워 관아에라도 달려가 묻고 싶은 것을 눌러 참았다. 주막에는 팔도에서 몰려드는 장사꾼들이 세상의 정보를 나누고 교환하는 곳이다. 난아는 주막을 찾아 국밥을 시켰다. 나루터에서 얼마 멀지 않은 곳에 불을 밝힌 주막이 있다. 막걸리 냄새 그윽하게 와닿고 사내들의 걸걸한 음성이 귀에 들어와 박혔다.

행색은 남루하나 어딘가 이국적인 풍모가 느껴지는 난아에게 뭇사내들의 눈빛이 예사롭지 않았다. 자기네들끼리 수군거리다가 누군가 말을 걸어온다.

"이보시오, 청국에서 건너왔소?"

"그건 왜 물으시오."

"복장이 조선 아녀자와 달라서 물어본 것 뿐이오."

"청국에서 건너온 것은 맞소. 난 조선 사람이오."

"반갑소. 조선 인삼을 갖고 가 요동에서 이문을 좀 남겼고, 그

들이 생강과 엽초를 원해서 다시 나왔는데 국경경비가 삼엄해 다
시 못갔소."

"경비는 느슨해졌소이다. 세자 저하가 귀국한 뒤로……."

"소현세자 말이오. 저런, 아직 모르시나 본데 귀국 후 두 달 후
에 돌아가셨소."

"……."

난아는 아무 말 없이 사내를 건너다본다.

"하긴 잘 모르시겠구먼."

"여보시오. 우리 세자 마마, 청나라에 잡혀갔던 소현 세자 소
식 말고 그 왕자 아기씨 소식은 들으셨어요?"

"그렇소만. 하 뭐가 뭔지 모르겠소."

"……."

"글쎄 우리 같은 백성이 양반네들의 정치놀음을 어찌 알겠소
만 세자마마가 흉하게 가셨는데 무사할 리가 있겠소. 강빈마마가
쫓겨나 별궁에 유폐되었다가 사가에 내쫓기고 그 다음 사약을 받
았다오."

난아는 숨이 턱 막혀오고 식은땀이 났다.

"난향 아씨."

난아는 자기도 모르게 혼자 중얼거린다. 이미 알고 있었지만
막상 조선 백성으로부터 직접 듣고 보니 현장을 본 것처럼 생생
한 전율이 느껴진다.

난아가 강빈의 소식을 들은 것은 소현의 일주기 제사를 지내고 며칠이 지난 후였다. 강빈의 소식은 청나라 안에서도 의견이 분분했다. 조금이나마 인연이 있는 사람들은 강빈의 죽음을 애통해하며 인조의 후안무치함을 비난했다. 난아는 강빈과 헤어지고 일 년 동안 은자를 모아들이는 일에 전념하느라 다른 일은 제쳐두었다. 강빈이 돌아온 후를 예상하고 무역 자금을 마련하려 함이었다. 조선의 일은 까마득히 잊고 있다가 아닌 밤중에 날벼락을 맞았다. 난아는 주점 객방에 머리를 싸매고 드러누워 며칠을 꼼짝하지 않았다. 삼월이가 들락거리며 미음을 쑤어다 주거나 술을 갖다주어도 난아는 죽은 듯 누워 있었다.

　"마마, 제 탓이옵니다."

　"마마, 제가 진작 마마를 뵈러 갔어야 하는데 송구합니다."

　난아는 헛소리를 하며 죄책감에 시달렸다. 삼월이는 송장처럼 누워 헛소리를 하는 난아를 물끄러미 내려다보다가 식당 의자에 앉아 담배를 말아 피웠다. 삼월이는 장사꾼들이 피워대는 대마초나 엽초, 혹은 마리화나를 한두 대씩 얻어 피우다 골초가 되어버렸다. 이제는 제 돈을 주고 담배를 구입해서 피운다. 가끔 난아도 삼월에게 엽초를 얻어 피우긴 하나 중독은 아니다. 삼월은 좁쌀처럼 생긴 마른 씨앗과 건초를 종이에 돌돌 말아 피우는데 짙은 은회색 연기가 피어오르며 마른 낙엽 태우는 냄새가 진동한다. 난아가 한 모금 달래서 피우다가 기침을 하고는 돌려주는데 삼월이는 담배 없이는 하루도 못산다는 듯 틈만 나면 엽초를 입에 물고 있다. 얼마나 맛나게 빨아대는지 사내 없이는 살아도 담배 없이는 못살 정도라고 너스레를 떨어서 난아가 눈을 흘긴 적도 있다.

"그럼 리빈이 돌아와도 담배만 찾을 래?"

"이미 날 버리고 떠난 임인데 돌아오기나 하려구?"

"그래도 싫다 소리 안하는 걸 보니 아직도 잊지 못하는구나."

"남자와 여자 사이가 감정대로 되냐구."

"인생 다 산 늙은이 같다."

"내 인생 여기서 종칠 것 같은데. 고향 떠나 남의 나라에서 요렇게 살다가 죽는 거지, 인생이 뭐 대순가."

삼월이는 다시 또 담배를 입에 물고 연기를 후 불어 올린다. 난아는 괜히 쓸쓸해져서 문 밖을 내다본다. 삼월이의 음식 솜씨는 일취월장하여 지방의 특산품 음식을 선보이기도 한다. 삼월이가 주점에서 제 인생을 열어가며 담배에 빠져 사는 동안 난아는 돈을 모아놓고 시장을 돌아다니며 가격과 품목과 지방에서 올라오는 물품을 꼼꼼하게 기록하는데 시간을 썼다. 강빈에게서 소식이 오기를 기다리며 보낸 시간 동안 난아는 다시 시작하려는 목적이 있어 생기가 났다. 시장에 복숭아가 나오자 왕 씨와 향이를 떠올리며 복숭아를 사와 삼월이와 나누어 먹기도 하였다. 복숭아의 달콤한 과즙은 남쪽의 과일을 연상하게 했고 따뜻한 나라의 들판에 핀 자운영과 물소와 농부들과 낙타와 당나귀가 자연스럽게 떠올라 그리움의 대상이 되곤 했다.

난아는 가만히 드러누워 따듯한 남쪽에서 강빈과 제3의 인생을 열어가려던 꿈이 깨어진 아픔을 달랜다. 그러다가 부스스 일어난다.

"왕자아기씨들을 돌봐야 해."

난아가 허청거리는 몸으로 일어나 옷을 입으려다가 그 자리에 풀썩 고꾸라진다. 왕자아기씨를……. 난아가 그 말을 내뱉으며 실신하자 삼월이가 의원을 불러온다, 죽을 쑨다, 법석을 떤다. 밤이 깊어 난아가 눈을 뜨더니 죽을 달라고 한다. 난아가 죽을 먹는 동안 삼월이가 난아의 보따리를 대충 싼다.

압록강을 건너는 난아의 마음은 착잡하다. 이 길을 걸어 청국으로 왔던 일이 전생에 일어난 일처럼 까마득하다. 난아는 말을 타고 벌판을 달리면서, 끝없이 이어진 그 길을 달리면서, 지평선이 보이지 않는 끝없는 거리가 공포로 작용하는 것을 느꼈다. 보리밭 사이로 언뜻 언뜻 농부가 보이다가도 다시 적막이 감도는 벌판에서 난아는 고독감에 시달렸다. 말에 박차를 가하며 난아가 압록강에 도착했을 때는 아지랑이가 피어오르고 한가하게 고기를 잡는 어부들 몇이 보였다. 지극히 단조롭고 평화로운 정경이었다. 쉬지 않고 달려온 말은 거품을 내뿜으며 거친 호흡을 가다듬었다. 말이 아니었으면 보름 남짓 걸리는 길이다.

늙은 말은 고삐를 잡아끌어도 더 이상 못 가겠다고 버텼다. 난아는 말고삐를 잡아당기다가 말의 커다란 눈과 마주치는데 검고 깊은 그 눈동자 속에 지친, 아주 작은 점으로 움직이는 자신을 본다. 말은 꿈쩍도 하지 않고 난아는 속이 탄다. 말의 거친 숨소리가 금방이라도 잦아들 듯 위태롭다. 할 수 없이 난아는 말을 포기하고 놓아준다. 난아는 대기하고 있던 나룻배를 탄다. 강변의 연두빛 풀빛이 검푸른 초록으로 짙어져 가고 곳곳에서 들리는 조선말이 낯설다. 잊고 살아온 내 나라 말, 난아는 주막에서 도성의 소식을 알아보는 중이다. 난아는 만나는 백성들마다 소현과 강빈의 죽음을 슬퍼하며 애도하는 것에 더욱 가슴이 쓰리다. 난아는 주막 주인에게 은자 한 냥을 주고 조선사내들이 입는 평복을 구해달라고 부탁하며 사람들의 이야기를 듣고 있다. 어딜 가나 주막 풍경은 비슷해서 시끄럽게 떠드는 사람, 고개를 떨구고 조는 사람, 싸우는 사람, 고함 소리, 막걸리를 더 달라고 큰 소리로 주모를 부르는 사람들로 번잡하다.

주막에서 하룻밤을 묵고 다음날 난아는 길을 떠나면서 옷을 갈아입고 초립을 쓴다. 난아가 주막마다 들러 소식을 듣는 것은 장사꾼에 대한 정보다. 의주에서 안주, 평양을 거쳐 개성을 지나 서울로 향하는 길에서 난아는 장사꾼들을 만난다. 그들과 동행하기도 하고 말을 빌려 타기도 하면서 길을 재촉한다. 고개를 넘고 마을을 지나면서 난아는 조선의 산하와 강과 좁고 가늘고 구불구불한 길을 본다. 어디나 오기종기 모여 앉은 마을과 묘지와 산허리에 꼬리를 물고 이어지는 길들은 섬세하고 오밀조밀해서 인정 많은 조선 백성의 성정 같아 편안하다. 며칠씩 말을 달려 요동 벌판을 지나오며 드넓은 지평선 끝이 안보여 고독과 무서움을 느꼈던 것과 비견되는 조선의 땅은 소박하고 정겹다. 난아는 한 발자국 내디딜 때마다 살아서 다시 밟는 내 나라가 있음에 가슴이 벅차오른다.

강빈의 소식은 들어서 알고 있으나 안국동 본가 안방마님의 근황과 왕자 아기씨 소식은 듣지 못해서 난아는 속이 탄다. 부지런히 발길을 재촉한다. 저무는 언덕에서 난아는 마을의 불빛을 보고 개 짖는 소리를 길잡이 삼아 주막을 찾아 쓰러져 자고는 다시 길을 떠나기를 여러 날, 한양에 도착한 때는 유월 초순이다. 인왕산에 산벚꽃이 지고 밤꽃이 흐드러졌다. 청보리가 누렇게 익어가는 들판에는 보리를 베는 농부들이 분주하고 한낮의 뜨거운 햇볕에 콩잎 포기가 축축 늘어진 풍경조차도 오래 전 전쟁이 지나갔음을 잊은 듯 평화로운 정경이다.

난아가 안국동 본가에 도착했을 때는 저물 무렵이다. 골목을 따라 길게 늘어선 기와담장이 끝나고 솟을 대문에 다다르자 난아는 심호흡을 한다. 나무 대문이 쉽게 열리고 마당으로 들어서니 썰렁한 한기가 느껴진다. 어둑어둑한 집안 분위기는 을씨년스럽다 못해 폐가 같다. 난아는 중사랑을 지나고 내당으로 달려가 마님을 부른다. 안에서는 기척이 없다. 그 많던 하인권속의 그림자조차 없다.

'무슨 일이 있었던 걸까.'

난아는 난향과 함께 자랐던 뒤채 별당으로 달려가 본다. 문짝이 흔들거리는 별당도 썰렁하기는 마찬가지다. 흉가가 따로 없다. 난아는 집안을 한 바퀴 둘러보고는 허탈해서 마루에 주저 앉아 한참 생각에 잠긴다. 난아는 혹시 이웃 사람이라도 만날까 싶어 대문 밖을 나와 서성거린다. 그때 하얀 물체가 담장에 몸을 붙이며 숨는 게 보인다. 난아가 그쪽으로 발걸음을 옮기며 말을 건넨다.

"여보세요? 혹시 이 집에 대하여 아시나요?"

난아가 가까이 다가가자 흰 무명옷을 입은 노파가 주춤거리며 뒤로 물러난다. 난아가 도망가려는 노파를 쫓아간다. 노파 걸음보다 난아 발걸음이 더 빠르다. 노파 앞을 막아서며 난아가 묻는다.

"제발, 부탁이에요. 이 집에 무슨 일이 있었던 거죠?"

"나, 난 모르오."

"그럼 아무도 살지 않나요?"

난아가 간절하게 묻자 노파가 빤히 바라본다. 노파의 눈빛이 탐색하려는 기색으로 가득차 있고 의심하는 표정이 역력하다.

"그런 건 왜 묻소."

"오래 전에 제가 살던 집이에요."

"……"

"난향 아씨와 어린 시절을 보낸 집이라고요. 그런데 마님도, 덕순 아주머니도 아무도 안 계셔요."

"오, 세상에나!"

"……."

"난아로구나. 이럴수가! 마님! 흑."

노파가 울먹이더니 누가 볼세라 주위를 두리번거린다. 그러더니 난아를 붙잡고 으슥한 곳으로 데려간다.

"덕순 아주머니?"

"난아, 용케 살아 있었구나. 천지신명이 보호하셨구먼."

"빈궁 마마 일은 알고 있어요. 마님은 어떻게 되셨어요?"

"쉿, 조심해야해. 마님 장례 치른 지 며칠 되었네."

"대강 짐작은 가요. 일하던 사람들은 어떻게 되었어요?"

"창검을 든 병사들이 오더니 무조건 끌고 갔어. 마님이 사약을 받고 돌아가시고 피붙이들은 아무도 살아남지 못했네. 재산은 나라에 귀속되고 노비들은 뿔뿔이 흩어져서 새로운 주인에게 팔려가서 개미새끼 한 마리 얼씬 거리지 않아. 흉가가 되었지. 귀신이 나오는 집이라고 사람들이 피해 다녀."

난아는 사람의 그림자조차 얼씬거리지 않는 담장 밑에서 덕순과 작은 소리로 이야기를 주고받는다.

"왕자 아기씨들은?"

"유배를 떠나셨다네."

"네? 그 어린 아기씨들을요?"

"하늘이 곡할 노릇이지."

"아주머니 그러지 말고 우리 주막에 가서 국밥이라도 먹으며 이야기해요."

"그럴 수 없어. 요 옆 골목 승지 댁으로 팔려가서 오래 못 있네."

"난향 아씨가 서찰을 한 번 보냈는데 그러곤 소식이 없었어요."

"말도 마. 그 참혹함을 어찌 내 입으로 말하누. 빈궁 마마가 왕자 아기씨들을 부탁한다고 마지막으로 말했는데. 아마도 자네가 새겨들어야 할 것 같으이."

덕순이 불안한 표정으로 주위를 살피며 귓속말로 속삭인다. 난아가 덕순이 손을 꼭 잡는다. 손이 나무도막처럼 뻣뻣하고 메마르다. 주름 가득한 얼굴은 쭈그러지고 백발 머리카락은 세월의 무게를 가늠하게 한다. 구부정한 허리와 왜소한 몸집은 신산스러운 그녀의 지난 시간을 돌아보게 한다. 호호백발 노인이 된 덕순이가 아쉬움을 뒤로 하고 어둠 속으로 재빨리 사라진다. 난아는 그 자리에 오래도록 서서 어둠을 응시한다.

주막에 방을 얻은 난아는 온갖 망상에 머릿속이 어지럽다. 한 가문에 불어닥친 끔찍한 비극은 소문이 되어 사람들의 입에 오르내리며 살이 붙고 덧살이 붙어 떠돌아다녔다. 술꾼들도 술이 한 순배 거나하게 취하면 강빈의 이야기와 왕자아기씨 이야기들로 들끓었다. 난아는 객방에 드러누워 왕자아기씨 걱정에 잠을 못 이룬다. 삼 년 전, 대감마님 장례식에 참석하러 소현과 강빈이 청나라의 허락을 얻어 조선에 잠시 다니러 갈 때 왕자아기씨 셋이 대신 볼모로 심관에 들어와 있었다. 그때 난아는 그들을 데리고 다니며 시장구경을 시켜주고 시장에서 파는 청국 음식을 사 먹이며 놀아주었다. 사막을 횡단한 상인들이 타고 온 낙타와 코끼리를 보며 손뼉을 치던 아기씨들이 눈에 선하게 밟혔다. 조선에 있었다면 시장거리에 함부로 나돌아다닐 수 없는 신분이지만 난아는 부지런히 시장에 데려가거나 골목골목을 보여줬다. 아기씨들은 이국의 풍물에 흥미를 보였고 특히 누런 황금색 뱀에 호기심을 발동했다. 난아는 왕자아기씨들을 품에 거두어 데리고 있으며 정이 깊게 들었다. 짧은 기간에 아기씨들과 보낸 추억은 못견디게 가슴을 아리게 한다.

난아는 주막에서 사흘을 누워 앓았다. 긴장과 여독으로 몸에 무리가 온 것이다. 심적 충격은 이루 말 할 수 없는 슬픔으로 난아를 에워싼다. 사흘이 지나 난아는 몸을 추스른다. 괴나리봇짐을 메고 남장을 한 채 길을 떠나는 난아 등 뒤로 그악스럽게 울어대는 매미울음이 따라온다.

〈끝〉

에필로그

　제주도에 유배되었던 소현과 강빈의 맏아들 석철과 둘째 석린은 풍토병을 이기지 못하고 죽는다. 항간에는 죽음의 사유가 따로 있으리라는 음모론이 제기되기도 하지만 죽은 자는 말이 없고 사후에 죽음의 원인을 밝혀낸다 한들 무슨 소용이던가.

　난아는 이후 세 왕자 중 셋째 석견을 찾아 제주도로 향하고 그를 돕는데 한 생을 다한다. 알게 모르게 석견을 도와 소현과 강빈의 후사가 대대로 물려받게 되는데 일조한다. 난아는 석견에게 이모와 진배 없고 가족이나 다름이 없다. 아무도 접근이 불가능한 유배지인 제주 섬에서 위리안치된 석견을 난아는 나인과 호종경비를 매수해가며 지극정성으로 돌본다. 가시나무 울타리가 쳐진 석견의 처소에는 강아지 한 마리 얼씬하지 않는 절해고도다. 난아는 삼월에게 사람을 보내 돈을 보내달라고 하는 한편 봉림이 효종으로 등극한 뒤 석견의 유배지가 남해에서 함양, 다시 강화 교동으로 옮겨지자 희망을 품는다. 그러고도 7년간의 세월이 지난 후 석방되는데 그의 나이 13세 때다. 네 살 때 두 형들과 귀양을 가서 9년동안 유배지를 떠돌며 산 셈이다. 난아는 본격적으로 소현과 강빈의 가문을 일으키려는데 혼신을 다한다. 돈이 필요하면 청국의 삼월에게 요청을 하고 때로는 직접 청국으로 건너가 경비를 조달해오기도 하면서 난아는 지극정성으로 석견을 보필한다. 강빈의 친정집 노복과 형제들은 뿔뿔이 흩어졌고 친척들은 외면했으나 난아는 다시 노복들을 불러 모아 가문을 일으키는데 혼신을 다한다.

　이후 그는 현종의 도움으로 사신으로 활약하기도 하고 혼인을 하여 두 아들을 두었지만 스물두 살 젊은 나이로 세상을 뜬다. 소현과 강빈의 후손은 종친의 지위를 회복하고 녹봉을 받으며 근근이 대를 이어 가지만 그 후손이 역모에 연루되는 등 폐족 위기에 봉착하기를 여러 번, 겨우 가문의 명맥을 유지한다. 난아 외에도 소현의 셋째 석견을 도와 지켜준 이는 청이 소현에게 보내준 시녀 굴 씨다. 그는 소현이 죽은 후 청국으로 돌아가기를 거절하고 조선에 남아 소현의 후손을 돕는 일에 일생을 바친다. 규 소저라 불린 굴 씨는 이후 소현가의 문중에 의해 소현의 무덤 가까운 곳에 묻혔다.

　향이는 하북성 복사골 왕 씨의 고향에서 평화로운 나날을 보내다가 자식을 다섯이나 두었고 천수를 다하고 죽는다. 삼월이는 성 외곽 주점에서 돈을 모아 주점을 사들인 후 장사를 계속했으며 말년에 거지가 되어 돌아온 리빈을 돌보며 지냈다.

　수십만의 조선인 포로 노예들은 만주 벌판에 흩어져 살거나 선양 주변, 북경 근처, 동북 지방에 뿔뿔이 흩어져서 질긴 목숨을 이어가며 뿌리를 내리고 살았다. 오늘날 만주를 비롯한 동북 지방의 그들 유전인자에는 분명히 수많은 조선인의 피가 흐르고 있을 터이다.

난아는 석견이 죽은 후 그의 두 아들을 돌보아주며 지내다가 죽기 전
에 그리운 사람들을 만나러간다고 길을 나선다. 지팡이를 짚고 보퉁이
를 메고 길을 떠나는 난아 눈에 오래 전 함께 언 강을 건너던 향이와 삼
월이가 또렷하게 다가온다. 복사꽃 피는 동네, 과육의 향기 넘치는 고
을, 향이가 매운 독설을 쏘며 왜 이렇게 늦게 찾아오느냐고 눈을 치뜨는
정경이 눈에 보듯 환하다.

한 생을 걸어간 길이다. 난아가 걸었던 그 길은 오래 전 이 땅을 휩쓸
고 지나갔던 광풍과 야만이 지배했고 힘이 없어 끌려가야 했던, 이름없
는 여인들이 걸어갔던 길이다. 사랑하는 가족을 뒤로 하고 먼 이국으로
걸어가야만 했던 길이다.

난아는 구름 낀 지평선을 바라보며 감회에 젖는다.

참고도서

『조선 사람의 세계 여행』 규장각한국학연구원 엮음, 글항아리, 2011
『정묘·병자호란과 동아시아』 한명기, 푸른역사, 2009
『조선인 60만 노예가 되다』 주돈식, 학고재, 2007
『조선왕조실록』 이상각, 들녘, 2009

지은이 유시연 | 발행인 김윤태 | 발행처 도서출판 선 | 북디자인 디자인이즈 | 등록번호 제15-201 | 등록일자 1995년 3월 27일 | 초판 1쇄 발행 2014년 2월 17일 | 주소 서울시 종로구 낙원동 58-1 종로오피스텔 1020호 | 전화 02-762-3335 | 전송 02-762-3371 | 값 15,000원 | ISBN 978-89-6312-474-2 03810